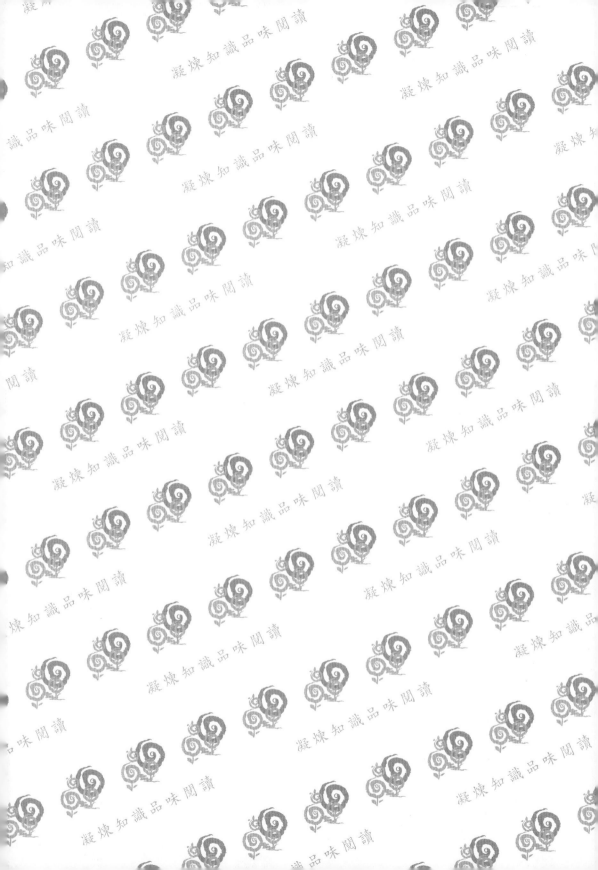

編劇心理學
在劇本中建構衝突

William Indick（威廉・尹迪克）　著

井迎兆　譯

五南圖書出版公司 印行

Psychology for Screenwriters
Building Conflict in Your Script

William Indick

Original Published by Michael Wiese Productions

12400 Ventura Blvd, #1111

Studio City, CA 91604

www.mwp.com

推薦語

當尹迪克博士致力於將電影劇本的寫作便利化時,每一位喜愛電影人士都會發現,他在情節與角色背後心理學的分析,對我們而言,真是一場饗宴。電影編劇、拍電影的人、心理學家,以及電影狂熱者們都會發現他的書很吸引人,而且充滿啟示。

~肯戴爾・松騰博士
美國道林學院心理學助理教授

本書對電影編劇、拍電影的人、電影分析者,以及電影和心理學的學生而言,是一本必讀的書。本書的目的就是要成為那些渴望寫出成功的劇本,或拍出成功電影之人的寶典。尹迪克博士對那些複雜的心理學概念、角色特徵,以及情節線的敘述,是清晰而且直接的。他的書直接對角色發展、塑造與劇本分析,提供了具體的幫助。

~蘇珊・約翰遜博士
心理學教授
《女同性戀父母》之作者(吉爾福特出版社,2001)
以及《男同性戀嬰兒潮》之作者(紐約大學出版社,2002)

尹迪克博士的書,對心理學知識如何能夠闡明與引導電影的拍攝,是相當全面以及深具洞察力的。毫無疑問地,本書對於電影編劇和任何想要了解電影工業裡說故事之錯綜複雜的人,是一本必讀的書。

~莫拉・皮勒遜博士
美國道林學院心理學助理教授

在電影心理學方面，你找不到一個更清楚或更精確的引導了。對電影編劇和電影狂熱分子而言，這是一本既傑出又具啟示的伴侶。書中透亮而抒情的論述，將我們這時代的文學心理學理論，如何被運用在無數的偉大影片中，作了一種極佳的展示與導覽。

～馬可仕・C.・泰博士

臨床心理學家，美國道林學院心理學副教授

即使最有經驗的作家也許也會遺忘那重要的知識，就是將發展方向錯誤的劇本，或太接近於人類表面衝突的劇本導正。尹迪克的書對電影編劇好比是海上的信風，可以帶領他們在孤獨的航行中，準時並在預算之內地航進港口。

～斯圖爾特・費斯修夫博士

電影編劇，《媒介心理學期刊》資深編輯，美國加州州立大學洛杉磯分校媒介心理學教授

本書是一本給所有想創造感人故事，和有動力人物之人的教科書，融合了心理學、哲學與流行電影，尹迪克透過編劇所創造的角色和他們所面對的觀眾，幫助寫作者深入他們的故事。

～特麗莎・許薇葛

www.absolutewrite.com

本書不僅是一本電影編劇的書，它對於任何對電影製片工業有興趣的人都是一本必讀的書。在理解情節、角色發展，以及說故事藝術背後的心理學運作各方面，本書是一本全面性的指引。

～羅伯・C.・狄雷

作家，錫達格羅夫娛樂公司

謝　辭

筆者首先要向穆斯塔法・路克梅西致上萬分的謝意，他是道林學院心理系的研究生助理，他為本書編輯電影目錄與主題索引。大部分的電影目錄資料是從網路電影資料庫蒐集而來，就是IMBD.com網站。感謝維多利亞・庫克，她為我們作了卓越的法律建議。也特別感謝康乃爾大學的吉姆・迦巴里祁、道林學院的蘇珊・約翰遜，和陽光衛斯旗斯特社區大學的法蘭克・梅頓等人的教誨、指導與建言。我也要向在紐約奧克德爾之道林學院的教職員和行政部門人員獻上感謝，感謝他們對筆者在研究與寫作本書的支助。最後，我要感謝麥可衛斯製作公司的麥可・衛斯和肯・李兩人，是他們促成了這本書的出版。

序

「戲劇就是生活，但是除掉無聊部分的生活。」
——艾爾弗列德·希區考克

　　在《星塵往事》（1980）裡，伍迪·艾倫的主角有一種對死亡的幻想，他的心理醫師稱讚他說：「他有一種錯誤的否定機制……他無法阻絕生命中有害的事實……或，以一位知名的電影製片人所說：『人們不願看見太多的現實』……」。人們去看電影為的是要經歷幻想，當他們看電影時，電影——就是幻想，投射在他們面前，他們把自己的幻想投射在銀幕上的人物身上。戲院的經驗本身；一種黑暗、安靜、洞穴式的空間，就是一種無意識心理狀態的呈現。電影作為一種人類想像力的投射，可以說是有史以來最偉大的幻想媒介。

　　電影早期出現時，「好萊塢夢工廠」就知道幻想可以賣錢。在電影裡，深度的無意識想像和慾望——愛與性、死亡與毀滅、恐懼與憤怒、復仇與仇恨，我們都可以很安全地沈浸其中，無須冒尷尬的危險，而且還保證有個快樂的結局。若能對無意識狀態有透徹的理解——即幻想、夢境和想像誕生之地，可說是能創作出有心理學迴響的劇本和電影的基本出發點。

一種心理分析的方法

　　電影同時在視與聽方面，作為一種比生活還大的媒體，其內在的吸引力，使得它成為一種極有能力的心理力量。觀看者實際上是被吸入電影中，在情感上與銀幕上的角色與情節，是如此密切地連結，以致將之與自己的心理生活糾結在一起了。透過無意識的「認同」過程，觀眾實際上成為了他們在電影中所認同的角色，而且他們經歷並代理了銀幕上的角色所經歷的同樣心理發展與淨化作用。

　　電影能深觸到觀眾深處無意識的心理狀態，影響他們思想的方法，如何看待自己，以及如何看待他們周邊的世界。以一種精神分析的方法來了解與創造電影影像、角色和故事，對於電影創作者和電影編劇而言，無疑是一種無價的

資源。觀眾並不會意識到，電影透過啟動他們原始的恐懼、童年的焦慮、無意識的議題和壓抑的慾望等，對他們進行微妙的操縱。但是，當他們看電影時，他們仍感受到顯著的激動，因為他們在情感上與在心理上，已經與銀幕上的人物和影像結合為一了。藉著了解人類心理的內在運作，電影創作者和電影編劇得以帶進更多編劇的技巧與深度，而且能創造出更有力量與更能引起迴響的電影。

認識你的觀眾

在任何領域裡成功的關鍵，不論是教書、寫作、拍電影、表演等等，就是得認識你的觀眾。西格蒙·佛洛伊德、艾里克·艾瑞克森、卡爾·容格、約瑟夫·坎伯、莫琳·默多克、艾爾弗列德·阿德勒及羅洛·梅等人傑出的理論，都是為了增加我們對人類心理的知識。心理分析理論就是，照著蘇格拉底所相信的一種終極知識，其主要的研究目標就是：「認識你自己」。

任何處理創作的詮釋與探索的事物，根本就是主觀的，因此它不是一種客觀的科學。真正的心理分析不是一種科學，乃是一種藝術。以此而言，心理分析和電影編劇其實是一體兩面的事。它們都屬於創造性的藝術，為的是探測與理解人類的角色、心理與靈魂。本質上，它們都與人格以及人們對素材的處理有關，它們都進入了所謂原型象徵與神話人物的世界，而且它們都深深植根於人類的無意識疆域。

心理分析的主要理論

《作家之旅：神話結構作家》（1998）一書的作者克里斯多夫·佛格勒，有一次曾說：「電影編劇不是腦科手術……但，再想一下，也許它是？」因為腦科手術與電影編劇都是精密且辛苦的過程，牽涉了在人類精神世界裡的解

剖、檢查和基本結構元素的改造。正因如此，西格蒙・佛洛伊德在成為臨床心理醫師之前，曾經是一位神經病學家，顯然不是一件偶然的事。佛洛伊德極具開創性與有影響力的心理分析理論，改變了人們對人類心理與行為的看法。他的思想影響以及啓發了數代的理論學家，而且他的思想仍然是今天各學術研究領域中的供應泉源。雖然佛洛伊德的心理學在新一代的心理學家——所謂「科學家—從業醫師」中已經失寵，這些新一代的心理學家認為心理學作為一種學科，必須遵從嚴格客觀之現象科學的限制。但佛洛伊德的思想卻大大的被非科學家們、藝術家、演員、編劇和電影創作者所擁抱。

佛洛伊德心理分析

本書的第一部分將要說明佛洛伊德理論的一些基本原則，並告訴你如何將它運用在你劇本裡的人物與情節中。佛洛伊德理論的基本要點就是：大體上我們的情緒、焦慮、行為和控制我們生活的關鍵事物等觀念，對我們而言根本是個謎，因為我們無法意識到它們。佛洛伊德理論就是要把這些潛在的動機，提升到我們的意識階層裡。第一章集中討論到戀母情結，這是佛洛伊德分析理論的核心，還有佛洛伊德極具爭議的開創性理論，如嬰兒性行為、壓抑禁忌慾望與閹割焦慮等。戀母情結提供了戲劇和衝突的基礎，因為它探討了愛與性、恨意與侵犯、創造與毀滅，以及生命與死亡等議題。

在佛洛伊德理論中，精神官能的衝突是一種內在的，介於我們慾望和嚴格文明社會的限制之間的心理衝突。在討論了兒童於它們自我成長與性心理發展過程中，所面對的主要衝突之後，第二章與第三章將集中討論精神官能的衝突，這些章節將告訴你表達內在衝突的方法，因為心理的影響所產生外在的衝突，是可以表現在電影銀幕上的。第四章將討論自我防衛機制，由佛洛伊德女兒安娜・佛洛伊德所整理的佛洛伊德理論元素。自我防衛是人們處理精神官能衝突很普遍的方法，因為如此，自我防衛就是精神官能症行為的重要面向，它

們可以加深你劇本中人物的深度。第五章討論夢的運作，就是佛洛伊德夢的解析的方法。本章將描述電影和夢的經驗之間的平行關係，並教導你如何應用夢的象徵和想像於你的劇本之中。

艾瑞克森心理分析

心理分析雖然由佛洛伊德開始，但絕非止於此，艾瑞克森認同發展的理論是本書第二部分的主題。當佛洛伊德專注於性壓抑和內在衝突的討論時，艾瑞克森則鑽研於規範衝突的領域，即個人想要成為自己的慾望與環繞在他四周阻撓性壓力間的衝突。第六章和第七章探討艾瑞克森自我認同發展（認同危機）的八個階段，教導你如何將他的認同發展模型應用在你的劇本之角色發展結構中。就我所知，本書根據艾瑞克森的理論首次為電影編劇提供了一個角色發展的模型。

容格心理分析

卡爾·容格的原型理論和集體潛意識已經被廣泛地討論，並成為比佛洛伊德的理論更具影響力的理論，容格相信在潛意識中有一種基本的要素，它能整合及表達統一的或集體的心理意象和主題，他把它稱為「原型」。在歷史中，原型人物和故事講述了人類的集體需求，比如對母親和父親的需求、對愛與個人成就的需求、對心靈醫治的需求和與別人接觸的需求，以及對存在中復活與新生的需求。

雖然原型理論已經透過了神話、宗教、傳奇、故事與藝術等形式被討論了數千年，但是表現現代原型的主要工具卻是電影這大眾媒介。在本書的第三部分中，原型理論是以角色觀點和電影情節來呈現的，而這些角色和情節乃是從心理層面影響眾生。第八章和第九章教導你如何將容格的各式原型融合在你的

劇本中，使你可以以集體的人物和情節原型連結於你個人的故事中，藉以將潛意識的內容傳達給所有的人。

英雄的旅程

　　本書中的《千面英雄》（1948），約瑟夫‧坎伯在此神話英雄故事裡提供了一個結構心理分析，從他對心理分析理論研究的自由書寫，以及他對廣大的古代知識、古典和世界神話之見解的應用，坎伯為神話英雄的旅程建構了一組個別的「階段」。喬治‧盧卡斯的《星際大戰》之所以成功的理由，有很大一部分要歸功於坎伯的理論，因此劇本中的「旅程模式」和英雄結構，已經成為世界各地的電影編劇和電影人的樣板。像克里斯多夫‧佛格勒的《作家之旅》和司徒爾特‧佛伊堤拉的《神話與電影》（1999）也運用了坎伯的理論在電影和編劇中，不僅促進了「旅程模式」的風行，也順勢將此概念傳遞給新一代的編劇和電影人。在本書的第四部分裡，「旅程模式」是被放在心理分析的根基上來探討的，每個階段都是以心理分析的功能，以及主角所必須遭遇的和接受成全的原型來討論，以利發展出故事的結局。

　　其他關於坎伯和電影編劇的書，則有簡化坎伯「心理階段」的傾向，因為要了解他理論的內涵，需要一定程度的心理分析知識與背景。而在本書的前三個部分裡，已提供了必要之佛洛伊德、艾瑞克森，以及容格等人學說的背景。因此，坎伯的理論並未被簡化，或被重新組合。坎伯「英雄旅程」的模型，是以他《千面英雄》中的原始建構來呈現的。在第十章中，旅程的階段乃是使用兩個例子來探討的；即《英雄本色》（1995）和《神鬼戰士》（2000），那是神話英雄旅程的現代版。透過對坎伯「心理階段」被應用在銀幕上的詮釋，不但坎伯的原始模型能完整呈現，而且坎伯的專門術語也能保持其完整性。

女性英雄的旅程

　　關於英雄旅程模型的基本真理是，它是根基於西方文化中古典神話和傳統傳奇與故事的，因為它的結構是來自男性主導的社會，因此，英雄模型的本身，根本代表了男性版本的男性角色故事。在第十一章裡，討論了莫琳·默多克的模型，取自她的著作《女性英雄的旅程》（1990），並以《永不妥協》（2000）這部影片作為討論的範例。

　　女性英雄旅程的模型為現代女性角色重新建構了坎伯的「心理階段」理論，就是在探討關於女人爭取獨立、自主、平等和自決等議題，雖然英雄旅程主要是處理在爭戰裡的勝利和轉變的議題，但女性角色旅程則在處理現代女性爭取平衡的議題。現代女性角色成功的目標，乃是意圖自傳統女性的養兒育女、愛等目標中爭取平衡，取而代之的是爭取原本屬於傳統男性中個人的野心與競賽的成就。就我所知，本書提供了第一個女性英雄旅程模型，並被應用在編劇和電影製作上。

阿德勒分析

　　本書的第五部分是討論艾爾弗列德·阿德勒的理論，在第十二章中，阿德勒自卑感情結的理論被解釋為形成角色動機的有力方法，特別是在有兒童角色的電影中，「兒童角色公式」被詳細地描繪，如在迪斯奈電影和其他電影片廠所出產的電影中，兒童角色所面臨種種特殊的動機、目標、衝突和障礙等，都被一一的陳述。對抗的關係是電影中普遍的主題，因為它充滿了心理的象徵主義和衝突。在第十三章中，阿德勒的兄弟鬩牆理論被認為是在所有故事和電影中對抗主題的一種基本樣板。而在第十四章中，阿德勒「生活方式」的理論，被當作是一種角色發展和角色間心理衝突的模型來呈現。

存在主義分析

羅洛‧梅是一位開創性的學者和心理分析師，他成功地融合了存在主義哲學概念和心理分析的實務與原則。梅的理論探討了最基本的精神官能的衝突……從最基本的問題所引發的存在焦慮：諸如「我是誰？」、「我為何存在？」、「我存在的目的是什麼？」，以及「生命的意義是什麼？」等問題。第十五章闡釋了羅洛‧梅存在衝突的理論和他的自覺意識階段的模型，並進入一個令人信服的，而且可以應用在你的劇本裡的動機與角色模型。

羅洛‧梅將二十世紀標示為「自戀的時代」，所指的就是現代美國英雄角色自戀的特質，以及很明顯的在美國文化中傳統價值的淪喪。第十六章探討的是當代神話製造者——好萊塢，以及二十和二十一世紀的編劇和電影人們，所提供給我們的現代自戀原型。而最後一章分解了一般銀幕角色型態的要素，以自戀的時代的原型來呈現，並說明他們所賦有特殊的挑戰、衝突和動機。

誰可使用本書

本書雖然提供了能使所有電影人感興趣的啟示和理論，感興趣的還包括心理分析師、電影分析者和更普遍的大眾，包含所有心理學和電影的學生，以及所有只要對此領域感興趣的人們，但本書主要的目的是為編劇人而寫的。如果你是一位編劇，本書對你編劇的每一個階段都有益處。如果你對劇本連一個想法都沒有，本書可以從神話、戲劇和電影，帶你進入古典的主題和角色，並激發你寫劇本的故事與靈感。如果你已經有一個寫劇本的想法，本書將對你在建構劇情結構、創造你劇本中角色衝突的要素，以及建立你的主角角色發展的歷程上，極為有用。如果你在寫作上是全職的，本書可以作為你的寫作指引以及靈感的來源。本書豐富的心理分析和神話理論，在角色與情節的創造上，能提供你無盡的想法。而如果你正在完成、修改或重寫一個劇本，本書也許能幫助

你找出劇本的問題，諸如情節或角色發展的弱點，它也能幫助你了解為什麼你劇本中的某段落是無效的，它甚至能給你重修劇本的方向，使它能發揮功效。

如何使用本書

本書的用處完全根據於你作為一位讀者和作為一位寫作者的需要。在提到佛洛伊德的章節裡，討論了基本的內在心理衝突的內容，這個題目是在本書中一再被討論和論述的。如果你覺得你的劇本缺乏一個強的並能牽引人的衝突感，那麼本書裡對心理衝突不同的詮釋就能給你所需要的靈感。本書的第二個主題就是角色發展，在艾瑞克森和容格的章節裡，討論了關於角色發展的各種心理要素，提供了相當不同的但能互補的方法，這方法能幫助你創造一個發展完全的電影角色。

在英雄旅程和女性英雄旅程的章節裡討論較多的是形式，為傳統男女主角的故事結構提供情節點和發展的策略，如果你覺得你在結構上需要幫助，這幾章能對你獲益匪淺，但是我建議你要先讀佛洛伊德和容格，因為本書的設計是建立在一個彼此依循和漸進的觀念上。最後，在阿德勒與梅的章節裡，集中討論了關於故事結構、角色發展、心理動機和衝突等另類的心理分析模型，彌足珍貴的是坊間沒有另一本書曾為電影編劇提供了像阿德勒式，或存在主義式的模型。

不論你讀本書的目的是為了獲得特定的幫助或靈感，抑或你只是想擴增你編劇或拍片的知識領域，本書所提供的豐富想法都能滿足你的需要。本書裡學者精湛的理論可說是一種終極的智慧與指引，當你學習這些理論時，你會發現各種新的關於電影和編劇的想法，會朝著你蜂湧而來。你會發現你的腦海被各種不同的象徵和下意識的人物所衝擊，不管是為你正在寫的劇本、正在拍的電影，或只是正在戲院中看電影或看電視。本書能提供你最棒的事，就是一個進入你自己潛意識的入口，因為那正是所有奇幻的事、夢想和電影誕生的地方。

譯　序

　　又是一年的寒冬時，把稿重新校對、潤飾和修整後，心中總算穩當了些。

　　翻譯好像是翻硬土地一般，每天都得翻，偶爾會挖出個地瓜，讓你不覺白費功夫。運氣好時，會跑出個金條來，給你個驚喜。有些時候，甚至採出個鑽石礦來，照得你腦袋閃閃發光。有收穫固然令你快樂，但挖土實在熬煞人，真像是在堅硬的花崗岩上，要鑿個700英呎深的洞，然後設法營救埋困在地底下的礦工一樣。

　　前年就接到翻譯這本書的任務，陸陸續續忙了一年半，總算大功告成。付梓之前，心中還是有些話要說。我要說，這本書是本好書。雖然翻起來很費功夫，但是內容卻挺有價值的，讀起來也饒富趣味，應該要勝過村上春樹的《關於跑步，我說的其實是……》那本書。這樣的比較也許不很恰當，但這本書真的非常博學，讓你覺得說故事的藝術，頗具啓示；從個人心理疾病，到人類超驗的範疇，都描述其中。作者滔滔雄辯的氣勢，足以讓你瞠目結舌，旁徵博引的游刃，也令你感到望塵莫及。我雖不想跟他比較，但翻完書後，總讓我感覺，我讀的書太少，看的電影也太有限了。

　　這是一本關於編劇和心理學的書，他把這兩者密切的關係，敘述得鉅細靡遺，各樣的論點發揮得淋漓盡致。對大多數的人在理解電影與人生的事上，有振聾發聵的作用。我猶記得他說：「當一部電影結束時，觀眾必須感受到主角的性格已經發展完成，而且現在已經『完整』了。」這裡他提到「成全」的觀念，對我們一般人是挺有意義的。因為我們都是有缺陷的，在我們的一生中，都在尋求完滿，使自己完全，這就是成全。因著世界的不完滿，使得追求完滿，成了我們每個人一生的職志。每部電影都在講不同的人追求完滿的故事，而本書就是在解剖每個追求完滿故事背後的心理結構，以及它們不同的發展模式，而它們幾乎都可以應用或返照在我們每個人的身上。

　　我要特別感謝五南圖書出版公司的陳念祖先生對我的器重，將翻譯的任務交在我身上，使我倍受「成全」，並使這本有豐富意涵的書，能成為國人的饗

宴。另外，我也要感謝我的太太王慰慈，自告奮勇，在最後的校稿階段裡，費心費力，幫我打出校稿的細目，使出版的時間不受耽誤。還有我要感謝編輯李敏華小姐，她精美細緻的編輯與設計，使本書能更加賞心悅目，以嘉惠讀者。

　　當然，希望讀者能享受閱讀這本書的過程。而且，如果你能藉著思考與整合書中所論及的各種「心理階段」或「原型」，在你的生活、生命與性格裡，使你成為一個更好或更健康的人，幫助你獲得心理上的「完整」。那就更要令我喜樂歡騰，並使這本書的翻譯與出版值回票價了。

井迎兆寫於美國費利蒙市

2011.1.16

目　錄

第 *1* 部分

{西格蒙・佛洛伊德}

Sigmund Freud

Chapter 1

戀母情結

　　佛洛伊德分析的中心思想是關於他的戀母情結（Oedipal Complex）的概念，這乃是從伊底帕斯神話發展而來的。在這個基本的典範中，含有許多佛洛伊德最偉大思想的基礎，如他結構的心理模型、衝動理論、閹割焦慮（Castration Anxiety），以及許多其他的理論。戀母情結的主題在電影中是無所不在的，因為它描繪了角色發展的兩個最基本要素：**道德智慧**的統合和成熟的**浪漫關係**的形成。當你寫劇本的時候，會產生許多不同的情節要素和角色發展，但故事裡核心的議題很少與這兩個要素產生嚴重的分歧，不管影片中發生什麼事，主要角色通常都在企圖獲得某種道德的勝利，或者這角色就是在試圖獲取他所愛之人的芳心，許多電影情節都具備了這兩種要素。所以，徹底了解戀母情結是編劇要講好一個故事重要的基礎，而這故事是具備有角色發展的基本心理議題的。

　　戀母情結可以用具體的或象徵的方式來詮釋，在佛洛伊德的「**性心理**」觀點裡，男嬰孩有在性上與母親結合的慾念。佛洛伊德在他的──「**嬰兒性心理**」理論裡直言不諱地說，嬰兒與小孩有強烈的性慾，正如成人一樣。根據這個說法，吸吮乳房、擁抱、洗澡、親吻和所有其他嬰兒與母親

間親密的行為，本質上就是性的經驗。一種較不直接的解釋將戀母情結視作一種隱喻，即兒子對母親的愛與感情的慾求，而非一種性結合的慾望。對於佛洛伊德理論全面性的了解，需要一種總括性的角度來理解兒子對母親的慾望，作為一種愛和感情的需要，而這種愛與感情也是充滿性的慾望的。兒子會長大成人，而他的愛與性的慾望將會投射到另一位女人的身上，因此，戀母情結的解決就成了浪漫關係形成的主要元素。

戀父情結（Electra Complex）

佛洛伊德的觀點已經因為他的**男性中心主義**（Androcentric）而飽受攻擊，然而佛洛伊德對於自己傾向於直覺地將男性議題解釋為普遍的心理議題並不感到歉意。即使他臨床的工作多數是針對女性的病人，佛洛伊德仍然承認：「儘管我作了三十年的研究，我仍然無法回答那從未被回答的偉大問題：到底女人要的是什麼？」當然，戀母情結只是佛洛伊德男性中心主義的一個案例，而佛洛伊德的修正主義者也提出了戀父情結，作為戀母情結的女性對位，說明女嬰孩對父親所發展出的一種熱情慾望。

伊羅士與桑納托斯（性愛與死亡）

兒子對母親愛戀慾望的衝突只是戀母情結其中的一面，兒子會無可避免地明瞭，他的父親是他獲得母親的愛與注意力的敵手，而且這位敵手的能力是遠遠地強過自己的。這個**對抗**（Rivalry）導致對父親產生侵略與敵意的感覺。像伊底帕斯一樣，殺了他的父親拉伊俄斯，然後娶了他的母親裘卡斯特，兒子希望能打敗他的對手，為能獲得他母親的愛，將母親完全據為己有。根據佛洛伊德理論，男孩對父母分歧的感情（對母親的愛與對父親的侵略），反映了兩種基本的衝動——性愛與死亡。正如戀母情結的主題一樣，伊羅士（性愛）（Eros）與桑納托斯（死亡）（Thanatos）也是兩個神話人物。伊羅士作為他母親阿芙洛黛蒂（愛與美女神）的隨從，代表了愛與性之神，就是希臘字「性愛的」的字根。桑納托斯身為「希神」夜之女神的兒子，他成了死神的化身。在佛洛伊德理論中，伊羅士代表了創造與撫育生命的衝動（**愛與性**），

而桑納托斯代表死亡的衝動（**恨與侵略**）。在伊羅士與桑納托斯裡蘊藏了絕佳的戲劇創造力，能為影片增添趣味。如果你能混合愛、恨、性與暴力等元素在古典的主題如內在衝突（Internal Conflict）、嫉妒和對抗之中，你就擁有了能讓人興奮的故事的所有元素。

作為一種愛的障礙之精神官能衝突

在寫劇本時，你一定要記得戀母情結的核心乃是精神官能衝突（Neurotic Conflict）。當小孩長大的同時，基於根本「**亂倫禁忌**」的概念，他了解對母親性的慾念是不適恰的，所以男孩會壓抑他對母親的慾望，因而在他的性格中形成一種**內在的衝突**。在電影中，這種內在精神官能衝突通常以一種**外在障礙**（External Obstacle）來表達，它會阻礙一個角色去愛與追求他所慾求的對象。

幾乎所有的劇本都含有某種**愛情元素**（Love Interest）。在浪漫電影裡，愛情元素就是主要的故事；但甚至在其他類型的電影裡，如果少了愛情元素，電影就會顯得空泛或缺乏。一部電影如果沒有愛就少了「心」。因為父母／兒女關係代表一個人生命中**主要的愛的關係**，因此戀母情結本質上是所有愛的關係的象徵，而戀母情結的解決，在一個人生命中每一個隨之而來的愛的關係上，具有極為重要的影響。對戀母情結透澈的理解是每個編劇能創造一個具影響力的愛的故事的基石。

戀母情結的對抗（Oedipal Rivalry）

正如兒子視父親為獲得母親之愛的對手，電影角色也常常要面對他們愛情元素的對手，在《畢業生》（The Graduate, 1967）中，當班（達斯汀・霍夫曼飾）與魯賓遜太太（安妮・班考夫特飾）發生曖昧關係後，魯賓遜先生（莫瑞・漢彌爾頓飾）就成了班的對手。之後，當班與魯賓遜太太的女兒伊蓮（凱薩琳・羅斯飾）發生戀情之後，這個對手又以不同的方式出現，即他試圖違背魯賓遜太太的意願而與她女兒私奔。首先，班作為魯賓遜太太的愛人是一位對手，然後他變成另一位對手是作為魯賓遜先生的女兒的愛人。一般而

言，對抗的主題並不會像在班與魯賓遜太太之間的對抗那樣全然是戀母情結性質的。在《亂世佳人》（Gone With the Wind, 1939）中，史卡蕾特（維文‧李飾）與馬蕾妮（奧利佛‧德‧哈威爾藍德飾）之間，在對艾絮麗（蕾絲莉‧霍爾德飾）的愛上經歷了一種更為直接的對抗。

　　對抗的主題並不侷限於愛情的故事而已，電影角色在他們所追求的各樣目標與目的當中，常常要面臨各種的對手。在《征服情海》（Jerry Maguire, 2000）中，傑瑞（湯姆‧克魯斯飾）被他可惡的對手鮑伯（傑‧摩爾飾）自公司逼退。在運動電影如《洛基》（Rocky, 1976）和《小子難纏》（The Karate Kid, 1984）中，主角在整部影片中被一個慾望所推動，就是擊敗他可怕的對手。甚至連馬也一樣，《奔騰年代》（Seabiscuit, 2003）中的馬「硬餅乾」被催促著要勝過牠惡名昭彰的對手「海軍上將」，牠是一匹更大、更年輕也更強壯的馬，擁有更優秀的品種和訓練。在《錫杯》（Tin Cup）中，洛伊（凱文‧科斯特納飾）與他的對手（當‧強森飾）競爭，是為了兩項主要的目的，其一是獲取高爾夫球比賽的勝利，其二是獵取他所愛之人（蕾妮‧羅素飾）的芳心。這種具雙重魔力處理對抗主題的手段，是一種被運用在劇本中典型的技法，藉以在主角與他的對手間建立高度的衝突。在影片終了時，主角可以在兩方面戰勝敵手，一方面獲得了球賽冠軍，另一方面也獲得了美人的芳心。

禁果

　　有些電影描寫實際的戀母情結，影片中兒子真的想與母親有性關係，在《打猴子》（Spanking the Monkey, 1994）中，一個年輕的兒子因受中年母親的誘惑而進入一種異常亂倫的關係。在《誘惑我小媽》（Tadpole, 2002）中，一個高中男孩意圖追求他的繼母。但更常見的情況是，戀母情結是被放在與母親不相干的人物身上，在《畢業生》裡，班是受一位較年長的母親的朋友魯賓遜太太的誘惑。而在《哈洛與慕德》（Harold and Maude, 1971）中，哈洛（巴德‧科特飾）與慕德（露斯‧高登飾），一位六十多歲的女人，發生了性的關係。在所有這些例子當中，男主角似乎都表現出一種**情感的需要**和**不成熟**，他們只是長在男人身體內的小男孩，正在尋找母親的角色來照顧他們情感上的

圖1
禁果：男女主角（巴德・科特和露斯・高登）實現了他們的愛情於《哈洛與慕德》（1971）。

需要，以及尋找一位有誘惑力的女人來滿足他們性的慾望。

在所有這些愛的故事裡，一個關鍵要素就是禁果（Forbidden Fruit）這因素。正如孩童對相對性別的父母有性的慾望是被禁止的一樣，他們與年紀較長的女人有性關係也是一種象徵性的文化禁忌。禁果因素在愛的故事裡是相當普遍的元素，莎士比亞最著名的愛的故事《羅蜜歐與茱麗葉》（Romeo and Juliet），是關於兩個年輕人墜入愛河，儘管在這兩個敵對的家族「蒙塔古」與「卡普萊特」間的婚姻是不許可的。當我們寫一個含有禁果因素的愛的故事時，請記得這些故事會很典型地以**悲劇**（Tragedy）收場。

羅蜜歐與茱麗葉自殺了。當伊底帕斯知曉自己娶了自己的母親，就挖出了自己的眼睛，而裘卡斯特也自殺了。《畢業生》中，班和魯賓遜太太的關係最終以彼此相恨收場，而《哈洛與慕德》也以慕德自殺結尾。當「愛能征服一切」這樣再流行不過的結局（Denouement）被應用在各種故事中，即人們在獲取愛之前會面臨許多的攔阻，然而，由禁果的情節線所帶來的結局，幾乎全是悲劇，因為這種內在衝突是由關係本身不正當的本質所產生的。為了要解決衝突，這種浪漫關係必須中止，或者轉換成為其他的東西。

姦情

禁果主題最常見的應用就是在通姦的故事中。當愛的對象是自己好朋友的先生或妻子時，衝突將更為強烈。通姦的主題是象徵性的戀母情結的表現，

因為它重演了相同的基本情感，劇中人所戀慕的對象是道德與社會的禁忌，他必須面對的對手是愛人的配偶，正如戀母情結中兒子被迫與他的父親對抗。通姦的故事是相當難以解決的，因為觀眾雖然同情禁果的主題，但他們也尊重婚姻的神聖性。但是你的角色可以擁有那塊蛋糕，並且吃它（他可以得到那個女孩，同時避免極大的懲罰），如果他的對手是不配得到他愛人的愛的。在《鐵達尼號》（Titanic, 1997）中，當傑克（李奧納多‧狄卡皮歐飾）獲得蘿絲（凱特‧溫絲蕾飾）的芳心時，觀眾是欣喜的，因為她的未婚夫（比利‧忍恩飾）是一位卑鄙又不體貼的勢利小人。類似的，在《瞞天過海》（Ocean's Eleven, 2001）裡，丹尼（喬治‧克隆尼飾）從黛絲（茱莉亞‧羅勃茲飾）的未婚夫（安迪‧賈西亞飾）那兒偷取她的芳心也是許可的，因為她的未婚夫顯然是一位有控制慾、工於心計，而且富有的蠢人，他一點都不像丹尼那般吸引人。當這對手被描繪成**壞人**或失敗者時，這個愛的故事就能以主角勝利收場。

當主角對手不是被描寫成壞人時，這個愛的故事就很難寫得成功。在《出軌》（Unfaithful, 2002）中，康尼（黛安‧蓮飾）沈溺於熱烈的姦情中，即使她的先生愛德華（Richard Gere）是一位吸引人、可愛又是全面的大好人。康尼的衝突是更加的嚴重，因為在打破禁忌之外，她正在傷害她所愛的人。當愛德華發現了這段關係，並意識到自己處在危險的地位，即成了他妻子情人的對手時，電影就發生了逆轉。現在愛德華成了伊底帕斯，他被要得到裘卡斯特的愛與慾望所驅動，以及被要殺了拉伊俄斯的恨與憤怒所驅動。愛與死雙重的情感完全占據了愛德華的心靈，以致他殺了康尼的愛人。雖然姦情和接下來的謀殺在故事中進行得很順暢，但是康尼未受到懲罰卻成了故事的漏洞。編劇必須要知道，主要的戀母情結主題（愛、恨、性與暴力）需要一點正當的理由，因為它們可以自我說明。然而，越敏感的主題像是**懲罰**和**報應**（Compeuppance）等，越需要更小心地編織在故事中的。《出軌》被拍成悲劇，但是拍片者在片終逃跑了，他們也許不忍太嚴厲地處罰片中女主角，因為她是觀眾認同的對象。然而，精明的觀眾會下意識地知道悲劇的結構，所以當一部影片在片尾給他們一個情緒上的重擊時，他們會感覺受騙了。

閹割焦慮

　　雖然伊底帕斯自己能殺死他的父親，但是在戀母情結裡痛苦掙扎的小男孩是無法抵禦他巨大的敵手的，而且，因為兒子朝著父親心中懷有侵略的情緒，所以他也認為父親朝著他懷有相同侵略的情緒。這種想法會在兒子犯錯、父親處罰或責打兒子時得到確認。根據佛洛伊德理論，年幼的男孩恐懼他的父親意圖以閹割的方式除掉他這位性的對手。當一個小男孩面臨一位憤怒和暴力的父親時，即使最忠實的佛洛伊德信奉者，也會將「閹割焦慮」解釋成**無力與性無能**的感受。早期童年的恐懼在《鬼店》（The Shining, 1980）中被發揮到了極致，影片中有一位揮舞著斧頭的父親（傑克・尼克遜飾），在一棟鬼影幢幢的旅店中追逐著他的兒子，片中這個小男孩是真實的害怕他的父親要把他砍成碎塊。

無力感

　　有無力感在危險逼近時是極為恐怖的事，那可用來引發觀眾內心裡恐懼的反應。恐怖電影常會運用這樣的設計，就是讓一個邪惡的人、怪物、或心理變態者，去追蹤一位無助的兒童或一位在驚嚇中的女士。即使像《月光光心慌慌》（Halloween）和《黑色星期五》（Friday the 13th）這樣「砍人者」的電影，長久以來過度使用這樣的技法，但是此技倆仍然是嚇人的力量。恐怖電影運用了這樣類似的方法，就是讓一個恐怖的人去攻擊一位處在完全**無抵禦能力（Defenselessness）狀態**下的受害者。在「砍人者」的電影中，總是有一個場景是受害者在床上、在浴室、在洗澡時，或在做愛中被攻擊。在這些時刻裡，受害者是無力防禦自己的，不巧地，他們還是赤裸的，他們的私處也極險惡地暴露在砍人者的面前，而且砍人者也不變地正揮舞著一把刀。在這些場景中的閹割焦慮，就是角色實際地恐懼他的性器官會被砍掉。

角色對調

　　角色對調是指一位**照顧者**變成了一位危險的人物，這是非常嚇人的事。正經歷戀母情結的小男孩盼望他的父親能愛他和照顧他，當他懷疑他父親想

殺死他時，他無法抵抗也無處可逃。在《獵人之夜》（The Night of the Hunter, 1955）中，那位嚇人的人物（羅伯・米契飾）變得更加恐怖，是因爲他正在追捕的無助小孩，乃是他自己的繼子。在《閣樓裡的花》（Flowers in the Attic, 1987）和《親愛的媽咪》（Mommie Dearest, 1981）中，危險人物正是小孩的母親。而在《失嬰記》（Rosemary's Baby, 1968）、《深閨疑雲》（Subpicion, 1941）和《煤氣燈下》（Gaslight, 1944）中，脆弱及受驚嚇的女人懷疑她們可怕的先生正打算謀害她們。《戰慄遊戲》（Misery, 1990）是一部特別嚇人的影片，因爲一個女人最初以一位有愛心的護士（凱西・貝茲飾）出場，逐漸演變成爲一位有虐待狂和殘忍的心理變態者。同時，她無力反抗的受害者（詹姆士・肯恩飾）是被限制在**被去勢的**位置上，即病床和輪椅上。在角色對調中，一位有愛心的人變成一位有威脅的人會引發恐懼，因爲它違反了觀眾的預期，同時也創造了一種感覺，就是受害者被困在一種無人可求、無處可逃的境地裡。

身體替換

有一些電影利用「身體替換」（Body Switching）的故事，來製造實際上父母與兒女角色對調的情節，通常是爲了製造喜劇的效果。在《怪誕星期五》（Freaky Friday, 1976）、《辣媽辣妹》（Freaky Friday, 2003）中，母親和女兒很神奇地作了身體的交換，相同作法的男性版也應用在《像兒子像爸爸》（Like Father, Like Son, 1987）一片中。在每個例子裡，當兒童突然從他們只是作小孩次等公民的等級，被提升爲成人，而能享受所有成人的特權時，他們都經歷了一種**自由**和**解放感**。賈許（湯姆・漢克斯飾）在《飛進未來》（Big, 1988）中，當他的願望是得到一個神奇如嘉年華會般的應許，而正開始陶醉在他新發現的獨立時，然後一夜間他就長成爲大人。而凱文（麥考利・克金飾）在《小鬼當家》（Home Alone, 1990）中，在解除他兄姊們的束縛後，突然間獨自在一個大屋子裡成了一家之主，得以享受他的自由。

父母也能經歷一種心理的釋放，當他們作爲父母與工人的成人角色被解除時，他們就能享受無憂無慮孩童的生活。這樣的電影很容易成功，因爲他們

切入兩個層面觀眾的心理，父母與小孩藉著對這些交換角色的認同，都能經歷彷彿身歷其境的樂趣。然而，因為情節的單純，使得故事的結局缺乏變化的空間。最後，父母與兒女都必須回到他們原初的狀態，而且都從他們在另一個身體的時間裡，學習到了寶貴的教訓。他們都對彼此的奮鬥產生一種敬重感（如：一山望著一山高……），並且他們也學習互助合作，為了能矯正他們可怕的困境。

有支配慾的父母

電影中角色對調和身體替換的主題，討論了父母與兒女關係裡一個真實的心理需要，父母與兒女通常無法面對面地看清很多關鍵的問題。雖然父母與兒女在很多問題上意見不一，但歸根究柢，這些衝突通常可以被歸納為**獨**立這個基本的問題上。小孩想要有決定他們自己生活的自由，而父母想要保護他們的子女免於成人世界的危險，可能以**占有慾**表現他們的關心，那是一種想要控制兒童生活的每一個面向的慾望。這個基本的衝突本質上是戀母情結的，因為它喚起父母想要獨占他們兒女情感的慾望，以及孩童想要逃離父母在戀母情結中窒息般的愛與恐懼。父母占有慾的衝突沒有比在女兒違背父母意願想要和她的戀人結婚的故事裡更強的了。在這些情況裡，年輕的追求者和有占有慾的父母便成了真正的敵人，因為女兒正被她父母如呵護嬰兒般的愛與追求者火熱的愛撕扯。

在《屋頂上的提琴手》（Fiddler on the Roof, 1971），特夫業無法接受他女兒選擇一位非猶太人的男友，使得特夫業（托伯飾）斥責他的女兒，並永遠失去她的愛，這衝突也可以成為恐怖的來源。在《驚魂記》（Psycho, 1960）中，諾曼‧貝茲（安東尼‧柏金斯飾）的母親是相當有權力及占有慾的人，因此她完全剝奪了諾曼的身分，並控制了他的精神，甚至在她死後仍然如此。當你寫劇本時，請記得，有關戀母情結對抗與占有慾的主題，是內在衝突、暴力與戲劇極佳的題材。原創性並不需要新的衝突來源，它只需要有獨特的和有創意的表達方法，來呈現這些古代神話的主題。

- 戀母情結指的是男嬰兒對母親有性心理上愛的需求，而對父親則有忌妒性的侵犯傾向，這提供了基本精神官能衝突的樣板。當劇中人想要得到他們不應得的東西、恐懼那可怕的權力、渴望得到愛、痛恨暴虐、經歷性的慾望，或要表達暴力的侵犯，精神官能的衝突都可以在劇本中以外在衝突的方式來描寫。

- 戀父情結可以被解釋為女性版本的戀母情結，即女嬰孩經歷對父親性心理上愛的需求，而對母親有忌妒性的侵略傾向。

- 伊羅士與桑納托斯分別是生命與死亡的主要驅動力，伊羅士代表對愛、性和聯合的需要；而桑納托斯代表了侵略、暴力與毀滅的衝動。

- 精神官能衝突在戀母情結中來自「亂倫的禁忌」，即對母親不正當的慾望。這個主題在電影中普遍存在的禁果故事線裡，通常代表著愛的障礙。

- 通姦是常見的禁果故事裡的一個例子，在其中，對已婚男女的不倫之戀，再現了嬰兒對母親不正當的性的慾望。

- 在男嬰孩與父親間奪取母親的愛與注意力之戀母情結式的競爭，也在電影中介於男主角與另一個角色間爭取愛人的故事裡被重現出來。

- 閹割焦慮乃是男嬰孩對父親的一種畏懼。

- 無力感使男嬰孩的閹割焦慮更加強烈，由於他在成人父親面前的無力與無助感。

- 電影中的角色對調，像是一位幼兒照顧者突然變成一位可怕的人物，會喚起我們幼年的恐懼，小孩會感受到他同性別的父母意圖加害於他。

- 電影中的身體替換是一個流行的主題，因為它滿足了兩方面的幻想（Fantasizing）。首先，小孩能想像成為有能力和獨立的大人；其次，大人也能想像變成小孩的狀態，在其中他們擔負了較少的義務與責任。

● 占有慾強的父母在電影中是極普遍的人物型態，因為父母愛他們的兒女，因此就想要控制他們的生活，同時兒女們卻想要爭取自由與獨立。

第｜一｜章
習 題

1. 請就下列影片，分析其戀母情結的主題：《慾海情魔》（Mildred Pierce, 1960）、《白熱》（White Heat, 1949）、《驚魂記》（1960）、《畢業生》（1967）和《唐人街》（Chinatown, 1974）。

2. 請尋找至少五部影片，在其中有象徵式戀母情結各主要面向的呈現。

3. 現在請找尋五部影片，其中有象徵式戀父情結的呈現。

4. 請找尋五部影片，其中主角必須克服無力感以獲致成功。

● 在你的劇本中表現戀母情結的主題

1. 在你的劇本中有無愛情元素？如果沒有，你認為增加愛情元素能否為你的故事增加戲劇性。

2. 如果在你的劇本中有愛情元素，在你的角色間有無衝突呢？這些衝突能否被加強，如果我們加入戀母情結的主題，諸如「禁果」的因素、一種對抗、或一個必須克服的阻礙？

3. 在你的劇本中的主角有無一個對手？如果沒有，請思考增加一個對手會為你的劇本添加怎樣的衝突和張力？

4. 如果你劇本中的主角有一個對手，這個對手能否被發展成為更強的對手？請思考將他與主要愛情元素連結在一起，看看如此會怎樣增

加你故事的張力？

5. 你正在寫一個要嚇人的劇本或一個場景？如果是，你能否應用「閹割焦慮」中無力感或角色對調的主題，使劇中可怕的人物更加嚇人？

6. 你的劇本有無父母與子女關係或愛的關係？如果有，在此關係中，能否藉著占有慾的主題加入衝突因素？

戀母情結一覽表

戀母情結的元素	特性	角色動機	電影範例
伊羅士和桑納托斯	主要關於愛與死的驅動力	愛與恨	《太陽浴血記》（Duel in the Sun）
		性與暴力	《閃靈殺手》（Natural Born Killers）
		復仇（Revenge）與怨怒	《就地正法》（Death Wish）
戀母情結的對抗	對父親的侵略	為愛的對抗 為目標的對抗	《亂世佳人》 《洛基》
亂倫禁忌（禁果）	對母親性的慾求的罪惡感	不倫之戀	《誘惑我小媽》 《出軌》
閹割焦慮	畏懼父親	無力感 角色對調	《鬼店》 《怪誕星期五》
父母占有慾	父母控制兒女生活的慾望	占有慾 獲取獨立的衝動	《屋頂上的提琴手》 《飛車黨》（The Wild One） 《養子不教誰之過》（Rebel Without a Cause）

Chapter 2

精神官能衝突

　　佛洛伊德結構的精神官能衝突模型是從他的戀母情結理論中產生出來的，為了能展示他的內在心理衝突，佛洛伊德將潛意識分成三個部分：**本我**代表那原始的、嬰孩與生俱來的動物性的動力，從佛洛伊德德國術語「das es」直接翻譯而來，就是「那它」。本我是純粹的本能，由「**快樂原則**」所驅動，而且只對能滿足自己衝動的事感興趣，在本我背後的力量稱為「**原慾**」（Libido），是使所有動物擁有基本**性**與**侵略**本能（就是伊羅士和桑納托斯核心的生物動能）的原始生命能力。本我是潛意識裡的獸性部分，牠想要與母親作愛並殺死父親。

作為壞人的本我

　　電影中壞人的角色往往是本我能力的代表。在《恐怖角》（Cope Fear, 1991）中，馬克斯‧凱地（羅伯‧迪‧尼洛飾）是一位壞人，他恐怖的原因來自他原始的動機和行為。當他首次出現時是在獄中，是一位被關在籠中的動物。他有一隻手上刻了個「愛」字，而另一隻手上刻了個「恨」字，象徵他背後的兩種驅動力——**性**與**侵略**。馬克斯主要的目標是向山姆（尼克‧諾地飾）復仇，山姆是一位律師，過去曾使凱地入獄。馬克斯耽溺於他性的衝動，作為一種滿足他走向復仇之侵略性衝動的方法。在一個極為驚悚的段落裡，馬克斯引誘並強暴了一個年輕女人，在與她作愛時，咬下她身上的一塊肉。在那個時刻裡，馬克斯是純粹的本我，他就是性與侵略，全結合在一個壞人的身上。這壞人背後心理的能力來自一種概念，就是他的角色是包裝在人類衣冠中的野獸，你永遠無法預測他會做出什麼事情來滿足他原始的衝動。

　　雖然並非所有的壞人都像馬克斯這般邪惡，但壞人角色基本的品質，常常是與性、侵略或兩者掛鉤。**吸血鬼**（Vampires）就是典型的本我怪物的範例，因為他們是從吸取女性受害者柔軟的脖子中的血這種侵略的行為，來獲得性的愉悅感的。像《沈默的羔羊》（Silence of the Lambs, 1991）裡的漢尼伯（安東尼‧霍普金斯飾）也傾向於混合他侵略行為於性的愉悅中。其他的歹徒會將他們的侵略行為導向破壞、主控或征服的計畫上。像詹姆士‧龐德電影中的駕博士（約瑟夫‧懷斯曼飾）和金手指（葛特‧佛若比飾）總是想用某種方法來毀滅或征服世界。

　　不論壞人是要毀滅世界或一個人，壞人通常是寫起來最有趣的。他對於禁忌、道德、罪惡、或悔恨是免疫的，壞人在表達本我慾望的事情上是完全自由的。觀眾偷偷地喜歡壞人，因為他們可以透過壞人代理的方式，釋放自己的禁忌和滿足他們本我的慾望。要寫出一個好的壞人的秘訣，就是得和你內心裡的本我接觸。失去控制、拋棄你的禁忌、讓你所有的原始衝動流出而顯現在紙上，透過壞人表達你最黑暗的恐懼、夢想、衝動和慾望。

作為囚犯的本我

　　本我在我們的潛意識裡就像是一隻被監禁的動物，本我的動能總是想從裡面衝出來，但是我們持續地壓抑它們，將我們原始的衝動鎖住。作為本我的代表，壞人常會被放在監獄裡，而故事會以他逃出監獄或被釋放開始。《恐怖角》中的馬克斯·凱地就是從他在監獄中開始，《超人第二集》（Superman II, 1980）裡的雷克斯·魯瑟（金·哈克曼飾）也是如此。壞人逃離或離開（Departure）監獄代表本我能量的釋放，觀眾也藉著壞人享受了這種釋放。像《第三集中營》（The Great Escape, 1963）、《惡魔島》（Papillon, 1973）和《亞特蘭翠大逃亡》（Escape from Alcatraz, 1979）等逃亡電影很受歡迎，因為觀眾感受到壓抑社會的牢籠，並且透過劇中人享受了釋放禁忌的自由。

　　當壞人離開他的監牢（本我暫時的釋放），你應該給觀眾應得的報償（Reward），享受無法無天本我的放縱。雷克斯·魯瑟是一位很棒的超級壞人（Supervillains），因為他享受成為一個邪惡的搗亂鬼，不假思索地做他想做的事。在龐德電影中的壞人是頗具娛樂效果的，因為他們陶醉於他們的邪惡本質，享受他們所策劃魔鬼般的陰謀。每一個劇本和故事都有不同的需求，但是如果一個情節需要一個壞人，你可以儘可能為他添加能量，然後再釋放他。通常，電影中的娛樂效果不是根據於主角有多棒，而是根據於壞人有多壞。

壞人歸來

　　觀眾享受無拘束的壞人更甚於主角好好先生，作為本我的代表，壞人是一個罪人，而罪人反而有更多的趣味。許多劇本在故事結束時，刻意留下壞人返回的途徑，如此，假如他頗受觀眾喜愛，他們就可以拍攝續集，使壞人返回（Return）。壞人也許被囚禁起來、被國家放逐、或者他甚至逃跑了，總之，他不會被主角殺掉。漢尼伯·雷克特（被選為美國電影學會的頭號壞蛋）在《沈默的羔羊》（1991）中從監獄中逃跑了，然後又出現在《人魔》（Hannibal, 2001）裡，只是在片終時他再度逃逸。在劇本結束時留下開口，編劇保留了讓壞人能再度回來，並給他再一次的用他變態的計畫來摧殘社會的機會。

壞人的報應

壞人角色的關鍵就是他**不遵守道德準則**，作爲一種本我能量的表達，壞人不會擔心他行爲的道德問題。罪惡、自責和悔恨對他而言是可憎的想法，所以，就如頑皮的小孩必須爲他不對的行爲被父母懲罰一樣，壞人也得被主角懲罰，壞人必須得到他的報應。更進一步說，壞人的報應應該理想上**等同於他所犯的罪**。如果壞人強暴了、蹂躪以及謀殺了一大群主角最親密的家人或朋友，在他臉上打一拳或者關監牢，並不能傾洩觀眾的義憤，壞人必須遭受極大的痛苦，最好是栽在主角的手中。

在原始的《吸血鬼》（Dracula, 1931）電影中，抗茲（貝拉·魯構西飾）的死亡甚至並沒有在電影中表現出來，它只是透過短短的哼聲，當我們從遠處看見馮·黑爾辛（愛德華·凡·斯婁恩飾）把木樁打入吸血鬼的棺材。這樣平淡無奇的死亡缺乏電影高潮（Climax）所需的情緒，也沒有報答觀眾應有的正義感。在海默電影公司1958年以克里斯多夫·李飾演吸血鬼的重拍版中，抗茲的報應就顯得相當合適，既有戲劇性，又極爲痛苦，其中有痛苦的尖叫和血腥的暴力，不只血濺四處而且大量流血。有一種懲罰壞人的好方法，像在《終極警探》（Die Hard, 1988）中，就是讓他從高樓或懸崖上摔死。**墜落的死亡**（Falling Death）可以在壞人從100層樓墜下時，製造一個很長並持續很久的鏡頭，表現壞人尖叫的表情。痛苦的墜落也象徵了**墜入地獄**，在那裡他的靈魂將接受永遠的處罰。被炸成碎片、遭砍死、被野獸吃掉、或很諷刺地被他自己設計的精明殺人武器所殺，也是很流行的殲滅壞人的方法，這些都比簡單的開槍更有戲劇性。

作為英雄的自我（Ego as Hero）

繼本我之後，下一個要討論的潛意識結構就是自我。如果本我代表快樂原則，那麼自我就代表**現實原則**，它是個人將他的本我動能與父母和社會的要求相調和，以達到合理行爲的一種需要。自我是由佛洛伊德的德國辭彙das Ich翻譯而來，自我就是"I"這個字，是自我的中心代表。自我是在不斷發展中的，不斷學習新的適應社會的方法，並盼望在每過一天中能變得更爲強壯與健

康。照此原則,自我心理功能是直接與主角平行發展的,因爲主角也是在發展中的人物,他試圖要控制他的環境,克服困難,擊敗想要害他的邪惡歹徒。如果主角在電影結束時不是在某方面更好、更健康或更強壯,就意謂著他的角色並未得到發展。儘管電影情節可能討論任何事物,但電影的心臟與血液就是主角角色的發展。主角就是電影的"Ich",而且他的角色必須發展,爲了讓影片能傳達心理層面的意義。電影中主角的任務就是要逮捕和擊敗壞人,正如在潛意識的世界中,自我的工作就是要壓抑並控制本我。

英雄制服了壞人,象徵了自我征服了本我。在「驚嚇中的女子」的傳統故事結構中,一個壞人或一隻怪物綁架了這位女子,以滿足他自己不道德的與原始的慾望。例如,在《吸血鬼》(1931)中,吸血鬼(貝拉‧魯構西飾)將米娜帶回到他的城堡,要將她變成不死的殭屍。爲了要拯救這位女子,主角阻止了壞人邪惡的計畫,並拯救了女子,如此他們才能以神聖的以及符合社會規範的方式結婚。就此意義而言,主角的勝利使我們想起戀母情結,其中原始的性的慾望被社會束縛的象徵所擊敗。主角擊敗了歹徒,並拯救了女子,等於是象徵式地摧毀了麻煩的本我衝動,並且將對母親禁忌的慾望轉換成對社會可接受的年輕未婚女子的追求。

作為導師(Mentors)的超我

有些時候,電影並沒有外在的壞人角色,原始性慾的問題是在角色中的**內在衝突**,由內在惡魔與誘惑所代表。用來控制黑暗的原慾能力的內在力量,是由第三個潛意識結構「超我」(Superego)所提供。從佛洛伊德的德國術語「das uber-Ich」翻譯而來,超我就是「在我之上」,是一種潛意識的再現,代表由權威人士如父親所灌輸給個體的道德與社會傳統觀念。當兒子年紀漸長,他對父親侵略的感覺,就轉換爲尊敬與仰慕的感覺。藉著**將父親當成模範角色**,兒子會將父親所有的道德價值和信仰內化成爲自己的。在本質上,超我是男孩向父親認同之心理學上的體現。

圖2
導師：《星際大戰》（1977）中飾演歐比萬的艾列克‧吉尼斯

將導師形象化（Visualizing the Mentor）

在本我與超我之間的精神官能衝突是經由自我來調和的。因為電影是視覺的媒體，若沒有這代表兩種衝突力量外在的化身，就很難在銀幕上表現內在的衝突。雖然在潛意識裡的本我與超我是內在人物，但是在電影中原始衝動和道德良心這兩股衝突的力量，通常是用外在的人物做代表。本我往往扮演壞人的角色，而超我通常都代表**導師**的角色。導師提供了主角**父親的角色**，或**模範的角色**，他會告知主角他所需的道德義務，以及給予他能獲致成功的心理力量。歐比萬‧肯奴比（艾列克‧吉尼斯飾）在《星際大戰》（Star Wars, 1977）中，提醒他的主角路可要接受與黑暗帝國對抗的挑戰，歐比萬也教導路可使用「力量」，給他要面對黑暗帝王所需要的精神和心理上的能力。

在寫你的劇本時，增加一位實際的超我代表，也許是件有用的事，它能夠將主角意識中內在的衝突，為觀眾提供一個視覺的暗示。在《征服情海》中，傑瑞想起他的導師，一位許久前他曾共事過的年老運動經紀人，所曾給過他智慧的話。雖然他的導師只短暫的出現在一個回溯段落裡，但是它卻能在傑瑞想獲得的道德完整性的超凡感受之外，添加了那極為必要的實際的與視覺的顯現。在《天生好手》（The Natural, 1984）中，有類似的情況，在電影短暫的開場裡，主角與他的父親玩接棒球，然後這位父親就再也沒出現過，但是這個短暫的場景在觀眾的心裡，創造了一個不可磨滅的連結，介於洛伊內心裡父

親的代表（超我），以及急切想要成為成功的棒球選手的慾望之間。當電影以另一場短暫的場景結束，在那個場景裡，洛伊與他自己的兒子玩接球，表達出一種情感的決定，而那種感覺是無法用對白、旁白或文字的後記來呈現的。

電影情感的力量是直接和它作為視覺藝術形式的訴求相關的，即使主角的衝突是內在的，你作為編劇的主要任務，就是得以視覺的方式來表達這種內在掙扎，因而這種衝突能夠輕而易舉地在銀幕上顯現出來，而非只是透過話語。將內在心理結構外顯出來（例如本我作為壞人，而超我作為導師），是視覺化的傳統方法。

良心的危機

當一個角色沒有很強的或就在身邊的導師，他的掙扎可能會環繞在**低度開發的超我**之議題上。這個角色的弱點可以用自我中心、自私，或只是不願意為了故事情節中主角的目標而奉獻自己來表現。《星際大戰》中的漢・索羅（哈里遜・福特飾）就展示了類似這種自我中心的角色。（角色的名字「索羅」Solo洩露了他的性情，是一位走自己道路，不願犧牲〔Sacrifice〕自己的一個人），當路可早期將自己獻身於叛變的抗爭時，漢從頭至尾一直表達了他不願意參加反抗帝國的戰爭。他一直保持一種心態，只是為了錢而參加路可的任務，而且他拒絕幫助路可參加摧毀死亡之星的戰役，因為他個人得不到什麼報償。像漢這樣的角色是透過一種良心的危機（Crisis of Conscience）來發展，在其中，他們必須重新評估什麼才是他們最重要的事。在這個危機感背後的**罪惡感**，是來自角色的模範或導師，也就是角色超我的化身。

路可的英雄主義很快地發展起來，因為他有很強的超我，由他的導師和模範歐比萬所代表。在影片結束的時候，路可的角色已經發展許多，他變成了漢的導師，漢在路可面臨死亡威脅時突然出現將他拯救，最終也願意為路可的目標而犧牲，這使得影片在高潮處突然變換了色彩。當我們編寫一個角色正在努力發展他自己的超我時，請記得超我的發展是在男孩**向他的父親認同**，並把他當成自己主要的模範時。當你的角色至終發展出他自己的超我，而且也願為正義奮戰時，請問問你自己，**這角色的模範是誰**？這問題的答案通常就是你的角色願意奮戰的動機的主要關鍵。

懦弱的角色

　　當一個人與他自己的良心或道德完整性奮戰時，很常見的情形是，這個角色是個喜劇人物，是主角必須拉在身邊，並很不情願地常被帶入險境的人，是一位怯弱的好友。《史酷比》（Scooby Doo）卡通片中的史酷比和夏奇代表了這類懦弱的角色（Cowardly Characters），這些角色使我們想起滑稽可笑、膽小如鼠的喜劇人物，如艾伯與寇斯特羅、勞萊與哈台，以及馬克斯兄弟等。不論這些膽小的人物是電影的主角或只是個丑角，在全片中他們一直不情願面對危險，這樣的設計是為了在影片結束時製造一種驚奇，膽小鬼突然克服了他們的恐懼，而且英勇地面對危險的敵人，並拯救了大局。不管這樣的公式多麼頻繁地被使用，它仍然頗具效果，因為他處裡了一個共通的角色發展之心理議題，是我們都可以認同的。然而，「膽小鬼找到勇氣」的主題應該謹慎並微妙地處理，不要表現得太明顯，如此，觀眾（尤其是小孩子們）在影片結束，看見呆頭鵝膽小鬼突然變成勇敢的英雄時，仍然可以很愉悅地感到驚訝。

反英雄

　　美國電影的英雄常常是男人被他們的本我動能所主宰，而非他們的道德良心。西部片的歹徒、亡命之徒、盜賊與罪犯通常被當作電影的主角，但是卻是個幫倒忙的人。反英雄（Antihero）的人物是一個具有強烈慾念和僅有相當低度開發之超我的人，他以破壞法律來遂行他的欲求，而非鞏固它。約翰·韋恩、詹姆斯·凱格尼、韓弗瑞·鮑嘉、亨利·方達、勞伯·米契和許多其他電影的超級明星，都成了西部片、黑色電影、幫派和竊盜電影中受歡迎的反英雄人物。雖然這些人物最起初的目的是要破壞法律和滿足他們原始的衝動，但是反英雄人物通常與另外一個目的有關，就是他們道德意識的發展。這第二個目的的解決是電影心理藏結的關鍵，因為它代表了主角從自我中心主義者成為為別人權益無私的捍衛。

　　在《原野奇俠》（Shane, 1953）中的反英雄人物（亞倫·賴德飾），開始時是一位孤獨的法外之徒，一位流浪的殺手，正從陰霾的過去（Shadowy Pasts）走出來。他只想要自我保護，並尋找新的開始，但是當沈恩與拓荒者

的家族關係越來越近時，他就越來越不顧及自己，而更投入在居民與邪惡的盜牛者之間的抗爭。最後，沈恩犧牲了他自己尋得新的開始的機會，而將他自己的性命投入於幫助居民擊敗歹徒的事上。沈恩無私而勇敢的行動，可以說成爲了從只關心自己本我中心的反英雄角色，發展成爲一位願意爲別人犧牲自己的眞正英雄的典範。

當編寫反英雄角色時，很重要的是將他的目標與超越金錢、地位或權力的事物連結，這些反英雄人物可以暫時是有趣的，但是他們缺乏心理的深度，因爲他們的動機是單面向的。反英雄人物原始自我中心的目標，必須被一種自我救贖的需要所取代，以創造他的角色的第二個面向。而第三個面向則是由他的內在衝突所產生，當反英雄人物了解到唯一能救贖自己的方法，就是證明他原始角色的本質是錯誤的，而願意接受**自我犧牲**，並離開自我沈溺。

墜落的英雄

當你寫劇本時，你需要很清楚你角色的動機，因爲動機是角色發展的關鍵，而且也決定了整個故事的戲劇結構。如果主角爲了幫助別人而犯法，那麼他就是具有兩個面向的反英雄人物，像傑西・詹姆斯或羅賓・伍德。如果這個主角犯法只是爲了他自己，那麼他就只是個單面向的人物，像《鬼計神偷》（The Score, 2001）以及《各懷鬼胎》（The Heist, 2001）裡的庫克斯。這些人物會很快地被忘記，因爲他們的動機太簡單了。當這些角色在片尾得勝時，我們會間接感受到快樂，因爲他們帶著錢逃脫了，只是我們感受不到角色有任何的發展，他開始的時候是個壞蛋，結束時仍是個壞蛋。但當壞人黑暗的行爲導致他自己的衰敗，勝利的英雄戲劇結構就被轉換成悲劇，而且角色得到某種重要的心理深度，他不只是一個壞蛋或罪犯，反之，他是一位墜落的英雄。

墜落的英雄（Fallen Hero）故事的戲劇性品質是建立在他的動機上。墜落的英雄總想以某種方法改善自己，很不幸地，墜落的英雄選擇了一個艱難的道路走向自我救贖，至終無可避免地走向自我毀滅的結局。故事裡的悲劇來自墜落英雄情境的**反諷性**，是他自己尋求救贖的慾望使他突然陷入死境。在《疤

面煞星》（Scarface, 1983）中，東尼（艾爾・帕西諾飾）在毒品世界中一路搶劫、殺戮並恐嚇，直到頂端，他已經壞事做盡，無可救藥，但是他最後的敗落是在他拒絕殺掉一個男人無辜的妻子和小孩之後，那是他本來暗殺的任務。很諷刺地，雖然他已壞事做絕，但東尼卻是被他道德的行為所毀滅。

類似地，在《教父》（The Godfather）三部曲裡，麥可・寇里歐尼（艾爾・帕西諾飾）主要的動機是要使自己和家人掙脫他們隱密的犯罪生活，然而，他試圖合法化他家族名分的行動，總是帶進更多的殺戮和更多非法的陰謀。在墜落的英雄故事裡，悲劇性的反諷會引出觀眾的憐憫和同情情緒，同時也賦予角色極大的心理深度。墜落的英雄是注定要滅亡的，就像一個陷在流沙中的人，他越想掙脫，就陷得越深。要寫墜落英雄人物的要訣，在於命定與恐懼感，角色拼命地對抗自己，以及他真實的想要成為比現在更好的人。

負罪情結

騎在白馬上白衣武士的古典英雄，一開始就有發展良好的超我，他們並非擁有太多的原慾，而是因擁有太多的罪惡感而受苦。儘管他們擁有超能力，《超人》（Superman, 1978）和《蜘蛛人》（Spiderman, 2002）中的超級英雄都無法抵抗自己的超我，以及抗拒那使他們無能並控制他們生命的罪惡感。當克拉克・肯特的養父（葛廉・福特飾）死於心臟病，年輕的克拉克（傑夫・伊斯特飾）莫明地怪罪於自己。他不了解為何自己有如此強大的能力，卻不能拯救自己的父親。這種負罪情結使得克拉克向新的身分認同，一個無私的超級英雄，這是超人（克里斯多夫・瑞夫飾）救贖自己，以及使他所擁有的特殊能力產生意義的方式。

蜘蛛人的角色就是更為直接的負罪情結的描寫，在第一幕裡，彼得・派克（陶比・麥奎爾飾）為著自己的利益而運用他的超能力，使他在職業摔角的比賽裡立於不敗之地。他甚至在他老闆遭人搶劫後，也不願制止那個罪犯。但是當那個罪犯殺了彼得的舅舅後（克里夫・羅賓遜飾），彼得相信他必須藉著贖罪，讓自己的存在有意義。作為蜘蛛人，彼得要將他的能力用在好的用途上，因此他將自己的生命奉獻在打擊罪惡的事上。

負罪情結是一種很有趣的角色要素，是可賦予任何角色的一種強烈動機，且不僅限於超級英雄而已。當角色的罪惡感真正得到紓解時，將可產生極大的效用。每個人都曾做過壞事，我們都會對某些事感到罪惡感，所以觀眾可以很容易地向角色的罪惡感認同，以及向他贖罪的慾望認同。在《迷幻牛郎》（Drugstore Cowboy, 1989）中，鮑伯（麥特・狄倫飾）是一位徹底的自我主義者，一位毫無悔意的吸毒者，他只關心他下一次的毒品從何而來，他會無所不用其極地得到它。但是當娜迪妮（海若・葛瑞翰飾），他團隊中一位天真的女孩，為了他的完全冷漠而自殺時，鮑伯才有了要改變他生活的動機。因為害死娜迪妮的罪惡感，使得鮑伯希望救贖自己的生命。雖然鮑伯不是一位超級英雄，但他願為新的目的而奉獻自己是同樣具有力量與啟發性的。

這些基本的**罪**、**罪惡感**和**救贖**的主題是相當有力量的，觀眾將直覺地向正經歷這些危機的人物認同，但它也並非能產生立即功效的公式，危機必須小心地被建構。這種結構的心臟就是主角的父親（如導師或模範），在《迷幻牛郎》中鮑伯的生命裡很明顯的缺乏父親的角色，但是就在鮑伯決定往前直行時，父親墨菲（威廉・伯羅飾）就出現了。父親墨菲是鮑伯的舊識，一位年紀大的牧師，他也正在戒毒。他成了鮑伯在轉變時亟需的模範人物，雖然父親墨菲的角色是極微小的，但他的出現是鮑伯角色之拼圖中的一小塊，而這一小塊拼圖就是你要表現被罪惡感蹂躪的角色時所需要的。

第 | 二 | 章

摘要

● 本我是精神的一部分，它被原始的性與侵略的衝動所驅動。

● 超我是精神中代表道德和社會習俗的部分，也就是良心。

● 自我是精神中代表原慾（本我的衝動）與罪惡感（超我抑制的力量）之間的妥協。

● 本我在電影中通常被表現為壞人。

● 自我在電影中通常被表現為主角。

● 超我在電影中通常被表現為導師角色。

● 壞人經常在電影開場或結尾時是一位囚犯，這個主題代表了壞人作為本我的功能，他必須被自我制伏或壓抑。

● 壞人的報應代表伊底帕斯（戀母）情結的解決，因此，壞人的報應應該有適當的戲劇性，也就是應該要表現出一種公義。

● 電影角色經常會面臨良心的危機，在其中，他們必須克服自私的需要，並以道德的決定來取代。透過良心的危機之英雄角色發展，象徵了自我的發展和超我戰勝了本我。

● 英雄角色的發展，通常是透過一位很強的導師人物的引導或啟發。

● 怯懦的角色常是喜劇性的，他們代表了許多人在面對道德挑戰或重要生命決定時的恐懼或猶豫。

● 反英雄是美國電影中最普遍的英雄類型，他通常在開始時被本我控制，最終他克服了他的自我中心，而願意為了別人的益處而犧牲自己。

● 墜落的英雄是一種悲劇英雄，他試圖克服他本性中卑劣的一面，但是最終屈服於他的黑暗面。

● 許多英雄，尤其是超級英雄，是被負罪情結所推動，他們感覺自己必須從危及他們良心的罪惡或缺陷中救贖自己。

第 | 二 | 章
習 題

1. 最好的壞人是由他們原始的慾望和生命力所驅動，你如何能以性和侵略的衝動來強化你的壞人？請記得，壞人必須叫人深惡痛絕。

2. 你如何處理你的壞人之報應這個概念？

3. 請設計三種壞人得到報應的形式，必須是新穎、令人興奮、或有創意的。

4. 請用兩、三句話描述你的主角主要的衝突，如果你做不到，那表示你並不確切了解這個角色的動機，雖然主角內在精神的衝突可以觸及複雜的心理議題，但是你作為編劇必須非常清楚這個衝突。

5. 請從五部你所喜愛的影片中找出壞人的角色，並解釋這個角色如何成為本我心理功能的縮影。

6. 請從五部你所喜愛的影片中找出英雄（主角）的角色，並解釋這個角色如何成為自我心理功能的縮影。

7. 請從五部你所喜愛的影片中找出導師的角色，並解釋這個角色如何成為超我心理功能的縮影。

8. 罪惡感是內在衝突的基本要素，想想看你的主角會對哪些事有罪惡感，然後思考如何將這個罪惡感當作在角色發展中的動機元素。

9. 你的主角是一個古典英雄、一位反英雄、一位墜落的英雄？你不須限

制你的主角在任何這一種型態裡，但是把他想像成為其中一種型態，將有助於描繪你主角的動機。

10. 請分析下列幾部古典電影中角色的精神衝突，如《風雲人物》（It's a Wonderful Life, 1946）裡的喬治‧貝利（詹姆斯‧史都華飾）、《紅河谷》（Red River, 1948）裡的麥特‧加斯（蒙特嘉瑪利‧克里夫特飾），和《罪與慾》（Crimes and Misdemeanors, 1989）裡的猶大‧羅森梭（馬丁‧藍道飾）。

處理你劇本中的精神官能衝突

1. 如果你的劇本裡有壞人，請問他的動機夠清楚嗎？

2. 你的壞人在最後得到報應了嗎？如果有，他的報應和他所犯的罪相等嗎？

3. 你的主角主要的心理衝突與他外在的目標相同嗎？

4. 你的主角有無一位導師或一位模範人物？如果沒有，請考慮加入一位這樣的人物，因為這樣的角色會相當有用，即使他的部分是象徵性的。

5. 你的主角有動機嗎？至少有部分的，並透過罪惡感的？

精神官能衝突一覽表

元　素	屬　性	角　色	範　例
本我	原始衝動與原慾能量	壞人 怪物	《第七號情報員》（Dr. No） 《吸血鬼》（Dracula）
自我	自己	主角	《原野奇俠》
超我	道德良心 社會權威的內在代表	導師 父親角色 模範角色	《星際大戰》裡的歐比萬 《迷幻牛郎》裡的父親墨菲
良心的危機	介於自我中心主義與無私 間的內在衝突	怯懦的主角 反英雄 墜落的英雄	亞伯和寇斯特羅 《原野奇俠》 《疤面煞星》（Scarface）
負罪情結	持續意識到罪惡或過錯的 罪惡感	超級英雄 負罪英雄	《蜘蛛人》 《迷幻牛郎》裡的鮑伯

Chapter

3

性心理階段

　　佛洛伊德自我發展的模型是根據於他所發展的嬰兒性
心理的理論而來。從嬰兒出生開始，原始驅動力是通過身體
中的性感地帶，在每個特定的發展階段裡被刺激，然後被表
現出來的一種生命的原慾。這些發展的階段是「性心理傾向
的」，因為自我的心理發展和性衝動的滿足有直接的關聯
（Associations）。如果一個性心理階段沒有獲得適當的**解
決**（就是經歷了太少或太多的快感），那麼生命原慾就會被
固定在那個階段，造成**精神官能病症**，而成為那個人的性格
特徵和行為模式。對佛洛伊德性心理階段透澈的了解，會揭
露心理學的深度和性的指涉之層次，這些都可以輔助你的編
劇，使你的角色、情節增加深度和情緒的衝擊力。

口腔階段

佛洛伊德的第一個性心理階段發生於嬰孩時期，即嬰兒以口來接受大部分的模擬性行為。嬰兒以吸吮奶瓶或母親的乳頭來滿足他們的飢餓，他們也以口來哭泣、尖叫、大笑、柔聲低語、牙牙學語和微笑，以表達他們的情緒。佛洛伊德相信嬰兒的護理，即被擁抱至女人裸露的胸前吸吮乳頭的經驗，是**最初的性經驗**，也是嬰兒性行為的標記。這種嬰兒的愛、快感和最初的滿足會在他們成年後的性行為裡再現，屆時乳房與乳頭再度成為焦點，如口腔期的模擬性行為。在嬰兒時期，這種口腔模擬性行為的原始慾望，從本質上來說是與身體、情感和性慾基本的需要有關的。口腔人格特徵可以在那些有口慾滯留症狀的人身上發現，肇因於在口腔時期他們的心理和**情感的需要**並未被滿足。

吸菸

吸菸（Smoking）也許是最明顯的口慾滯留現象，吸吮香菸產生了身體的、情感的和心理的舒適，它是一種**精神官能的行為**，是一種神經質的習慣，既不健康又會成癮。儘管如此，吸菸的舉動在電影中是無所不在的，特別是在反菸意識未高漲以前的老電影中。然而，今天群眾因畏懼癌症和因香菸造成的病變，使得菸草退流行了。在古典西部片和黑色電影中，劇中人總是在點菸、抽菸，或熄滅香菸。電影中抽菸盛行的原因是多重的。首先，抽菸在銀幕上看起來很酷，特別是在黑白電影中。在《大國民》（Citizen Kane, 1941）中，有一個知名的場景，裡面有一位新聞記者揮舞著手勢的影子，透過一層朦朧的煙霧顯現出來，有很強的情緒衝擊力，不只是因為香菸所造成的自然迷霧效果，同時也來自它所造成的一種逼真的寫實感，在一間窄小的放映間內，一群連續抽菸、快語如珠的新聞記者擠在一起的感覺。

電影劇中人抽菸盛行的第二個理由是，抽菸的動作在電影中看起來很酷。在你電影對白的許多地方，你也許想加入一段**戲劇性的間歇**（Dramatic Pause），一個短暫的靜默時間，讓你正在進行的對話可以在觀眾的耳中迴盪。這段戲劇性的間歇也能提供另一位角色時間，去回應前面的對話，以及思想合適的戲劇性反應。因為電影是一個視覺的媒體，因此要寫出對演

員有意義的戲劇性間歇是相當困難的。僅只是增加如「節拍」或「暫停」（Moratorium）等附加說明是不足夠的，一句動作的指示：一個角色拿出一包菸、點火並抽菸，能給演員更多動作去揣摩（雖然這個方法不能被濫用）。當肯恩的男管家被問到了關於「玫瑰花蕾」這個問題時，他花了點時間點了一根香菸，這個戲劇性的間歇使得這個重要的辭彙「玫瑰花蕾」能夠沈澱，也使得肯恩的男管家有機會在點菸時露出狐疑陰沈的表情。

最後抽菸能使一個角色看起來很酷。抽菸讓一個演員的手和口有些事可做，而且它提供了自然的煙霧使周圍的燈光柔化，當他們暫時被藍煙的薄霧遮住時，能使他們有一種縹緲的樣貌。但是更重要的是，抽菸能產生一種**內在的衝突感**，一種角色正在平息內心波動的感覺。在《北非諜影》（Casablanca, 1940）裡，當瑞克（韓弗瑞‧鮑嘉飾）面對一段令人心碎的記憶或人生領悟時，他總是不變地要點起一根菸，面容顯出一副冷靜堅決的樣子，眼神從煙霧的遮蓋中向遠處凝望。這種使用吸菸作為一種內在衝突的象徵其實並未消逝，事實上，它的效果甚至比以往更強，然而因為觀眾現在都意識到抽菸有害的事實，因此僅有那些有嚴重內在衝突的角色會點起一根致癌的香菸，貪婪地吞雲吐霧，每吸一口，就害死自己一點。

圖3
戲劇性的間歇：大國民中的男管家（保羅‧史都華飾），在回答關於「玫瑰花蕾」這個問題前點了一根香菸。

口腔類型

　　抽菸、喝酒和暴飲暴食是更爲明顯的**口慾滯留**現象。然而，吸毒、沈溺於女色、亂交、賭博和其他成癮的行爲，也都可能與口腔階段有關，因爲它們反應了一種行爲模式，就是內在的需要必須藉著尋求與沈溺於外在的模擬而被滿足。例如《失去的週末》（The Lost Weekend, 1945）是一部關於一個男人試圖克服酒癮的古典電影，對抗酒癮的努力已經成爲許多電影的題材。但是更常見的是，口腔類型成癮的問題並非電影的主要議題，而是被表現爲角色中微妙的特質或習性。《四海好傢伙》（Goodfellas, 1990）中的黑手黨老大波利（保羅‧索維努飾）相當的肥胖，正如《星際大戰六部曲：絕地大反攻》（Return of the Jedi, 1983）裡的賈霸‧赫特，和《基德船長》（Captain Kidd, 1945）裡的基德（查爾斯‧勞頓飾）。因爲這些角色的肥胖象徵了他們的過分貪婪，他們在情感上需要將一切據爲己有。當你寫劇本時，可以將口腔行爲加到你的角色中，因爲它爲你角色的人格增加了內在的與視覺的元素。

口腔虐待狂

　　嬰兒與母親間護理關係的品質，會在後來發展中的口腔階段裡逐漸改變，就是當嬰孩開始長牙齒的時候，照顧嬰孩變成了一種痛苦的經驗，因爲嬰孩發現他有能力實際地傷害他的母親。嬰兒照料的性心理經驗現在注入了嬰兒新發現的能力，就是他能夠讓人受苦。心理分析的辭彙「口腔虐待狂」代表了角色的口腔階段未得到適當的滿足，因而有一種執拗的慾望想使別人受苦。口腔虐待狂最常見於吸血鬼和狼人電影中的妖怪，他們用牙齒撕咬來殺害並虐待他們女性的受害者。在《吸血鬼》（Nosferatu, 1922）中，介於吸血鬼（馬克斯‧雪瑞克飾）和他的受害者（葛蕾塔‧許洛德飾）間的連結是透過胸部，這再現了嬰兒／母親在口腔階段的連結關係。

　　吸血鬼必須吸取少女的血以存活，正如嬰兒必須吸吮母親的乳房。作爲怪物電影的人類版，連續殺人犯在觀眾裡製造了類似的恐懼，觀眾非常害怕壞人偏執的性情，恣意殺害並虐待，只爲了滿足他們自己的原慾。

口慾滯留

口慾滯留（Oral Fixation）具體表現了所有壞人的基本問題，他們沒有能力去愛別人，所展示出來的是**自私**、**貪婪**和**殘酷**。像賈霸、赫特和基德船長就有明顯的口慾滯留，但是這種設計也可以很有效地被運用在其他的方面。法蘭克·布斯（丹尼斯·霍普飾）在《藍絲絨》（Blue Velvet, 1986）裡最恐怖與邪惡的時刻，就是在他貪婪無厭地吸著笑氣時。法蘭克使用笑氣著實使人嫌惡，它提示了觀眾關於角色的偏執與令人不安的本質。將口慾滯留寫進你的壞人角色中，通常能夠展示他們人格中邪惡的、虐待狂的、或偏執的特性。然而，你劇中主角的口慾滯留，通常代表了他必須克服的內在惡魔或性格缺陷。

口腔障礙

在如《赤膽屠龍》（Rio Bravo, 1959）和《俠客義傳》（El Dorado, 1967）的西部片中，有一位經常醉酒的配角，他必須克服他的酒癮，方能幫助主角和壞人決鬥。英雄角色必須一直面對困難，為了能完成他們的目標。克服成癮是一種經常被使用，但是仍然有力量的，能提供給電影主角的內在障礙。這個方法仍然能引起迴響，因為每個人都能認同克服口腔慾望的主題，不論是極其害人的酒癮，或只是低卡路里的節食。障礙是主角公式的中心部分，也是本書將徹底討論的角色元素。賦予你的角色口慾滯留現象，是一種使你的主角人性化的方法，就是加給他基本的人性弱點，而那弱點又是每個人都能理解與同情的。

肛門階段

佛洛伊德第二個性心理發展階段，環繞在學步的兒童試圖掌握上廁所的訓練。那是他人生的第一次，學步兒童必須學習控制他解大便與小便的生理衝動，當他有這樣的需求時。因為如廁訓練代表了發展中的自我第一個精神官能衝突，學步的兒童因為父母的要求，必須壓抑他想要立即解放的本我慾望，父母則堅持要他忍耐，並將大便解在便盆裡。然而父母和學步兒童間在如廁訓練

上的權力鬥爭是一個最主要的衝突，因而這個階段能否有合適的結果，對未來兒童與父母的關係，以及他發展自我的方法有極大的影響，而這個發展中的自我會學習如何處理他未來的精神官能衝突。**拘泥小節**（肛門維持──**憋肛**，Anal Retentive）和**粗枝大葉**（肛門排斥──**失肛**，Anal Expulsive）兩種肛門人格類型，是第二個性心理階段中屬於肛門依戀的長遠遺產。

笨手笨腳的人，天生倒霉的人

喜劇中基本的設計是**喜劇對偶**（Comic Dyad），是一對性格相反的人的組合。**滑稽配角**（Straight Man）是屬於拘泥小節的類型，他喜歡控制和節制，正如憋肛的小孩面對如廁訓練的衝突，必須要憋住他的大便，甚至達到挫折的地步。滑稽演員的配角可以是相當有控制慾的，像是亞伯與寇斯特羅中的亞伯，或者他可以是如強迫症般地潔癖和神經質，像是《單身公寓》（The Odd Couple, 1968）中的菲利克斯（傑克‧雷蒙飾），或者他可以是不斷地感受挫折和生氣，像勞萊與哈台裡的奧力佛‧哈台。喜劇對偶的幽默來自拘泥小節的配角與他的小丑搭檔，一位粗枝大葉**神經大條的人**之間持續的衝突。正如失肛的學步兒童會以解放大便（失禁）造成混亂來處理如廁衝突，而失肛的粗線條人物也會以把事情搞糟和製造喜劇的混亂（無能）來製造衝突。

電視節目《夢幻島》（Gilligan's Island）中的吉勒根（鮑伯‧丹佛飾），就是個典型的失肛神經大條的人。在每集的故事裡，吉勒根的無能總是破壞掉在孤島逃生者被營救的機會。他荒唐的舉動總是帶來他的搭檔史基泊（亞倫‧黑沃飾）滑稽的反應表情，以及大大的受挫。在《單身公寓》中，菲利克斯強迫症般的潔癖和奧私卡（華特‧麥特鞘飾）令人厭惡的邋遢，展示了一對特別完美的喜劇佳偶的組合，憋肛與失肛對偶。不論喜劇對偶的角色是主要的角色，或只是個短暫的喜劇橋段（Comic Relief），這個喜劇設計的基礎仍然是一樣的。這兩個角色會互相挫折對方，因為他們處理本我能量的方式剛好相反。**介於維持與解放間的衝突**，對觀眾而言是相當有趣的，因為它利用了宇宙性的精神官能衝突，這種衝突是在早期學步兒童如廁訓練階段第一次經歷到的。

內在衝突

　　除非你的劇本中有一個角色的外型變成了野獸（比如：一個吸血鬼、狼人或者《化身博士》（Dr. Jekyll and Mr. Hyde）裡的傑可博士與海德先生這樣的角色），與內在野獸或原慾對抗這樣的主題，必須以更含蓄的方式處理。在大多數的電影裡，會有一個點是主角的性格有很明顯的改變，不是變好就是變壞，這個改變也許和外在的障礙有關，那是主角必須要克服的。其他的時候，改變可以是一個頓悟（Epiphany）、一個拘泥小節的或有節制的角色突然變成粗枝大葉，釋放他的壓抑的原始慾望，並言行狂野。介於壓抑與釋放之間的內在衝突，在建立張力和懸疑上是相當有效力的，因為觀眾感受到本我能量在主角心理逐漸增加，然後興奮地等候被壓抑的水壩爆破。

破壞性相對於非暴力

　　在山姆·畢京柏的《大丈夫》（Straw Dogs, 1971）中，大衛·薩姆能（達斯汀·霍夫曼飾）很諷刺地搬到英國鄉下，為了是要逃離美國的暴力，但是當地的惡棍反而用更可惡和殘忍的手段騷擾大衛和他的太太，大衛先是以忍耐和壓抑來應付他們的欺凌，直到電影的高潮，當流氓欺負得太過分了，大衛突然地轉變，大大發洩他所積蓄復仇的憤怒。

　　內在野獸的釋放作為角色的轉變，也可以在大力水手的卡通片裡看見。在整部卡通裡，卜派極盡忍耐野蠻的暴魯頭的欺侮，直到卜派「再也忍不下去了！」，他就吃下菠菜，就像《化身博士》裡傑可博士的毒藥一樣，解放他壓抑的本我，而產生狂亂的暴力。當你寫到你的角色的改變或發展時，不論那個改變預示（Foreshadowing）了落入暴力或一種頓悟，請記得那根本的介於維持與解放之間的交互作用，就是原慾能量的壓抑和解放。只要有一種力量被壓抑得太久的話，不管是哪一種力量都將會是非常激動人心的。

熱情相對於禁慾

　　在《美國心玫瑰情》（American Beauty, 1999）裡，列斯特（凱文·史培西飾）在開始吸食一些強力的大麻時，他壓抑的和受挫的性格徹底改變了。像

傑可博士的毒藥一樣，列斯特的大麻解放了他的原慾本質，使得他被壓抑的性格變得狂野而無所顧忌。在《純真年代》（The Age of Innocence, 1993）裡，兩位主要角色在片中一直壓抑著彼此愛慕的情感，當他們真的在一起時，就經歷了一種出自內心的解放感，因為最後有一種性的張力被解放出來。介於釋放情感和禁慾間的張力，是愛情故事裡最主要的設計。當我們寫愛情故事時，請記得要練習節制，不要一下給太多與太快。觀眾想要間接的感受到色慾、熱情和浪漫的刺激，這些刺激會顯得更活潑，當他們必須等待，正如在長久飢餓的期待之後，食物會顯得更為美味。

反叛相對於服從

在我們每個人裡面都有背叛。在我們人生的每一個階段裡，我們都想要反叛我們所面臨在家中、學校或工作中專斷的權威人物。反叛的角色在電影中是無所不在的，因為觀眾能立刻認出他來。反叛的公式開始於不公正。在《蕩寇誌》（Jesse James, 1939）中，邪惡的鐵路工人用伎倆和殘酷行徑逼走貧窮的農民。在《英雄本色》（Braveheart, 1995）和《決戰時刻》（The Patriot, 2000）裡，邪惡的英國帝國主義者以殘酷、野蠻和蔑視的態度對待蘇格蘭和美國的居民。在《萬夫莫敵》（Spartacus, 1960）裡，殘酷的羅馬奴隸主人壓迫和虐待斯巴特柯斯（寇克・道格拉斯飾）以及他的武士奴隸的朋友。還有在《叛艦喋血記》（Mutiny on the Bounty, 1939）裡，布萊船長（查爾斯・勞頓飾）相當殘酷地並有虐待狂似地對待他的船員。當權威人士**邪惡的行徑**逐漸增加，並且本質上越來越邪惡時，張力就會提升。權威人士最後終於越過頭，做了一件罪大惡極的事，使得主角必須反叛以維持自己的**榮譽**。終於使人不堪忍受的最後一件事，總是一種深沈的、個人的和悲劇的損失。在《蕩寇誌》裡的鐵路工人殺了傑西・詹姆斯（亨利・方達飾）的母親，在《英雄本色》裡的英國士兵強暴並殺了威廉（梅爾・吉卜遜飾）的妻子，而在《決戰時刻》裡的英國士兵殺了班傑明（梅爾・吉卜遜飾）的兒子。當布萊船長殘酷地處罰一位無辜的水手，而導致他的死亡時，弗萊契爾・克利斯汀（克拉克・蓋博飾）終於轉向叛變。你的角色保持順服與非暴力越久，你劇本裡所累積的壓

力就越大。壓力使得故事更能影響人，也會在最後壓力解放時，以及一位和平主義者變成一位暴力的反叛者時增加興奮感。

陽具階段

在佛洛伊德第三個性心理階段裡，原慾能量是指向陽具，因為幼童發現了自我刺激的快感。再一次地，在考慮到父母提出要符合社會正當性的要求後，發展中的自我必須學習壓抑它想要立即滿足的慾望。這個階段最重要的衝突就是戀母情結，男孩的原慾能量，來自與母親亂倫的渴望，藉著禁止他的自淫，也進一步地被父母限制。當幼童學習壓抑他的原慾，他會變成執迷於**陽具的象徵**，因那將為男孩**壓抑的性慾**提供了一個出口。陽具象徵在本質上是暴力的，因為它也是男孩壓抑**侵犯**父親慾念的管道。因此造成男孩對無所不在的槍、刀、劍、大砲、火箭、球棒、擊棍，以及其他像陽具造型的破壞性工具的執迷。你是否曾經困惑過，為什麼兒童卡通裡充滿了槍、子彈以及炸彈，和其他超暴力的侵略形式？佛洛伊德會說幼童（特別是男孩）對這些象徵和主題著迷，是因為他們將他們對母親的性慾，以及對父親侵犯的暴力，轉移至具破壞力的陽具圖像上。

這是很諷刺的事，一般為兒童製作的電視節目和電影是相當暴力的。轟動的「家庭電影」像《侏儸紀公園》（Jurassic Park, 1993）和《小鬼大間諜》（Spy Kids, 2001），就充滿了打鬥場景和死亡與毀滅的駭人畫面。儘管掛慮的父母會抱怨、兒童倡導，以及有檢查制度的限制，但是為兒童製作的電影仍然極端暴力，因為那就是兒童（尤其是男孩）想要看的東西。然而，這些主題並非單單為兒童電影而降級，西部片、警匪片、警察電影和戰爭電影中，都令英雄與歹徒在操作他們的陽具象徵（他們的**槍**）的技術上，有極大的天分和熟練度。在這些電影中，槍是角色的力量與陽剛之氣的視覺代表，西部片中像《原野奇俠》（Shane）裡的槍手沈恩（亞倫・賴德飾）和《緊急追捕令》（Tough Cops）裡的骯髒哈利（克林・伊斯威特飾），他們的男人氣概是以他們的槍管長度和他們射擊的技術來衡量的。

作為一種身分象徵的武器

在主角的武器和主角的身分之間，有一種緊密的連結關係。在原始《星際大戰》（Star Wars）三部曲裡的路可，他主角的身分是直接與他操控光劍的技術相關的。光劍除了是很明顯的陽具象徵外，它也代表了路可想要成為傑戴武士的終極目標。它也是一個他與父親關係的象徵，因為路可的光劍曾一度是屬於達爾斯·維德的。每一部《星際大戰》的影片，包括後來的續集，《星際大戰首部曲：威脅潛伏》（The Phantom Menace, 1999）和《星際大戰二部曲：複製人全面進攻》（Attack of the Clones, 2002），都以激動人心的光劍達到高潮，正如西部片是以拔槍對決告終一樣。因為主角與他的武器的關係是與他的身分緊密地連結在一起的，所以你可以讓武器在你劇本的高潮中扮演一個重要的角色。在《絕地大反攻》（1983）中，路可與維德間的決鬥是加倍的重要，因為路可在兩部影片裡已經學會了掌握他的光劍，而且也因為路可是使用他父親的武器來對抗他。

亞瑟王傳奇（《星際大戰》這部電影靈感的來源），是展示了一個主角的武器與他的身分認同之關聯性的絕佳例子。在《神劍》（Excalibur, 1981）的第一幕中，亞瑟（奈吉爾·泰瑞飾）成為國王的身分，是藉著他能拔出神祕的石中劍的能力而獲得。在第二幕裡，亞瑟失去了神劍，然後他似乎失去了一切。但是，在第三幕裡，他重新得回神劍，然後他便能領導他的軍隊，獲得最後的勝利。因為陽具象徵是以純粹象徵的方式存在，因此建構你角色武器的技巧運用，在劇本裡不應該太明顯。這種象徵主義應該賦予主角一種心理的深度，實際上，武器或陽具象徵可以是任何物質的輔助，來幫助主角進行他的探尋。那「武器」可以是主角的車子、船隻、飛機、電腦等事物，藉著稍微留意你主角的武器，你可以為他的身分添加一個全新的面向。

陰莖羨慕

根據佛洛伊德理論，小女孩因了解到她沒有陰莖，而產生陰莖羨慕。這種羨慕的感覺一直存在，直到她的性發育成熟，即在性行為中女性能讓陰莖進入自己的身體（至少暫時如此）為止。陰莖羨慕最終轉型為生產男孩子的慾

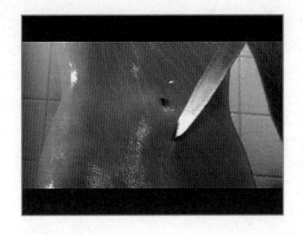

圖4
作為陽具象徵的刀子：珍妮特・李在
《驚魂記》中聲名狼藉的「淋浴場景」
裡的畫面

望，這是很深的心理需求，即想要去創造和擁有一位實體的成員，這是在她潛意識裡極為渴望的。因此，毫不令人意外地，這個佛洛伊德的理論元素並不為女性讀者所賞識，她們認為陰莖羨慕的觀念是沒有根據的、不真實的和公然忤逆人的。儘管如此，修正的女性主義者已經重新解釋佛洛伊德的原始理論，而把它當成女性心理學裡重要的一部分。在修正主義者的詮釋裡，女孩並不是羨慕那實際的陰莖，她們乃是羨慕賦予男孩的社會地位和**賦權**，而這特權並沒有賦予女孩，這事實的本質就是男孩有陰莖，而女孩沒有。歷代以來，女人都被當成次等公民對待，被迫活在臣服於男性主宰的社會裡。平等的權力和社會賦權是宇宙性的女性慾望，但由於畏懼來自專斷的男性社會的報復（Vengeance），也是常被壓抑的。就像有許多文化中的女性被迫將臉藏在面紗背後一樣，她們也必須將她們對自由和平等的渴望用自足的面具遮藏起來。

陰莖羨慕的主題在血淋淋的恐怖片中有最直接的描述，在其中，有一位女子被一位心理變態的男子以及他恐怖的陽具象徵追逐。那位殺人者的刀就是陽具的象徵，不僅是因它的形狀，而且是因為它在影片中的功能，要插入女性的身體。但最重要的是，刀子代表了男性的力量和暴力，是自文明之始，男性就用來制伏女人的暴力。在這些影片之中女性主角的目標，是要推翻她們的男性征服者，通常女性完成這樣的事蹟是藉著她超凡的智慧，解除了歹徒的武裝，並以迅雷不及掩耳之勢制服了他。然後女主角會武裝自己，通常是用一把刀，把砍人者給殺了。從象徵的層面而言，陰莖羨慕是由女主角對男人的畏懼

所代表，陰莖羨慕會在女性獲得了自己的陽具象徵後得到解決，而這象徵是由一把刀和她決定要使用它所代表的。

女性力量

　　女性賦權是「女性力量」電影裡的中心主題，像是《古墓奇兵》（Lara Croft: Tomb Raider, 2001）、《霹靂嬌娃》（Charlie's Angels, 2000）和《吸血鬼獵人巴菲》（Buffy the Vampire Slayer, 1992）等，其中女人被塑造成傳統男人征服者的角色。儘管她們有單面向的性格和穿著性感暴露，但這些女人所擁有的那種「凡你所能做的，我就能做得更好」的信條，道出了女人和男人一樣有力量的概念。在《上班女郎》（Working Girl, 1988）和《永不妥協》（Erin Brockovid, 2000）裡，相同的主題被表現得更為含蓄，在其中，女人展露了她們相同的力量和能力，她們在傳統男性企業範疇和公司法律中，成為了一位征服者。在《超級大女兵》（G.I. Jane, 1997）中，歐尼爾（黛米‧摩爾飾）尋求加入男性主宰的海豹突擊隊，她是唯一的女性學員，遭受許多侮辱和傷害，大部分來自於有虐待狂的長官（維戈‧摩敦遜飾）之手。在她打鬥的高潮場景裡，就在她把隊長打昏之前，她告訴他：「吸我的傢伙！」歐尼爾的陰莖羨慕是藉著她掌握了身體的暴力而被克服，這表現了她自己有力的陽具象徵的所有權。很明顯的，她現在有了一根「陰莖」。

　　陰莖羨慕的主題其最廣義的解釋，總是在電影中以一位強勢的女性角色來表達，不論女主角的目的為何，總是會有一場戲，其中有一位魁梧的沙文主義男子批評與譏笑女主角有想要在男人世界中成功的想法。這種作法已經變得陳腐和老套，但是它仍然能在許多觀眾的心目中產生功效。如果你在寫一本劇本是以女性為主角，你的挑戰並不是去規避陰莖羨慕，而是尋找新的和有趣的方法，去表達這種與生俱來的女性衝突，並用一種能夠加強角色複雜度的方法來呈現，而非將她寫成陳腔濫調。

性器官階段

　　在一段潛伏期後，原慾衝動成功地被壓抑和昇華（Sublimation）了，性心

理衝突會在最後的發展階段裡重新浮現。在青春期裡，性荷爾蒙成爲了性發育成熟的先兆，之後全然發展的性衝動就會甦醒了。青少年在這個時期已經解決了他們的戀母情結，因此性的慾望成功地從異性父母的身上轉開，並轉移到其他愛的對象身上。這個階段問題的解決，需要靠著找尋到一位愛的伴侶，他／她能夠提供和母親在他嬰兒時期所提供給他一樣多的愛和親密關係（Intimacy）。然而這樣的愛也許仍然帶有些許**戀母情結的色彩**，青少年迷戀的對象往往是朝向年紀較大的成年人，像是老師和輔導員，因他們在年輕人的生活中扮演了父母的角色。青少年迷戀成年的父親或母親代表了一種戀母情結的退化（Repression），這會阻礙青少年朝向一個在心理上是成熟的愛之關係的發展。

迷人的伊萊翠

　　流行的**青少年蕩婦**（Teen Temptresses）類型電影，主要著墨在一位性感的少女迷戀上一位年紀足爲人父親之人物性的張力。像由艾麗夏‧席爾維史東主演的《推動情人的床》（The Grush, 1993），以及祝魯‧貝利摩爾主演的《慾海潮》（Poison Ivy, 1992）這兩部電影，都利用了介於一位未成年少女和一位成年男人之間性的吸引，作爲危機與懸疑的來源。年輕女孩在外表上雖已經達到性的成熟，而且也相當誘人，但是在心理上，她仍然是個孩子，而且易墜入執迷與非理性的行徑。而這位年長的男人則被兩種矛盾拉扯，一是他身體上對女性的需要，以及他理解到，如果遂行這樣的慾望是不道德的、非法的，也無法爲社會所接受。當這位父親人物通常被描繪成一位處在道德衝突中的好人時，那位麻煩的少女則通常被描寫成「壞女孩」，一個從未解決她的**戀父情結**的小女孩，活在一個性感、不穩定但年輕的女人身體中。

　　當父親角色的超我最終掌權而驅策著他斷然回絕那少女蕩婦的誘惑時，那少女火熱的愛就立即轉變成爲同樣強度的憤怒，就是「大發雷霆的醋勁」。這位青少女蕩婦終於得到她的報應，那是無可避免的對她不當之戀父情結的懲罰。雖然青少女蕩婦的角色充滿感情、衝突和心理的複雜性，但她在電影裡的部分很少與上述相當簡單的公式有分歧。有些才氣縱橫的導演，像史坦利‧

庫伯力克的《一樹梨花壓海棠》（Lotita, 1962）和法藍斯・歐宗的《池畔謀殺案》（Swimming Pool, 2003），都以更錯綜複雜和有趣的方式描寫青少女蕩婦。電影編劇應該知道這種角色中未開發的潛能。青少女蕩婦擁有性與侵略兩種原始的能力，使得她們所誘惑的主角會落入悲慘與絕望的深淵。只是公式化的青少女蕩婦驚悚片多如牛毛，而具有獨特性和原創性的描述則少之又少。

青少年性電影

《美國派》（American Pie, 1999、2001及2003）這三部電影已經被某些人稱為是青少年性電影（Teen Sex Movies）浪潮的起點，雖然我們很難看出這些電影的角色、情節和幽默與八〇年代的《反斗星》電影，以及其他類似的電影有何不同，以男性為主的青少年性電影通常圍繞在一位神經質、沒安全感的青少年身上。在《反斗星》裡是皮威（丹・蒙那漢飾）以及在《美國派》裡是吉姆（傑森・比格飾），他們急於想要解決他們性心理發展裡的性器官階段，就是以達到失去他的處男身分為目的。這位**處男英雄**（Virgin Heroes）有一個清楚的旅程（性探尋的路程），一個清晰的目標（性），一群夥伴（和他一樣有性饑渴的同伴），一個必須克服的內在缺陷（他自己的饑渴）以及一個完美的報償（性交）。其中甚至有主角要學習的道德教訓，那就是沒有愛的性行為是一種空洞的經驗。

當主角在片尾贏得一位美麗女子的芳心時，他也已經領悟了所有主角公式裡的重要元素，而那也是任何青少年都能認同的。因此，每隔十年，為了新一代的青少年觀眾，相同的公式（充滿類似的陰莖笑話〔Jokes〕、無謂的裸體和淫穢的性幽默）都可以被重新開發，而它的角色和主題也仍然能產生一樣強烈的迴響。這基本的性器官發展之性心理主題，尋找與學習初戀和性經驗，是每個世代的青少年都可以重新經歷的。所以相同的故事，對現在正經歷這些挑戰的青少年而言，似乎仍然是新鮮和原始的。你也許就是那位為2005年的課程編寫《反斗星》或《美國派》這類故事的編劇，如果是這樣，請試著使用這個公式去表達一些新穎而有趣的觀點在青少年性心理的衝突中，而非濫用這個公式胡亂拼湊一個關於一批性饑渴的男孩，竭力尋找性伴侶的青少年性電影。

第｜三｜章

摘 要

● 性心理發展的口腔階段是與情感的、身體的和心理層面的需求有關。

● 口慾滯留的特徵是一個人會將外在的東西或物件放入口中，藉以處理他情感的、身體的或心理上的需求。

● 抽菸是電影中最普遍的口慾滯留表現。

● 口腔類型在電影中通常被描述為貪得無厭的性格，他不斷地尋找立即性的滿足。

● 口腔虐待狂是一種任性的慾望，想要控制他人和使別人痛苦。

● 電影角色必須經常克服像是毒癮或酒癮等口腔障礙，以達到成長。

● 性心理發展的肛門階段（Anal Stage of Psychosexual Development）是和人們處理精神官能衝突之心理壓力的方法有關。

● 憋肛類型的人是以壓抑和控制他的解便衝動來處理他的精神官能衝突，甚至達到挫折的地步。

● 失肛類型的人是以釋放和放縱他的解便衝動來處理他的精神官能衝突，通常是非常不恰當的。

● 典型的喜劇對偶是由一位憋肛類型的人與一位失肛類型的人搭配組合而成。

● 主角通常要面對一種內在的衝突，是介於釋放原始衝動的慾望與同樣急切的需要去控制和壓抑這個衝動之間。

● 最常見的內在衝突是與下列三種肛門階段有關：破壞性相對於非暴力、熱情相對於禁慾與反叛相對於服從。

● 性心理發展的陽具階段是與戀母情結問題的解決有關。

- 戀母的慾望基本上是被超我成功地壓抑，而性和侵略的衝動則是透過陽具象徵（毀滅的武器）的使用來表達，諸如槍和刀，它們代表了暴力與陽具的品質。

- 主角的武器是陽具的象徵，這點意義深遠，而且與他的身分感有關。

- 女性中的陰莖羨慕通常被解釋為女人在男性主導的社會裡，爭取平等、獨立自主（Autonomy）與賦權的慾望。

- 女性力量電影通常是以陰莖羨慕的議題為它的中心主題。

- 性心理發展的性器官階段是與取得成熟的（非戀母情結的）愛情關係有關。

- 電影裡青少女蕩婦的角色是一位性感的少女，她具危險特質且違反社會規範，因為她尚未解決她的戀父情結。

- 在青少年性電影裡的處男英雄角色，是一位試圖解決他的性器官發展階段的人物，那是藉著失去他的處男身分，並獲得一段成熟的愛情關係來完成。

第 | 三 | 章
習題

1. 請想出二或三種尚未被使用過的「口腔」行為。

2. 主角性格裡的口腔障礙是個人的缺陷，它與身體的、心理的或情感的需要有關。請創造一種口腔障礙，那是你主角必須要克服的，但請避免陳腔濫調及被過度使用的障礙，像是酗酒和毒癮等。

3. 滑稽的錯配是喜劇基本的公式，你的劇本中有無一對喜劇對偶？不論這對二人組是主要角色（如《綠野仙蹤之奇幻王國》〔The Thin Man〕裡的尼克與娜拉）、或喜劇橋段（如《瘋狂店員》〔Clerks〕和《耍酷一族》〔Mallrats〕裡的杰和安靜鮑伯），你如何能使用憋

肛與失肛（節制與解放）這兩種對抗的力量，在你的喜劇對偶中建立
滑稽的衝突。

4. 如果你只有一位喜劇人物，可以考慮添加給他一個搭檔或陪襯者，請
   問這個元素可以為你的劇本增添什麼？

5. 主角的武器通常是一個陽具象徵，即主角的身分與力量的代表。請問
   你如何安排你的主角的武器，使它與你的主角身分有關，或能顯示你
   的主角的身分？

6. 想想看，你喜愛的電影中所有曾被使用過的武器或輔助物件。

7. 現在想想看你的主角會如何在劇本中使用這些武器。

8. 請想出五種以前未曾被使用過的不同武器或輔助的物件形式。

 ## 處理你劇本中的性心理階段

1. 內在衝突可以用口慾滯留以視覺的方式來表達，想想看你的角色可
   以如何透過抽菸、喝酒、吃東西或其他「口腔」行為，來描述他們
   的內在衝突。

2. 相對的性心理力量也可以作為絕佳的內在衝突來源，主角常常要面
   對毀滅與非暴力、熱情與禁慾或反叛與服從等相對的慾望衝突，請
   問你如何將與維持和解放相關的內在衝突注入到你的角色中？

3. 「武器」是任何的物件輔助，它能幫助主角進行探索，請問你的主
   角有一個「武器」嗎？

4. 以最廣義的解釋，「陰莖羨慕」代表了對任何主宰的力量或權威的
   畏懼，以及剝奪公民權和賦權的議題，電影中的女性角色通常要面
   對這些議題，請問你的女主角如何解決她的陰莖羨慕問題，其中也
   能體現她自己的弱點和長處。

5. 電影中的親密行為、愛和性等議題是無所不在的，你也許發現，如果不使用陳腔濫調與老套的手法，就很難表達這些議題。試著分析你劇本中的愛情關係，使用戀母情結的主題，如占有慾、對抗和禁忌的愛等，這也許能幫助你找到新的靈感，在你劇本中的人際關係裡，能產生原創性的衝突和故事線。

性心理階段一覽表

階段	特性	角色類型	範例
口腔階段	情感的需要 自私 貪心 殘忍	抽菸者與喝酒者 過食者 偷竊者與說謊者 虐待狂	黑色電影與西部片 《四海好傢伙》 《賭國風雲》 （Casino） 《沈默的羔羊》 （Silence of the Lambs）
肛門階段	過度控制 無自我控制 內在衝突	喜劇對偶 內在惡魔 衝突的角色	亞伯與寇斯特羅 狼人電影 《大丈夫》
陽具階段	迷戀陽具象徵 陰莖羨慕	破壞性角色 暴力的主角和歹徒 賦權的女人	西部片與戰爭片 動作片 「女性力量」電影
性器官階段	禁忌的愛 初戀	青少女蕩婦 處男英雄	《慾海潮》 《美國派》

自我防衛機制

　　就像你電腦的硬碟一樣，潛意識是一個極端複雜的知識和功能儲藏室，而你這位使用者，對它卻是完全無知的。關於將潛意識和意識的資訊分開處理是絕對必要的，因為如果我們不能一次一件地專注於特定的事情上，我們將無法過一個有生產力的生活。類似地，如果你被迫去注意成千上萬的瑣碎資訊以及電腦螢幕背後正在進行的功能運作，而非專注於螢幕上單頁的資訊，利用電腦工作也無法產生效率。而且，正如病毒的威脅是你電腦中持續性的問題，精神官能衝突也是潛意識裡持續性的問題。正如你硬碟中的病毒偵測軟體，自我防衛系統也是心靈無聲的保護者，持續警戒著尋找精神官能衝突。如果未解決的潛意識問題突破了自我防衛機制（Ego Defense Mechanisms）的界限，而浮上意識層面的話，這個問題就會占據並困擾整個人；同樣的，搗蛋的病毒也會摧毀你電腦正常的功能。

　　防衛機制以各種巧妙的方法紓解原慾能量和精神官能衝突的壓力來「保衛」自我，當原慾能量被紓解，或者被控制了，罪惡感就減輕了，而且因精神官能衝突而有的焦慮（Anxiety）就得以暫時地緩和，這裡的關鍵字是**暫時地**。這個防衛機制並沒有消除或解決精神官能衝突，它們只是在

問題上面貼個繃帶。真正解決精神官能衝突問題的方法是去分析它，有意識地了解它，並將它連根拔除。不像分析一樣，自我防衛把這些麻煩的問題完全放在潛意識裡，因此個體完全感覺不到它們的存在。

防衛性（Defensiveness）主角

在你的角色性格中添加防衛機制，將為他的性格增加心理的深度。當你的主角說了些有口無心的話，做了一些身不由主的事，而且執行的方式是違反當時情況的直覺的，他自然就變得比較複雜了。觀眾會感到奇怪：「他為什麼會有這種反應？」以及「他為什麼做那個事？」觀眾直覺地感受到這些角色正面臨內在衝突，因此他們就被帶進這些角色的困境中，正如讀者被神祕故事捲入一般。觀眾已經從多年的觀看影片經驗裡變得相當有洞察力，他們偵測銀幕上角色刻骨銘心的面容，有無任何影射之處，而且不斷地分析這些角色，試著找出他們動機中隱藏的根，以及就存在於他們表層舉止之下的心理衝突。

遺忘性主角

撰寫防衛機制最主要的關鍵在於所寫的角色自己，完全不知道他們正在展示防衛性行為。當電影中其他的角色以及觀眾們看見主角時，就會對主角自己完全看不見他自己那麼明顯的問題而感到挫折，因而那下意識的**防衛性**要素就增強了戲劇的張力與懸疑。防衛機制通常會變成主角追求的目標，就是他必須克服的**弱點**，因為防衛機制是宇宙性的特徵，所以觀眾立刻能向這位防衛性的主角認同。

就某種意義來說，看電影本身就是一種防衛性行為，觀眾藉著將自己和個人的生活隔絕，並將情感投射在銀幕上的角色身上來逃避他們自己的問題和衝突。正如防衛機制一樣，觀看一部好電影使他們能從個人的衝突和爭鬥裡得到暫時的解脫。而且，電影的心理力量也像防衛機制一樣，都只存在於潛意識的層面裡。

壓抑

壓抑是同時最簡單又最複雜的防衛機制。當原慾能量被罪惡感阻絕時，就會產生精神官能衝突。壓抑就是將最初的慾望拘捕並儲藏在深層潛意識裡。藉著隱藏最初的衝動，壓抑作用消減了原慾能量的流動，而將衝突的根源遮蔽起來。在《長日將盡》（Remains of the Day, 1993）中，一位古板的英國男管家，史蒂芬（安東尼・霍普金斯飾）壓抑他對肯頓小姐（艾瑪・湯普遜飾）的情慾，他是如此強烈地隱藏他的慾望，以至於即使是觀眾也能感受到他真實的情感，我們不太確定史蒂芬自己是否意識到他對肯頓小姐的慾望。然而，跟所有的防衛作用一樣，壓抑也只是個權宜之計，每當人看見意慾之物，原慾能量會再度興起，它也需要再度被壓抑。雖然史蒂芬是位不折不扣的壓抑大師，但他對肯頓小姐的情慾卻從未真正消逝。在電影結束時，在經歷長久的分離後，他和肯頓小姐重新復合，他對肯頓小姐的愛仍然存在，但是他仍然無法釋放他壓抑的感情，表達他對她的愛。

壓抑可以是相當強的情緒力量，在《長日將盡》的某些場景裡，史蒂芬與肯頓小姐間的張力是如此的強烈，使得觀眾想要對銀幕吼叫：「親吻她，你這個笨蛋！」安東尼・霍普金斯的表演是如此的有力量，因為他的角色是一個悲劇人物，是他自己壓抑的受害者。但是當感情被長久壓抑後終於被釋放，**淨化作用**的經驗——即心理學上密集情感的宣洩，也會相對的強烈。在《一夜風流》（It Happened One Night, 1934）這樣的愛情電影裡，當那兩位角色終於臣服於他們對彼此的情慾時，他們就經歷了無減於性高潮似的熱情片刻。

導演勞伯・阿特曼在《謎霧莊園》（Gosford Park, 2001）中展示了壓抑的深沈力量，那是一部背景與《長日將盡》相當接近的電影。在這個傳統英國莊園裡的客人和傭人全部都適當地被壓抑著，尤其是在他們對於階級特質與行為舉止的認定上。僕人得無聲地出現與消失，不能引起他高傲的主人的注意。觀眾在電影的第一個小時裡，完全沈浸於這樣社會壓抑的感覺裡。當第二幕裡，一位低下的女傭人（愛密莉・華特生飾）跟她的主人說話時，她破壞了原來的規範與適切性是令觀眾為之一驚的。這個場景不可思議的力量來自於一個極端震撼的反應被帶出來，僅僅是透過一個女傭人的鏡頭，在其中她說了幾句

冒失卻發人深省的話。她不得體的表現為她想說出與莊園主人秘密戀情的動機投下了陰影（Shadow）。

當你在劇本中寫被壓抑的角色時，請記得強烈的反應和戲劇，是不需要使用極端的暴力或通俗劇的情境就可以被製造出來的，藉著在你的角色身上創造高強度的壓抑，你就能在你的故事中創造張力和懸疑。當這個張力最終被釋放出來時，即使是幾句話、一個手的接觸，或簡單的親吻，都可以是相當具有情感宣洩（Catharsis）的力量與戲劇性的。

否認

典型的遺忘性主角是因否認（Denial）而受苦的人，否認麻煩的慾望或引起焦慮的事件，偶爾會被用來當作**角色力量**的元素。在《小公主》（The Little Princess, 1939）裡，莎拉（秀蘭・鄧波兒飾）面對她心愛的父親死於戰爭的噩耗，莎拉對這個不可思議事實的反應就是完全地否認，她拒絕相信她父親已死的事實。在整部片子裡，莎拉堅決地否認的特性，直到她在片終奇蹟似地與她的父親團圓而得到報償，她的父親只受了彈殼的擦傷，而非戰死。通常，否認是一種**角色弱點**的元素。在《大白鯊》（Jaws, 1975）中，保守的艾密堤島市長（莫瑞・漢彌爾頓飾）拒絕相信在他城市的海岸有吃人的鯊魚猖獗，當謹慎的警長（若伊・許瑞德飾）對市長否認鯊魚的存在越來越感到挫折時，市長愚蠢的否認在故事中就引起了張力和懸疑。

否認通常被用來作為主角的**障礙**，由一位**表達否認的權威人物**所代表，他以否認危險的存在來挫折與阻礙主角。在《鬼哭神號》（Poltergeist, 1982）裡的房地產開發商以及在《半夜鬼上床》（A Nightmare on Elm Street, 1984）裡的父母，都代表了主角必須要克服的否認障礙。在五○年代，像《天外魔花》（Invasion of the Body Snatchers, 1956）和《變形怪體》（The Blob, 1958）這樣的電影，象徵了麥卡錫時代的恐慌症，將主角放在一個情境中，在那個情境中，他們周圍的每個人都完全否認那個侵襲他們社區的潛伏危險。否認可以被視作角色裡的一種**內在弱點**，也是他必須克服的一種障礙。《失嬰記》（Rosemary's Baby）裡的蘿絲瑪麗（米亞・法羅飾），在她能夠採取行動保護自己與她未出生的嬰孩之前，必須先克服她的被否認。

當你在劇本中寫否認這要素時，你必須要清楚這個設計會如何運作。一個角色為了與主角作對而否認危險的存在，事實上他知道危險的存在，這並不算是否認的情境，他只是說謊而已。否認與欺騙的差別相當微細，但卻很重要。說謊者有意地欺騙主角是為了他自己的利益，這使得他成為壞人或歹徒的角色。真正表達否認的角色並不是故意地欺騙任何人，這個角色其實真的相信他所說的。處在被否認裡的角色是被這世界和他自己所**遺忘的**。雖然他充滿困惑與麻煩，這個角色其實是個悲劇的與值得同情的人物。戰勝否認的人物對於主角要擊敗真正的危險和歹徒的目標而言，僅只是一個前奏或不經意的想法而已。

　　當一個角色正努力克服他自己的缺點時，若透過一個**悲劇性的失落**來暗示他明瞭自己內心裡的被棄絕，將更具有戲劇效果。在《大白鯊》中，當越來越多的人因為市長的疏忽而喪命後，市長才意識到自己的愚蠢。在《失嬰記》裡，當蘿絲瑪麗的好友哈區（摩利斯·伊凡斯飾）神祕地死亡，她才開始懷疑她的先生。經由悲劇性的失落而產生頓悟的設計，乃是來自強大的潛意識力量，相信只有透過一次巨大的震動，才能揭開否認的面紗，而這也能增加故事的戲劇性。

認同

　　戀母情結的解決是藉著向同性別的父母認同而達成，使得認同成為自我發展中最極致的經驗。藉著向他人認同，並模仿他們的目標與行為，自我解除了我們靠著自發性行動所促發的自疑感覺的焦慮。如果我們只是照著父親、母親、哥哥、姊姊、老師、傳道人或其他在我們周圍的人的方法行事，我們的行為怎麼可能是錯的？認同的危險來自**個體性的失落**，而那會發生在我們接受了由於順從群眾而產生的舒適與安全之時。

　　認同是一把雙刃的利劍，對於主角不是代表了目標就是阻礙。在《日正當中》（High Noon, 1952）裡，城裡的每個人都要肯恩警長（賈利·古柏飾）躲避將要前來小鎮殺他的謀殺犯們，甚至連法官（奧圖·克魯格飾）都逃跑了，並告訴肯恩他也應該逃亡。肯恩在《日正當中》裡的挑戰是要拒絕向膽

怯的導師角色認同，並忠於自己榮譽的準則。相反的公式則被運用在《約克軍曹》（Sergeant York, 1941）中，在這部片子中，賈利‧古柏飾演一位調皮搗蛋的角色，只照著自己的方式來生活。在第一幕裡，他的挑戰是要向城鎮的牧師（華特‧布萊嫩飾）認同，然後成為一位謙卑與順服的鎮民的一分子。

　　不論你的主角的挑戰是去順服或反叛，認同的過程從本質上來說是與主角的身分連結在一起的。表達認同過程的最佳方式，就是提供給你的主角一位明確的**導師角色**，但是這並非意謂著作為編劇的你，必須照著一個死板的結構來寫。導師的角色可以只是一個**啟示**，而不見得是一個人物。主角的導師可以是一個意念、哲學、一段記憶或甚至是一個夢境。在建立你的角色的認同時，方法要相當有創意，並有原創性。角色認同以及導師人物的基本結構，應該可被視作創意的一個跳板，而不是創造角色動機和發展的呆板公式。

昇華作用

　　佛洛伊德相信所有偉大的個人作品都是昇華作用的產品，也就是將原慾能量導引至更有生產力和藝術化活動中的過程，電影裡的昇華作用通常是透過**勞動熱情**來描寫。在《巧克力情人》（Like Water for Chocdate, 1992）中，當媂塔（露咪‧卡瓦宙斯飾）捲玉米薄餅時會流汗和呻吟，似乎是將她對佩卓（馬可‧李奧納帝飾）的性慾昇華為重口味和有肉感的烹飪。在《梵谷傳》（Lust for Life, 1956）裡，梵谷（寇克‧道格拉斯飾）將他的性慾挫折、強烈的憤怒與狂暴的本質，昇華為他的繪畫。另外在《蠻牛》（Raging Bull, 1980）裡，傑克‧拉摩塔（羅伯‧迪尼洛飾）將他的原始肉慾和憤怒導引至他的拳擊賽之中。

　　昇華作用是一種觀眾很容易察覺的下意識過程，原始的愛、恨、性和侵略等衝動都是很大的力量，它們能夠賦予人物如海利克斯大力士（希神）般的力量與能量，使他們能完成任何事情。**愛的力量**這樣的設計，經常被使用在電影的第三幕裡，作為一種幾近超自然的力量，它幫助主角打敗他可怕的仇敵，並拯救女主角。超人（克里斯多夫‧瑞夫飾）具有超能力，但若非是為了挽回他心愛的愛人露伊絲‧藍（瑪格特‧凱德飾）的性命，觀眾是不會相信

他能如此快速地飛行，逆向環繞地球軌道，而使時間倒轉回來。這似乎是過分龐大的任務，即使對超人也是，除非他迫切的飛行是由他對露伊絲的愛情所推動的。昇華的力量可以使令人無法置信的事蹟，對觀眾而言變成似乎是可信的，但是主角行動的可信度必須堅實地奠基在他的動機裡。觀眾在相信超人真能把時間轉回，為了拯救女友的性命之前，他們必須先相信超人是真正愛著露伊絲的。

退化

　　童年是在我們的行為上較少義務、責任和較少限制的一段時間，退化至童稚階段的狀態，能使人們從成人世界的焦慮與壓力中，獲得一個暫時的解脫。觀眾可以向退化性的行為認同，他們可以藉著觀賞電影銀幕上人物的退化行為，而獲得替代性的滿足。很多時候，成人角色會使用一個**物品**來引發他們的退化。在《大寒》（The Big Chill, 1983）裡的一場常被抄襲的場景中，一群已三十多歲的大學朋友們吸食大麻，行為因而退化成為十幾歲的人的樣式。藉著退化為青少年，他們就能很自由地表現愚蠢，釋放他們的禁忌，而且甚至沈溺於某些被他們長久壓抑的性慾望中。在1980年代，我們很常看見，在電影中有一個場景，所有的角色都處於亢奮或醉酒狀態，接下來會有一段音樂蒙太奇，由許多短的場景所組成，包含有角色跳舞、痛飲、笑鬧和做出如小孩子般的行徑等，很慶幸的是，這種作法已經不流行了。

　　退化最常被用作為**喜劇橋段**或一種**音樂趣味**，在好幾個例子裡，諸如《早餐俱樂部》（The Breakfast Club, 1985）和《一路順風》（Planes, Trains & Automobiles, 1987），約翰・修斯使用退化場景在故事中創造戲劇性的轉移，緊接在幼稚行為的音樂段落之後，角色們會安靜的坐著，從亢奮中歸於平靜，但仍然是陶醉的狀態。幼稚的玩樂代表了他們連結的時刻，而現在藉著被酒或毒品鬆綁的嘴唇，角色們以暴露他們最深處的秘密來分享一種**親密的時刻**。當緊密情感表露的通俗戲劇，與在它之前極為快樂的幼稚行徑段落並列，反能產生更大的效果。有時候，退化會成為整部電影的主題，而不僅僅是一個喜劇橋段。在《魔繭》（Cocoon, 1985）中，有一群老年人在一個被外星生物的繭

入侵的泳池裡游泳，就能很神奇地獲得年輕的活力，他們便前去享受這項新發現的活力，從事一些年輕人的活動，包括一些他們極爲喜愛的性解放。

到目前爲止，在退化型人物的電影裡最常見的主題，就是迷戀一位年輕的愛人。伍迪‧艾倫拍了三部直接處理這個問題的電影，即《曼哈頓》（Manhattan, 1979）、《愛麗斯》（Alice, 1990）、《夫與妻》（Husbands and Wives, 1992），他也拍了些其他的電影將這些議題當作次文本來處理。在《情竇半開時》（Blame it on Rio, 1984）中，當一位中年男子（麥可‧肯恩飾）迷戀上他最好的朋友的年輕女兒時，退化型人物主題的衝突就被強化了，而這種年長男子和年輕女孩戀情的公式在《當老牛碰上嫩草》（How Stella Got Her Groove Back, 1998）中被逆轉了，在其中，史黛菈（安琪拉‧巴謝特飾）與一位比她小一半年紀的男人熱戀。不論退化是被用在一個段落裡，或在整部電影中，這項設計應該推動劇情前進，提供比喜劇橋段或解放原慾更多的內涵。理想上來說，退化應該引導**角色發展**。藉著後退一步，角色應該更了解自己或更清楚自己的情況，好預備他們能更往前躍進，使他們能更接近他們的目標。

反向行為

防衛機制是藉著將我們的心思與它自己的慾望區隔開來而保護自我，反向行爲是比其他防衛更爲巧妙的設計，因爲它對衝動有反應，而非去禁止它。角色展示反向行爲是藉著很強烈地對抗它，來暴露他最深層的慾望。反向行爲的複雜性也使得它成爲在電影角色中最少被使用的防衛機制。然而，它卻是一種強大的力量，也是一種吸引人的行爲模式。這種防衛可以在求愛的行爲裡看見，特別是在老電影中的女性角色身上。在《蓬門今始爲君開》（The Quiet Man, 1952）中，瑪麗‧凱特（摩莉‧歐哈爾飾）在西恩（約翰‧韋恩飾）無禮地親吻她時，她對西恩**極端的反應**是她性格中「乖天主教女孩」的部分，表現出瑪麗‧凱特的原慾裡眞正慾望的相對反應，雖然瑪麗‧凱特的嘴唇告訴西恩：「不！」，但是她的眼睛卻說出：「是的！是的！」

過分壓抑或拘謹的人物經常展示反向行爲在他們大驚小怪的行爲與態度

上,在最極端的反向行為裡,角色被他扭曲的慾望糾葛到一個地步,使得他想要毀掉他所最愛的事物。在《鐘樓怪人》(The Hunch back of Notre Dame, 1939)裡的福洛婁(什·賽德瑞克·哈德威克飾),他是如此痛苦地掙扎於對那位性感的吉普賽女孩(摩利·歐哈爾飾)的情慾中,以至於使他想要毀滅她。《美國心玫瑰情》(American Beauty)裡的法蘭克·費茲(克利斯·古柏飾),他是如此地因他壓抑的同性戀情感所苦,因此他決定要殺了他愛慾的對象──列斯特(凱文·史貝西飾)。一個角色說與做一件事,而內心卻渴望相反的事物,這種矛盾是很難有效地描述的。但是,如果你能設法達成,你就能創造出一個有相當複雜度與深度的角色。

錯置

《城市英雄》(Falling Down, 1993)裡的威廉·佛斯特(麥克·道格拉斯飾)是充滿憤怒的人,他與妻子離婚,女兒也疏離他,他被公司開除,又被困在市郊的廢墟中,佛斯特終於崩潰,開始施展無節制的狂暴行為,向他所遇見的每個人發洩憤怒。錯置就是性慾或侵略衝動的重新定向於一個**替代性出口**。與其向精神官能衝突的來源發洩原慾的能量,這樣負向的能量是被轉移到另外一個人的身上。錯置是一種對自我很實際的防衛,因為衝突的來源(一位配偶、一位老闆等)往往是他所不能勝過的對象,而他所投射負面能量的替代性出口通常是個**安全標的**,某位無法反抗或製造進一步衝突的人。

就像大部分其他種類的防衛一樣,錯置(Displacement)常被用作**角色特徵**,一種瞬間的行為,屬於角色性格的一部分,但不是故事的主要部分。但是,藉著在角色間製造裂痕,錯置常被用來推動劇情。在《俠骨柔情》(My Darling Clementine, 1946)中,郝勒帝醫生(維克特·墨圖爾飾)是一位憂鬱的悲劇人物。他曾經是一位有名望的醫生,而後墜入羞恥的光景中,成為一位酗酒且頹廢的賭徒和殺手,死於肺病和對自己生命的羞恥感中。奇娃娃(琳達·達內爾飾)是一位舞女,有美好的心靈,她愛郝勒帝醫生,而且一直陪侍在側,儘管她持續成為郝勒帝虐待的對象,郝勒帝將他所有的憤怒與自怨投注在奇娃娃的身上,常辱罵她、奚落她,並視她如土。最後,郝勒帝作得太過分

以致奇娃娃放棄了他。由郝勒帝的錯置所製造的裂痕，在故事中創造了**愛情的張力**，而使得迫切需要的**角色發展**得以進行。正如任何其他的方法一樣，錯置應該不只是作為一種角色行為的裝飾品，而應該作為一種刺激角色發展與推動劇情的方法。

理性化

許多伍迪‧艾倫電影裡的角色都能表現出理性化的機制，情感是以將議題**知性化**（Intellectualization）的方式來處理。當感情被理性化並轉化成知性的術語時，它們就失去了情緒的衝擊力，因為熱烈的感情變成了冷靜的、理性的想法。對許多伍迪‧艾倫的角色而言，理性化是最佳的防衛形式，他們常是用腦的知識分子，善於處理複雜的想法，而非緊密的情感。在《愛與死》（Love and Death, 1975）、《安妮霍爾》（Annie Hall, 1977）、《曼哈頓》（1979），以及他許多其他的電影裡，伍迪‧艾倫的角色們討論愛的謎語，持續提及佛洛伊德的理論、存在主義哲學，和其他超級知性的領域，好像他們在試圖解決一個理論上的心理問題，而非處理心靈的問題。理性化是被認定為在伍迪‧艾倫的電影中角色的特徵，因為觀眾直覺地知道，如果他們從未聽過佛洛伊德、海德格、尼采或沙特的話，所有角色知性的光輝與飽學之士的漫談，幾乎就等同於是在解決他們的感情問題，而非其本身所言。正如所有其他的防衛一樣，這個設計背後的心理力量在於觀眾清楚角色性格的弱點，即使角色自己並不知道，觀眾會立即對角色的困境感到挫折與同情。

投射作用

投射作用會發生在將自己麻煩的下意識衝動歸咎於他人，因為投射作用是一種防衛，因此投射至他人的下意識衝動，往往是負面的。這個機制藉著給他一個感覺，就是那個負面的慾望或衝動並不屬於他自己，而屬於他周圍道德水準較低的人們，如此來防衛個體的自我。在《碧血金沙》（The Treasure of the Sierra Madre, 1948）中，寶布斯（韓弗瑞‧鮑嘉飾）變得執迷於一種恐慌的心態，就是他的淘金搭檔們正計畫騙取他的那一份金子。當然，寶布斯實際上才

是有「淘金熱」的人，想獨吞所有的金子。將他的淘金熱投射至他的搭檔身上，寶布斯才能保持某種清醒的意識，相信他只是為了自衛而對抗他腐敗的同伴，甚至在他殺了同伴並取了他的金子時仍然如此。

投射作用也能製造一些複雜的**家庭動力**，父母將他們自己曾經有的希望和夢想，投射在他們小孩子的身上是很自然的事，當小孩子到達了想要界定自己的身分，而非活出他們父母所投射的幻想年齡時，張力就產生了。在《人心》（Of Human Hearts, 1938）裡，瑞弗蘭‧威爾肯斯（華特‧休斯頓飾）將他自己對宗教的奉獻投射於他兒子傑森（詹姆斯‧史都華飾）的身上，並希望他成為一位牧師。當傑森決定要成為科學家而非服事神的人時，他的父親相當失望，且心情鬱悶，導致他們關係中極大的張力，至終演變為無可修復的裂痕。

類似的動力也出現在《玫瑰舞后》（Gypsy, 1962），蘿絲（露莎琳‧羅素飾）是一位失敗的女演員，她將她所有對舞台的野心，投射在她才華洋溢的小女兒——久恩的身上，當久恩結婚並逃離她母親的控制網絡，蘿絲就將她的夢想投射於她大女兒——露憶絲（娜塔麗‧伍德飾）的身上。儘管露憶絲並沒有天分，蘿絲強迫她上台，且堅持要她成功。蘿絲的投射作用是如此的強烈，她甚至強迫她女兒成為低賤的脫衣女郎，但蘿絲仍不滿足，因為投射作用從未滿足蘿絲自己想成為明星的原始慾望。在露憶絲和她嫉妒的舞台母親之間的張力，最終也導致她們關係的破裂。

不像大部分其他的防衛一樣，投射作用經常是父母與兒女關係的電影中被當作中心的議題，觀眾會同情這些電影中的兩種人物。兒女想要選擇自己的道路是可以理解的，但是觀眾也能認同於只想把最好的給兒女的父母，即使這些父母並不了解，他們對兒女未來的夢想，常常是他們自己未實現的夢想被投射在他們後代的身上。

孤立

處在孤立中的角色多半是從他們自己被壓抑的問題裡逃出來的，而且常是躲避一個**悲劇的過往**（Tragic Past）的記憶。這些角色的目標就是要從孤立中出來，然後重新與社會結合。為了達成此事，角色必須

圖5
孤獨的英雄：《搜索者》（1956）中的
約翰‧韋恩

以很明確的方式來對付他們的衝突，而非以逃避問題或遠離負面感覺來處
理。在《心靈訪客》（Finding Forrester, 2000）中，弗雷斯特（史恩‧康納萊
飾）是一位隱居的普立茲得獎作家，他將自己關在一間公寓裡，從悲劇的過往
中強迫自我放逐。為了使他能從孤立中出來，他必須克服他對感情的畏懼，而
能在情感上接納他人。藉著擔任一位年輕作家的老師，弗雷斯特勝過了他自己
的防衛。藉著那位年輕人的幫助，弗雷斯特因而能夠面對他的過去，並從孤立
中解放出來。

　　許多偉大的西部片英雄都是被孤立的男人，是一位孤獨者，像來自荒野的
幽靈，在完成一項英雄的行動後，就再度消失於孤獨流浪的生活。《原野奇
俠》（Shane）一片，開始於一位孤獨的牛仔從空曠的荒野騎著馬進入文明，
結束於他回到荒野。在知名的結束場面裡，小喬伊喊叫著：「回來，沈恩！」
但是，當然，這位**孤獨的英雄**（Lone Hero）必須回到他大自然的居所，那
孤立的荒野。在《搜索者》（The Searchers, 1956）裡，有類似的主題。在開
場的段落裡，伊甸（約翰‧韋恩飾）騎著馬從西部風景中出現，如一位孤獨的
騎士。而在電影最後一個令人難忘的鏡頭裡，當他走在小徑上，回到他孤獨的
生活時，伊甸離去的身影是被框在一個大草原屋舍的門框之中。孤立的角色幾
乎都是悲劇性的人物，一位被罪折磨，不斷逃避一段沮喪過往記憶的人。沈
恩和伊甸都是不法分子，試著逃離過去的暴力，但很諷刺地，卻無可避免地
由於他們自我的存在而捲入更多的暴力之中。孤立的英雄可以藉著面對他的

過去，以及重回社會而逃避他悲劇的命運（Fate）；或者他可以仍然保持他一匹孤獨野狼的身分，持有他孤立的牛仔身分，騎著馬走向夕陽的浪漫氣氛。

說漏嘴

說漏嘴常被稱為「佛洛伊德式失語」，因為佛洛伊德是第一位在此現象上加上重要的心理學意義的理論家。說漏嘴就是在我們說話時，某種被壓抑或隱藏的情感無意識地溜了出來。在我上心理學入門的課程時，大學教授說：「佛洛伊德式失語的意思就是當你想說一件事（another）時，但卻說成了另一件事（a mother）」。說漏嘴是常見的用法之一，而且幾乎每個精明的觀眾都知道什麼是說漏嘴，也知道為什麼他有心理學上的意義。有一種被過度使用的技法，是讓一位不誠實的角色透過說漏嘴把他糟糕透頂的計畫透露出來。在《玉女奇男》（The Bad and the Beautiful, 1952）的片尾，徐爾德（寇克・道格拉斯飾）在與詹姆斯・李（迪克・波威爾飾）對話時，他說了一次要付出極大代價的漏嘴，暴露了他就是間接導致詹姆斯・李的妻子死亡的人。雖然說漏嘴是很有用的工具，但在這種情況中顯得有點過分簡單和方便了。它們最好被用在一個角色正壓抑一種**強烈的情感**，而且希望吐露出來時。說漏嘴出現在這種情況中，就會顯得更為真實，因為它表達了情感而非資訊，而且也因為它為角色和觀眾雙方都提供了**情感宣洩**的管道。

笑話

幽默是所有電影的內在部分，不論它的素材多麼嚴肅。很弔詭地，擺放笑話的最佳位置，通常就在有高度戲劇張力的片段之前或之後，就是當需要**喜劇性紓解**（喜劇橋段）的時候是最佳時刻。在動作電影中，主角常會在他要殺了壞人之前，說一句玩笑的話。當阿諾・史瓦辛格要殺了某人之前，會說一句：「Asta La Vista, Baby——再會了，寶貝！」，死亡與肢解的黑色悲劇就被些許的幽默給淡化了，提醒了觀眾恐怖的暴力也只是遊戲的一部分。

佛洛伊德相信笑話可作為自我防衛的功能，因為笑聲是一種直接的**情緒釋放**的形式。當空氣中有張力和焦慮時，是最需要情緒釋放的時候，因此就

會有無所不在的**緊張的笑聲**。喜劇橋段在電影中最緊張的時刻解除了焦慮，使得觀眾能享受電影，而不致太緊張或沮喪。請記得，雖然戲劇和張力是電影必要的部分，但是觀眾是來獲得娛樂的，不是被放在一個情感的磨難裡的。

笑話也可作為防衛的工具，因為正常對話裡被認為是**禁忌**的題材，在笑話的形式裡就完全可以被接受。世界中大部分世人所講的笑話，不是黃色笑話，就是黑色諷刺性的笑話。夜間談話節目的主持人通常會以總統的愚蠢笑話作開場獨白，之後所談的，就是在飲水機旁所說的笑話，不是充滿色情、嘲笑神職人員（如「一個牧師和一位拉比──猶太聖經教師走進一間酒吧……」），就是公然地冒犯人的（波蘭笑話、黃色笑話等）。所有這些對話的主題都不具社會的適當性，除非它們被包裝上了笑話形式的外衣。人們在說笑話時所運用的自由，同樣也被電影人應用在他們的喜劇中。當代喜劇中流行的**噁心的幽默**就是一個範例，就是在製造大笑之名下，如何伸展好品味的界線。喝尿（《美國派》，American Pie）、胡亂處理精子（《哈拉瑪莉》，There's Something About Mary），和當眾排便（《一個頭兩個大》，Me, Myself and Irene）等，都是些不能登大雅之堂的場景，但是在喜劇裡，它們全是意料之中的事。其他在喜劇中常被打破的禁忌尚有：持續性的種族刻板印象（《臥底兄弟》）、開殘障者和智障者的玩笑（《哈拉瑪莉》）、物化女人（《反斗星》），以及虐待動物（又是《哈拉瑪莉》）。

雖然喜劇通常使用幽默的漏洞是採取低階道路（低級手法）去違反禁忌，但有些喜劇乃是採取高階道路（高級手法）。史坦利·庫伯力克的《奇愛博士》（Dr. Strangelove, 1964）處理了相當敏感的議題，如冷戰、過度軍事擴張，以及核子毀滅等，並以一種前所未有的方式來處理，因為他融合了超級的幽默和嘲諷在其中。類似地，庫伯力克的《一樹梨花壓海棠》（Lolita），雖然充滿爭議，但是頗受歡迎，因為它以一種幽默的方式處裡了戀童癖的議題。但是不論作為編劇的你是選擇低階道路或是高階道路，好的喜劇的關鍵並非只是打破社會禁忌而已。你可以獲取廉價的笑聲，透過無謂的裸露、種族主義和沙文主義玩笑、噁心的事物，和不雅的視覺幽默。但是最好的幽默永遠是由角色推動的，即由角色自身複雜的心理背景所產生，而非在他們周邊所發生隨機式的滑稽事件。

● 自我防衛機制是一種保護自我的行為，藉著釋放某些來自被阻絕的原慾能量的壓力來達成。

● 電影角色表現防衛機制是很有趣的，因為他們通常完全未察覺他們的防衛性行為。

● 慾望、熱情或情緒的壓抑，是宇宙性的防衛機制。

● 被壓抑的能量，通常會在一個情感宣洩或情緒釋放的戲劇性場景裡被釋放出來。

● 否認可以被當作角色的力量（穩定性），或角色的弱點（漫不經心）來使用。

● 在恐怖片、驚悚片或懸疑片中，通常有一位表達否認的權威人物，他否認危險的存在。主角必須先勝過這個人物，才能打敗或征服危險的事物。

● 認同也可以被當作角色的力量或角色的弱點，如果主角向一位正面的導師人物認同，那麼就角色發展而言，他算走對了路。但如果主角向一位負面的導師人物認同，那麼他必須先克服這個負面的認同，才能開始往正確的方向發展。

● 昇華作用是一種將原慾能量導向有生產力的或藝術性的活動中的過程，在電影中，昇華作用常被描寫為勞動熱情與無所不在的「愛情力量」主題，在其中，主角要克服極大的障礙，為了要保護或拯救他的真愛。

● 電影中退化的場景通常是藉著一個物件來發揮它的效果，諸如酒、大麻、一帖仙丹妙藥、或一柱「青春之泉」。

● 退化性角色最常見的類型，就是一位中年人物誘惑一位年輕的愛人。

● 反向作用就是當一位角色在暴露他自己最深處的慾望時，乃是以強烈的排斥它來表達。例如，同性戀的暴力也許是潛在同性戀慾望的表示，因為那是如此強

烈地困擾著一個人，以致他反以恐懼同性戀症來對抗它。

● 錯置是將原慾衝動重新定向至一個安全的替代性出口。

● 理性化是一個角色將他的問題知性化，並以冷靜和客觀的態度來討論它，而非以情感的層面來處理它。

● 投射作用是討論家庭關係電影中的中心主題，父母往往將個人的夢想與目標投射於兒女的身上，而後因為兒女表達出想追尋自己的夢想時而受傷。

● 孤立是一種防衛，被「孤獨者」的角色所使用，他常將自己與別人孤立，因為他有一段充滿創傷的或不光彩的過去。

● 說漏嘴就是當一種被壓抑的感覺無意間在說話中被暴露了出來，它常被用在電影中來揭露角色隱藏的訊息，通常是在他極端需要它時。

● 笑話允許禁忌的素材表達於適當的社會禮儀中，對笑話的反應——笑聲——是一種強烈的情緒釋放，而它也符合社會的適當性。

● 即使最嚴肅的電影都能從「喜劇橋段」獲益，它是一個可以利用笑聲來釋放張力的場景。

● 喜劇中噁心事物和政治不正確的幽默，乃是利用社會中笑話的漏洞來表達極端的禁忌素材，為了取得低俗的笑聲。

第 | 四 | 章
習 題

1. 用你電影的知識，請找出三個有展現出退化的防衛機制的電影角色。

2. 請找出三個有展現出否認的防衛機制的電影角色。

3. 請找出三個有展現出錯置的防衛機制的電影角色。

4. 請找出三個有展現出理性化防衛機制的電影角色。

5. 請找出三個有展現出孤立的防衛機制的電影角色。

6. 請分析《凡夫俗子》（Ordinary People）、《大寒》和《美國心玫瑰情》等電影中的角色所展現的防衛機制。

在你的劇本中處理自我防衛機制

1. 壓抑與否認的特徵都是角色對他自己的慾望、恐懼和精神官能症有普遍性的遺忘，請思考你可以如何將遺忘的屬性，當作你的角色的強處或角色的弱點。

2. 認同通常會藉著外在導師人物為角色提供動機，而昇華作用通常是透過原慾衝動的內在衝突來提供角色動機。請問你如何藉著並列這兩種相反的力量，你角色中的認同與昇華作用，來創造你角色動機的心理深度？

3. 說漏嘴是在角色表露情感而非只是表露訊息時顯得最為真實，如果你在你的劇本中使用佛洛伊德式失言，想想看你如何可以把它寫成為情緒的釋放形式，而非一種老套的「噢！我簡直不能相信我剛剛才把我的大壞消息告訴了你！」這類的設計。

4. 喜劇橋段是每部電影的重要部分，你劇本中有無任何一個段落，是為製造一個笑聲而設計的？

自我防衛機制一覽表

防衛機制	功能	特性	範例
壓抑	抑制一個衝動，不讓它進入意識層面	遺忘 挫折 抑制	《長日將盡》 《謎霧莊園》
否認	拒絕承認一個衝動或麻煩的訊息	遺忘 固執 堅韌	《失去的週末》 （Lost Weekend） 《大白鯊》 《小公主》
認同	以別人的信仰和行為作為自己的模範	順從 開啓的導師	《變色龍》（Zelig） 《星際大戰》（Star Wars）
昇華作用	將衝動導向有生產力的或藝術性的活動上	勞動熱情 愛情力量	《揮灑烈愛》 （Frida） 《超人》 （Superman）
退化	以不成熟的行為來釋放衝動	物件使用 年輕愛人	《大寒》 《曼哈頓》
反向作用	以相反的方式來面對麻煩的衝動	恐同症 善變的女人	《美國心玫瑰情》 《蓬門今始為君開》
錯置	以替代性出口來釋放衝動	發洩憤怒	《城市英雄》
理性化	以知性的方式來處理情感問題	理性化	伍迪・艾倫的電影
投射作用	將衝動與慾望投射在別人身上	恐慌症 父母透過兒女的表現來生活	《碧血金沙》 《人心》 《玫瑰舞后》
孤立	逃離和躲避麻煩的問題	悲劇的過往 孤獨英雄	《心靈訪客》 《原野奇俠》
說漏嘴	藉著不合適的說話錯誤來暴露一個問題	壞人洩露他們的計畫	《玉女奇男》
笑話	透過幽默來表達禁忌，以及透過笑聲來獲得情緒的釋放。	喜劇性紓解 噁心事物的幽默 社會諷刺	《哈拉瑪莉》 《奇愛博士》

Chapter 5

夢的運作

　　佛洛伊德的「夢的運作」（Dreamwork）是回憶與解釋夢境的心理分析程序，在夢的運作背後的基本理論是令人迷惑地簡單。首先，病人回憶出**外顯的內容**（**Manifest Content**），就是夢的本身，照著病人所能記憶的描述越精確越好。然後，分析師與病人將夢分解開來，並分析每個元素、每個地點、事件、人物和物件。分析師整理出病人對那些元素所有個人的聯想，相信一個簡單的形狀、物件或事件，都可能象徵了病人潛意識中更多的重要問題。藉著分析這些關聯，以及解釋在它背後的心理象徵，分析師和病人就可以揭示出那**潛在的內容**（**Latent Content**），就是夢裡隱藏的意義。根據佛洛伊德，夢的運作是「一條通往潛意識知識的康莊大道」，因為它提供了進入無意識心靈內在運作的管道。

願望實現

在佛洛伊德分析裡，夢的主要根源總是某種願望實現（Wish Fulfillment）的形式。夢的運作的目的是要顯露夢潛在的內容，揭露隱藏的願望至意識的層面，至終能使病人**頓悟**或理解他們的潛意識精神官能病症。正如頓悟或自我理解是病人分析發展的踏腳石，頓悟也是一部電影中**角色發展**的重要步驟。在主角能夠完成目標和成為一位成熟的英雄以前，他必須認識自己，以及發展成為一個完整的人物。願望實現與夢的運作裡的頓悟等雙重要素，在一些流行電影中的出現，故事是主角一夜致富，美夢成真。在《富貴浮雲》（Mr. Deeds Goes to Town, 1936）裡，帝德（賈利・古柏飾）是一位單純的鄉下土包子，當他承繼一筆財富時，他的物質願望就滿足了，透過試煉和磨難的過程，帝德終於了解金錢無法令他快樂，而且他真實的願望並不是擁有物質，而是愛之精神上的富有和內在的平安。

觀眾在兩個層面上能享受這樣普通的情節。在第一幕裡，他們在一夜致富與功成名就的事上發現了**感同身受的樂趣**，如中樂透彩《愛在紐約》（It Could Happen to You, 1994）、突然承繼財產《釀酒師的百萬橫財》（Brewster's Millions, 1985），以及身分對換《冒牌總統》（Dave, 1993）等都是很常見的方法。在其中，潛意識裡對金錢、權力或名譽的願望都在剎那間實現，但主角和觀眾最後都發現這些事物的膚淺如存在主義式的虛無，而真正值得成為生活目標的事物是無法購買或擁有的，如愛和個人的**完整性**。

當寫願望實現的故事時，試著讓觀眾進入兩個層面的放縱，當電影觀眾全然投入於電影的情境中，就像在經歷自己的幻想和夢境時，他們就會經歷願望的滿足。觀眾希望看見他們的主角享受立即的成功，因為他們也透過角色享受這樣的經驗，因而從故事裡得到一些樂趣。如果你的第一幕是這樣的設計，那麼你第二幕的前半應該儘量被更多**放縱的**行為充滿，觀眾直覺地知道衝突最終會在第二幕裡產生，而第三幕將全部用來解決因第一幕所做的改變而產生的所有問題，因此你第二幕的前半應該充滿樂趣和愉悅。讓你的主角狼吞虎嚥昂貴的食物，買時髦衣服，到國外旅遊，在漂亮的仰慕者面前得意洋洋，沈溺於各樣的奇想與幻想中，以及滿足他們（與觀眾）最深處的願望。

不要加速衝突的來到，讓它自然地到來。但是當衝突真正來到，它應該與一些個人內心的事物有關。通常外在的因素，像是貪心的律師或殘忍的對手，會使主角對於他的新身分有所醒悟。這些障礙滿足了在故事裡製造衝突的功能，但是它們對推動主角裡的角色發展一點幫助也沒有。當組織這種劇情的形式時，你必須回答的核心問題是：「主角在他新發現的身分或財富上，到底有什麼衝突？」外在的障礙是好的，通常也是必要的，但請不要丟棄內在衝突的心理深度，而以簡便的壞人和毒品來替代。

夢淫妖（男妖）與夢中女妖

電影中性的人物通常以黑色男誘姦者和女誘惑者的形式出現，在牠們所誘惑的人身上，牠們有超自然的能力。這些人物具體表現了神話中的夢中男妖和夢中女妖（Succubus）等**性的惡魔**（Sexual Demons），牠們侵入無辜的人們的夢境，並在他們夢中強暴他們。安琪拉（蔓娜·蘇娃瑞飾）在《美國心玫瑰情》（American Beauty）中是位性感的少女，在列斯特（凱文·史貝西飾）的幻想中是一個再度出現的女妖，驅動著他走向色慾的追求，以重獲他的青春。在《失嬰記》（Rosemary's Baby）中的惡魔實際上就是夢淫妖（男妖），當蘿絲瑪麗在睡覺時，每當她遇見牠，牠的樣子就像是一個侵犯人的妖怪。弗萊地·庫魯以格（羅柏特·英格蘭飾）在《半夜鬼上床》（Nightmare on Elm Street）系列電影中是一位暴力的夢淫妖，他虐待性的殺戮也充滿了性慾的能量。夢淫妖和女妖代表了最原始的衝動、**性與侵略**，而且牠們在角色夢中的功能常是單面向的。儘管如此，這些人物在了解角色的心靈上，能夠提供非常有趣的暗示。

在《天生好手》（The Natural）裡，洛伊（勞伯·瑞福飾）被一位他過去記憶中的一位神祕女人（芭芭拉·赫熙飾）所糾纏，她引誘他，然後摧毀了他的生涯。雖然她已經死了，但她卻侵擾他的夢境。洛伊夢中女妖的外貌暗示了他真實生活中的危險，他的新女友（金·貝辛格飾）是一位具威脅性的女妖，她也將要毀了他的生涯。當洛伊最後將丟棄他的女誘惑者的時候，他對她說：「我曾見過妳！」暗指那位來自他遙遠的過去真正的黑色女誘惑者，以及那位曾騷擾他夢境的危險女妖。

要編寫夢淫妖或女妖的人物可以是一種解放性的經驗，因為這些角色都是幻想而非現實。牠們能做任何事情、出現在任何地點，以及代表任何事物。牠們也充滿性慾的與侵犯的力量，夢中怪物是**內在恐懼**和**慾望**的最佳象徵，然而，你不應該感到受限於只能寫一些會殺人或性交的夢中人物而已。夢淫妖和女妖可以代表任何困擾人的衝突，包括但不受限於罪惡感、恐懼、羞恥、孤獨、焦慮和懷疑。

焦慮的夢

　　焦慮是在現實生活中和在電影中特別常見的夢的題材，焦慮的夢（Anxiety Dreams）常被描寫成一種**恐慌症**的情境，在其中，每個人和每件事都具威脅性和破壞性，而作夢者是在面對他**最深的恐懼**。在提姆・波頓的《人生冒險記》（Pee Wee's Big Adventure, 1985）中，皮威（保羅・陸本斯飾）因為他遺失的腳踏車遭毀壞的惡夢而受煎熬，這個夢暗示了觀眾進入皮威遺失腳踏車的焦慮背後的**情感強度**。那誇張的夢的想像段落，在乏味的現實世界裡，為電影增添了些許奇想和幻想。《人生冒險記》並非真正需要更多的奇想，然而早期黑色電影《三樓神祕客》（Stranger on the Third Floor, 1940）中著名的夢幻段落，是一段極佳的焦慮夢境描述，它將觀眾暫時帶離平凡的現實世界，而使電影人的想像任意飛揚。《三樓神祕客》是一部平凡但具有絕佳夢的系列的影片，但有時那正是一部電影令觀眾印象深刻的原因。

夢中夢

　　觀影經驗，以某種程度來說，很接近夢境的經驗。黑暗、安靜與洞穴似的戲院有如人昏睡的思想，銀幕上象徵性的影像，就是下意識為它所擄獲的觀眾所展示的一場表演。許多電影利用這種**超現實氛圍**的特質，來反映奇想式或怪異的夢的世界。如果夢是一種隱喻式的夢境，那麼電影中的夢境就是一種夢中夢。在夢的段落裡，有一些常被運用的特定視覺元素，給觀眾一種**虛幻的**感覺。霧、煙、柔焦、恐怖的音樂、表現主義（Expressionism）式或超現實主義（Surrealism）式的布景設計、怪異的攝影機角度、扭曲的聲音、慢動作、

陰暗的光線和不尋常的服飾等，都展現出一種夢的世界的視像。

在《鬼哭神號》（Poltergeist, 1992）中和其他恐怖片裡，一個超現實的巨大暴風雲團夜裡從天而降，籠罩在一間房舍之上，創造了一幅夢魘式的畫面，例如一個惡魔式的小丑娃娃的臉、一棵恐怖的張牙舞爪的老樹，以及令人顫慄的閃電和雷擊。當污鬼侵占了家用的物件，並將它們變成真正的怪物時，這些超現實的元素就成了真正恐怖片刻的**前兆**。

經驗證明超現實的場景對所有歌德式的恐怖片都是有效的方法，例如《吸血鬼》（Dracula, 1931）、《科學怪人》（Frankenstein, 1931）、《木乃伊》（The Mummy, 1932）和《狼人》（The Wolf Man, 1941）等皆是。在被認為是第一部劇情長片的恐怖片《卡里加利博士的小屋》（The Cabinet of Dr. Caligari, 1920）裡，它的布景是極為**表現主義式的**，為角色和情節創造了一種超現實的環境，在其中，所有的事物都被蒙上了一層虛幻的面罩。當夢魘式的氣氛被建立了起來，在觀眾心裡就生出恐怖夢境的感受，而引發一種夢幻似的經驗，並加強了懷疑的懸疑感。在一種超現實的氣氛裡，我們會認為任何事情都可能發生。

白日夢

超現實的效果可以在任何一部電影中產生，並非只會出現在恐怖片中。在馬丁・史柯西斯的《喜劇之王》（The King of Comedy, 1983），其中以表現主義式的布景所表現的**白日夢段落**（Daydream Sequences）裡，路伯特（勞勃・狄尼洛飾）幻想自己成為夜總會的喜劇之王，那正是角色背後的驅動力量。白日夢和幻想對路伯特最深層的慾望提供了直接的揭示，而他不穩定的情感狀態也藉由非理性的布景，以視覺的方式表達了出來。路伯特的白日夢和現實經驗被混淆了，因為他失去了分辨幻想和現實的能力。這位迷失在幻想世界的**妄想角色**，創造了一種**個人的超現實主義**氣氛。因為在角色的幻想中，任何事情都可能發生，觀眾也就更願意相信，在角色的現實生活裡，任何事情也都可能發生。當路伯特狂亂的幻想和犯罪，與他成為世界知名的喜劇演員，同時使劇情達到高潮時，結局就有了雙重效果，因為它巧妙地暗示了角色願望實現的意涵。

在科恩兄弟的《謀殺綠腳趾》（The Big Lebowski, 1998）中，有一段效果

很不一樣的夢幻段落，杜德（傑夫・布里居飾）的大麻和酒使他思緒飛舞，創造了一種荒謬的玩笑嬉鬧氣氛，它們都反映與建立了全片統一的感覺。不斷出現的短暫的音樂幻想片段，使觀眾能進入電影主角們奇想式的、慵懶的、有點陶醉的和飄飄然的世界。幻想幫助觀眾與杜德認同，了解在他的世界裡所有的事物都是完全荒謬的和混亂的。正如杜德一樣，觀眾也會舒舒服服地坐好，接受面前所發生的事物，一點都不憂慮事情的邏輯或理由，也不試圖在杜德所面臨越來越荒謬的情境裡尋找秩序。

寫實主義和虛幻

　　因為夢境和電影都是人類想像的產物，它們都不是真實的，因此它們都不受其他表達形式之理性的限制。當觀眾觀看一部電影時，他們進入了夢境式的幻覺和想像世界，而且他們會自動中止他們的不信（Mistrust）。然而，我們不能將觀眾的信賴和相信當作理所當然的事，雖然最虛幻的和令人難以置信的事能夠在電影中發生，但是觀眾直覺地知道何時電影的兩項重要規則被打破了；第一項規則就是電影必須**一直維持著它自我的真實感**，如果一部電影是在講述一個生活於真實世界裡的真實人物，它就不可以突然加入幻想式的情節扭曲，和不寫實的事件，只是為了要推動故事。如果一部電影不能一直維持它自我的真實感，那麼電影幻覺的組織就會被拆毀，觀眾的信任感（Trust）會被推翻，觀眾將因失去幻覺而搖頭感嘆。

　　第二項規則就是**所有的角色都必須維持他們自我的真實感**，當電影中的角色在故事進程中應該也必須發展時，角色裡突然而沒有解釋的改變是永遠不會被接受的。在這項規則中甚至是更不具彈性的，因為雖然觀眾願意停止不信，而接受不真實的或想像的故事，但是**角色必須總是看起來是真實的**，至少在他們的性格上面看起來是真實的。不在乎角色是一位辦公室職員或是一位中世紀的術士，如果角色的性格和動機並不真實，觀眾將無法認同這個角色，因此觀眾和電影間就不會有心理上的牽連。在角色發展中突然的跳躍或間斷（沒有解釋的改變意念），會造成不真實的角色。不論電影的類型或故事為何，角色發展的元素必須有非常細緻的結構，並在整個故事中被完美地建構起來，在這個規則上是毫無例外的。

第 | 五 | 章

摘 要

● 佛洛伊德的《夢的運作》是夢的解析的過程，即透過分析作夢者所夢見之象徵的影像或外顯的內容，來取得夢境裡所隱藏的或潛在的意義。

● 佛洛伊德相信基本上所有的夢都是一種願望實現的功能，即被壓抑的或阻絕的慾望在其中被經歷、享受或表達出來。

● 當電影觀眾全神貫注於電影之中，而且像在經歷自己夢境一般地經歷它時，他們就經歷了願望的實現。電影經驗相當基本的因素，是觀眾透過電影銀幕上的角色來活出並享受那令人興奮與美好的經驗。編劇應該讓觀眾沈溺於這些快感中。

● 願望實現的故事結構是關於一位普通的角色，他突然獲得所有夢想之物，而當他新發現的財富或地位，為他帶來生活的問題或新身分的認同時，衝突就產生了。

● 夢淫妖是一位男性的性怪物，專門在夢中折磨或強姦女性受害者。

● 女妖精是一位女性的夢中妖怪，專門引誘她們的受害者，而非強姦或折磨他們。然而，女妖精的危險，若非高於也絕非亞於夢淫妖。

● 焦慮的夢能提供我們對角色之精神官能衝突的了解。

● 標準的夢境段落的元素包含了一種超現實的氣氛、表現主義式的布景、明顯的象徵主義，以及其他非寫實的或夢幻的品質。

● 夢的影像也可以被使用在非夢境的段落中，藉以創造怪異的氣氛，有如在恐怖片和科幻片，或在奇幻的影片中一樣。

● 白日夢和幻想與睡中夢境有著相同的目的，它們都是進入角色潛意識的窗口。

● 雖然電影本身是不真實的幻想，就它本身而言是一種夢的世界，但它有兩項重

要而不可逾越的規則：
1. 電影必須維持它本身的真實感。
2. 角色必須維持他們自己的真實感。

第｜五｜章
習題

1. 傳統的圓滿結局是電影結構中願望實現的最顯著元素，你的劇本有圓滿的結局嗎？請想出幾種不同結局的版本，而且一個要比另一個版本更為放縱。

2. 在你的劇本中，於角色願望的實現上有無情節上的扭曲，而導致一種道德或存在主義式的教訓？

3. 在你劇本的進程中，有無是由你的角色所透露出來的，或是由他所止息之深沈的恐懼或焦慮？

4. 請想出你劇本中的主角滿足願望的所有不同方式。

5. 你的劇本中有無一位黑色誘惑者，或一位勾引男人的女人？請問你如何能誘發在夢淫妖或女妖的角色中那種原始的力量，使他們看起來更為有力和具有心理的影響力？

6. 請利用佛洛伊德夢的運作理論，分析如《仙履奇緣》（The Wizard of Oz）、《時空攔截》（Jacob's Ladder）和《香草天空》（Vanilla Sky）等電影中的夢境。

7. 自你最喜愛的五部電影中，找出並分析其夢境、白日夢，或幻想的段落。

8. 請為你的劇本裡所有的人物各寫出一場夢的段落，讓這些夢境裡充滿願望、焦慮和有意義的象徵。為你的角色創造夢境，將能幫助我們理解他們的潛意識思想和內在衝突。

在你的劇本中處理夢的運作

1. 佛洛伊德相信,願望實現的元素就是每個夢的核心,雖然願望實現並非你所寫的電影劇本中的核心,但是請問其中有無一個願望實現的元素?

2. 你的劇本中有無夢境的段落?在這個段落中,你如何創造一種「不真實」的氣氛?

3. 超現實主義的元素在恐怖片和奇幻故事的影片中是常用的工具,因為它們能令觀眾停止不信。不論你想要在全片中製造這種印象,或只是一個場景,請問你可以如何使用超現實主義,來使你的觀眾能夠信服?

4. 白日夢能幫助我們了解你的角色最深層的恐懼和慾望,它們也能用來揭露角色的心理和情感狀態,請想想你如何可以運用白日夢的段落,來增加你的角色的深度?

夢的運作一覽表

夢的運作元素	象徵主義	情節設計	範例
願望實現	夢的背後的潛意識慾望	突然致富或成功	《富貴浮雲》
夢淫妖與女妖	禁忌的性慾和衝動	黑色誘惑者與女誘惑者	《失嬰記》《天生好手》
超現實主義	「虛幻」的環境	表現主義式的布景幻覺的氣氛	《卡里加利博士的小屋》
幻想	白日夢	暗示角色最深層的慾望和情感狀態	《喜劇之王》《美國心玫瑰情》《謀殺綠腳趾》

第 *2* 部分

{艾里克・艾瑞克森}

Erik Erikson

Chapter 6

規範衝突

　　佛洛伊德的分析是集中在內在衝突的來源上，即分歧的潛意識衝動彼此撞擊，而艾瑞克森的分析則集中於自我在適應滿了衝突的環境時的掙扎。艾里克·艾瑞克森與西格蒙·佛洛伊德在他們為自己的理論命名上，其觀點的差異是非常顯著的。西格蒙·佛洛伊德的理論是性心理學的分析，主張衝突產生自個體內心裡的性衝動和動力，而艾瑞克森的理論則是**社會心理學**的分析，主張衝突是來自個體的需要和慾望與社會的期盼發生衝突時。當自我內心裡的生命與外在的社會生活衝突時，就產生了「規範衝突」（Normative Conflict）。發展中的自我努力地將它自己正常化，一方面它試圖符合加諸在他身上的社會期盼，另一方面它也試著忠於自己的本性。

　　生命中的每個階段都呈現了不同的與必須解決的規範衝突，每個階段裡中心的規範衝突，對於發展中的自我認同有極重要的影響，而將這些規範衝突提升至「**認同危機**」的水平。認同危機是指在一個人的自我感中有重大改變或轉移的一個階段，是一段對於自我認同的蛻變時期。認同危機的每個階段都有一個特定的規範衝突作為核心，而每一次認同危機的解決，對於個體的認同都會產生一次重要的影響。

艾瑞克森認同危機的八個階段，為認同發展的元素提供了一個大綱。作為一位編劇，你的核心關注應該是你的主角的**認同發展**（或角色發展）。雖然故事的情節與動作代表了電影的外在世界，然而主角的認同卻代表了電影的內在世界，即為了使劇中的角色能夠發展，主角必須解決的內在衝突或危機。

信任相對於不信任

艾瑞克森認同危機的社會心理階段，是直接受惠於佛洛伊德自我發展的性心理階段之啟發而來。很清楚地，艾瑞克森雖然採用了佛洛伊德模型的主要架構，但是他之後充滿信心地在每個主題上自由的創作，以及他在理論上確鑿的論述，其睿智程度絕不亞於他的老師。認同危機的第一個階段，「信任相對於不信任」，與佛洛伊德的口腔時期是相類似的。與其集中討論於透過餵母奶撫育過程中的身體層面，艾瑞克森則集中討論於母親與子女的情感關係。

在生命的第一個階段裡，小孩是完全無助的且易受傷害的。因為小孩的生存完全依賴於照顧者的撫育，因此他被餵食、保護、庇護，以及不被拋棄的**信任感**，是一個根本的信仰。如果小孩被遺棄、忽略或被虐待，這最初的認同危機就觸發了**不信任感**，那是一種普遍的感覺，即別人是無法信任的，人們天生是自私的和不仁慈的，而且生命根本是殘酷的與不公平的。

多疑的主角

不信任可以在多疑的角色身上看見，他不願意投身於英雄的行徑，因為他無法相信需要他的幫助的好人。多疑的主角常是典型的有陰鬱性情的人物，是一個具有醜陋過去的人，他曾幾度經歷難關，而且有傷疤可以證明。他曾被燒傷，而且從過去的經驗中學習到絕不信任任何人。傑克‧尼克遜在《唐人街》（Chinatown, 1972）中所飾演的傑克性格，就是一個典型的多疑角色。作為一位精明的刑警，傑克實質地表現了不信任的衝突。他不信任任何人，而且有正當理由，因為他所處的世界是個充滿陰險角色的世界，一個背地裡捅人、腐敗和欺騙的世界。多疑的主角所面對的挑戰是要藉著克服他的不信任感，來解決

他的認同危機。他必須相信其他人，並允許自己信任別人或接受一個不自私的理由。

信心的跳躍

不信任的衝突之解決是透過信心的跳躍（Leap of Faith）而達成，就是有一場戲，多疑的主角放下戒心，而將自己交給另外一個人。在《非洲皇后》（The African Queen, 1951）中，查理（韓弗瑞‧鮑嘉飾）剛開始時是一位完全只關心自己的汽艇船長，他不關心任何人，除了他的船和他自己以外。但是在他駛往剛果艱苦的旅程中，他學會了去愛，並愛上他的乘客，蘿絲（凱撒琳‧赫本飾）。查理對蘿絲的愛改變了他的認同，使他有能力相信別人，並將他的信任放在自己以外的事上。這個新發現的信任能力以及關心別人，是一種轉移性的魔咒，令查理作出了信心的跳躍。他犧牲了他心愛的汽艇，並冒著生命的危險，為了蘿絲的緣故而與邪惡的德軍奮戰。

信心的跳躍不一定非得是角色巨大的轉變，這個跳躍可以是角色很簡單的一小步，在其中，劇中人從無動力、不冷不熱的落後光景，轉變為較為積極的心態，願意為別人或因別人的緣故而奉獻自己。在《法櫃奇兵》（Raiders of the Lost Ark, 1981）裡，瑪麗安（凱倫‧艾倫飾）很不情願去幫助印第安那‧瓊斯（哈里遜‧福特飾），因為她過去曾受過他的傷害，但是當邪惡的德國人攻擊她並燒了她的酒吧，她克服了她的不信任，而加入了印第安那的隊伍。她被迫要相信印第安那這件事，使得他們的關係加上了一層強迫性的性質。雖然他們之間有愛，但是也充滿了憤怒與憎恨。這兩個主要人物間不信任的解決（信心的跳躍），是發生在整部影片的進程中，因為印第安那與瑪麗安是逐漸地獲取對彼此的信賴和尊敬的。

角色就是動作

不信任與信心的跳躍是你劇本中重要的元素，因為它們說出了這世界的現實。真實的人物通常是不願意為了別人的緣故而冒生命危險的，真實世界裡人物的忠誠是必須去費力贏得的。當你在組織你的角色之信心的跳躍時，一定

要以寫實的方式來處理這個主題，而不要只是用說的來表達這意念。有一個關於哪些事是我們不該做的例子，可以在《天蛾人》（The Mothman Prophecies, 2002）中看得見。在這部影片中，約翰（理查・吉爾飾）試圖找出他妻子死亡的神祕因由，他尋找到一位具導師形象的人物，而他也正在研究約翰在調查的奇特外星人目擊事件。約翰登門拜訪，要求他的協助，這位導師兩次都拒絕了他的請求，但當約翰第三次叩門時，導師說：「好吧！」，打開了門，讓他進入。這整個不信任、拒絕、不情願和信心的跳躍過程，只用了15秒鐘來表達，有點過分簡化。該場景的效果顯得可笑，對一部恐怖片來說，絕不是一個好的效果。

信心的跳躍象徵了一個人內在深處衝突的重大解決，它並非兩個人物在加入軍隊前，或推動故事向前時，必須扮演的老掉牙的文字遊戲。輕率地處理信心的跳躍是編劇中最常犯的錯誤，是一種將情節放在角色之前的錯誤。作為一個編劇，你必須曉得，情節受角色的影響。你絕不該只是為了要使劇情推展迅速，並充滿動作，而犧牲了角色的複雜性。正如史考特・費茲傑羅所說：「角色就是動作！」

極端樂觀的人

多疑角色的相反類型就是**易受騙的人物**，一種太容易相信人的人。與其是學習如何信任，這個角色的挑戰是要學習如何說「不」。易受騙的人物必須獲得一種力量，能為自己站立，並不讓別人占他的便宜。在《綠寶石》（Romancing the Stone, 1984）中，瓊安・威爾德（凱薩琳・透娜飾）就是一位易受騙的人物，她剛開始時是一位沒有安全感和缺乏自信的女人，她甚至無法抵抗路邊向她蜂擁而上的兜售客。瓊安的挑戰是要變得較為堅強，如她的名字所暗示的，變得「更野一點」（wilder）。對瓊安而言，角色的力量並不代表少信賴別人一些，而多信任自己一些，並且讓她能表達自己的意願，而沒有自我疑慮。

瓊安的角色發展開始於拯救她妹妹的旅程，這行動是由傑克（麥克・道格拉斯飾）所帶動，他的性格與瓊安完全相反。傑克是狂野的、有冒險性、多

疑，而且天生地有不信任感。就像在《非洲皇后》裡的鮑嘉一樣，傑克是一位獨自在外地的冒險家，他只對自己有興趣，他學習到不可相信任何人，因為他懷疑所有其他的人都像他一樣，是個以自我為中心的人。《綠寶石》是一部以人物驅動的動作電影，因為兩位主要的人物都是具有內在衝突的角色，而且每個人物都扮演著另一位人物的導師功能。傑克必須教導瓊安如何變得強壯、獨立、粗野和有自信，而瓊安必須教導傑克如何相信、愛和關心別人。他們之間在信任上衝突的解決，創造了一種浪漫的連結，在心理上有著互補的作用。影片結束時，瓊安有自信地走在紐約的街道上，揮動她的手，沈著地避開惱人的流動攤販，而傑克則回到文明世界，與瓊安在一起。

這部影片的結局為編劇提示了一個極有價值的教訓，角色雖然可以從模範人物或導師身上學得許多，但是他們最終的發展階段，應該展示出他們已經將他們新發現的力量整合在他們自己的認同中。在角色之間的關係當然可以持續發展並引人注目，但是他們不應該是為了要得到心理上的完整性而彼此需要。反而，每個角色，當他們在完全發展之後，應該代表一種完全而平衡的心理上的認同，是存在於這個身分之中的，也是屬於這個身分的。

自主相對於懷疑與羞恥

和佛洛伊德的第二個性心理階段（肛門階段）一樣，主要討論父母與子女之間在如廁訓練上的權力鬥爭，艾瑞克森認同危機的第二階段，是集中討論子女從父母手中取得自主權的掙扎。自主權，對艾瑞克森而言，就是一個人基本的認同感，即兒童的「將要成為自己」。在電影中，自主的主題常由反抗暴政的角色顯現出來。**反叛英雄**通常由處在屈從的狀態中開始，在其中他們無法自由地表達他們的自主權。《萬夫莫敵》（Spartacus）開始於斯巴達克斯（寇克‧道格拉斯飾）是一位在鹽礦場工作的奴隸，當他幫助一位奴隸伙伴抵禦一位殘忍的督工時，我們立即看見他正公開地為著自主權而抗爭。

當我們跟隨著斯巴達克斯進入鬥士學院的旅程時，我們看見他屈從於暴虐的管理者，打滾於卑賤低微身分的羞恥中，他被像動物般地對待，被訓練著要打鬥致死，為了當權者的娛樂。即使是與一位奴隸女子短暫的親密時光，也

被他主人當作是一種變態的娛樂。對自己卑賤的地位感到羞恥，以及對他未來能否擺脫那種處境的懷疑，是使得斯巴達克斯一開始退縮的原因。然而一旦他克服了他的羞恥與懷疑，一股追求自主的強大力量激發著斯巴達克斯起來反抗。他的反抗也刺激了其他的奴隸，於是產生了大規模的叛變。雖然斯巴達克斯在片尾被釘於十字架處死，他仍然是位勝利的英雄。他再也不以自己為恥，他為自己所做以及所成就的事感到驕傲。雖然他死了，但是他作為一位具有自由和自主的身分的人，則持續活著。不僅活在他的傳奇之中，也藉著他的兒子成了自由的羅馬公民而活著。

　　所有文明的人都擁有社會責任、法律、規範、稅制、政府機構等，所有社會的規範措施都限制我們個人的自主權，並阻撓我們天生想要自由的本能。像斯巴達克斯這類的人物是很具有啓發性的，因爲他們透過了外在的爭戰，展現出強而有力的內在衝突。反叛英雄具體表現了自主權宇宙性的奮鬥，不論你劇中的主角是在抵抗羅馬軍隊或是爲罰單爭吵，衝突是完全一樣的。藉著正義之師的對抗權威，反叛英雄以一種常人無法做到的方式，表達了他們的自主權。結果，當觀眾所認同的角色向權威人士吐口水時，他們就經歷了一種感同身受的樂趣。

主動性相對於罪惡感

　　在佛洛伊德理論裡，性心理發展的陽具階段標示了戀母情結問題的解決，就是超我變成了潛意識裡主宰的力量。艾瑞克森認同危機的第三階段，主要是說到罪惡感（超我的產品）和主動性（去性化的原慾）的相對力量。雖然艾瑞克森提出了主動性和罪惡感，作爲潛意識裡相對性的力量，然而它們在電影中通常被當作角色動機的互補力量。**失去方向的角色**需要一劑罪惡感的藥帖，來推動他能走向正義的健康道路。伊貝尼澤・史酷基（雷吉諾・歐文飾）在《小氣財神》（A Christmas Carol, 1938）中的主動性是被誤導的，史酷基的能量都是發揮在金錢、貪心和自私上的，而非建立在與別人有意義的關係上。當聖誕節的幽靈向史酷基展示他的人格變得是如此的焦躁不安，而且他吝嗇的行徑是如何影響了他窮困的佣人鮑伯・克拉契（金・路克哈飾）時，史酷基受到

了一波罪惡感的襲擊。但是在史酷基的例子裡，罪惡感是一種正面的與推動的力量。罪惡感推動了史酷基採取行動，使他有動機去改變他的生活，以他失去多年青春的愛之主動性和關懷，來重新調整自己。對史酷基而言，罪惡感和主動性這兩股力量，一起在角色的背後做工，成爲他主要的動機來源。

然而，罪惡感在古典心理分析理論裡，也能被描寫成一種神經質情結，這種情結也是主角必須克服的問題，方能了解他眞正的自發性爲何。在《凡夫俗子》（Ordinary People, 1980）中的康瑞德（提摩太‧赫頓飾），必須從他在一次車禍中倖存，但導致他弟弟的死亡的罪惡感裡走出來，如此才能了解他自己和他與母親間的問題。在康瑞德這個例子裡，罪惡感使得他無法回到「正規的」生活，而且它也成了他自己和他人之間的一種心理障礙。不管你使用主動性和罪惡感在你劇本中，是作爲互補的或相對的力量，要記得的事就是，它們總是互相關聯的。你的角色發展，將會以某種方式取決於這一種或兩種重要的動機之上。

勤奮相對於自卑

在佛洛伊德理論裡，介於陽具和性器官發展階段之間的潛伏時期，並非是一個眞正的階段，它只是性心理衝動被發展中的自我所壓抑和昇華的一段時間。在艾瑞克森的模型裡，昇華的藝術被看作是在本質上和個人的認同感相關聯的重要技巧。將我們的心理能量昇華爲我們的工作，我們就是在積極地界定我們自己，因爲我們的身分大部分是由我們的所做來界定的。基本的要感受到成功、有生產力和勤奮的慾望，會被不足感和自卑感所阻礙。在電影中，介於一種正面的勤奮感和負面的自卑感之間的內在衝突，是以**弱者**（Underdog）的主題來描寫。微小的弱勢人物戰勝巨大的對手或敵人（如聖經裡大衛與哥利亞的故事），是運動電影和動作電影的主要成分。《洛基》（Rocky, 1976）、《小子難纏》（The Karate Kid, 1984）、《少棒闖天下》（The Bad News Bears, 1979）、《火爆教頭草地兵》（Hoosiers, 1986）和《野鴨變鳳凰》（The Mighty Ducks, 1992）等，都是在眾多運動電影中有關弱者主題少數成功的範例。《決死突擊隊》（The Dirty Dozen, 1967）、

《豪勇七蛟龍》（The Magnificent Seven, 1960）和《魔鬼兵團》（The Devil's Brigade, 1968），則是在動作電影中弱勢人物團隊（如一群合不來的社會垃圾）主題的一些範例。

　　弱勢人物主題的故事在電影中總是受歡迎的，因為觀眾很樂意接受電影中人物勝過不可逾越的逆境的勝利主題，介於微小的主角和巨大的對手間的外在抗爭，代表了勤奮與自卑的內在衝突。然而，弱勢人物的主題並非僅限於運動和動作電影而已，這類的主題也可以在個人勝過逆境的故事裡同樣有效。《我的左腳》（My Left Foot, 1989）、《鋼琴師》（Shine, 1996）、《美麗境界》（A Beautiful Mind, 2001）和《象人》（The Elephant Man, 1980）等都是勤奮勝過卑劣的主題的極佳範例，在其中，傑出的個人終究戰勝了他極端艱困的處境。

　　不論你劇本中的弱勢人物主題是關於一個小隊伍面對大隊伍、卑微的競爭者面對氣勢凌人的冠軍，或者是認真的個人克服他自己的障礙，你的劇本的情緒感染力，總是取決於最基本的事物——你的角色的動機。弱勢人物主題並非原創的，它已經被上演了成千上萬次，而且還要繼續地上演成千上萬次，具有原創性的事物乃是故事背後的動機。請詢問自己「我的主角為何需要克服逆境？」、「為什麼他必須戰勝這個特定的敵人或障礙？」，以及「這項目標與我的主角個人之認同感有何關係？」弱勢人物主題提供了一個簡單的結構，但是這結構的本身若無強烈的動機，就沒有了實質，動機就是結構的支撐。

摘 要

● 規範衝突發生於自我內在生命與社會外在的生活相衝突時。

● 認同危機是一個人的自我感經歷重大的改變和轉移的一個階段，艾瑞克森的認同發展模型理論提出了八個認同危機的階段。

● 認同發展以及認同危機的階段，與電影角色的角色發展過程和角色在電影中掙扎奮鬥的危機類似。

● 信任相對於不信任是第一個認同危機。

● 多疑的主角必須藉著信心的跳躍，以及相信另一個角色，通常是他的愛人，來克服他不信任的認同危機。

● 易受騙的人物必須獲得一種健康的不信任感，作為角色的力量。

● 自主相對於懷疑和羞恥是第二個認同危機。

● 反叛的英雄開始處在屈從的狀態裡，這種英雄反抗暴政象徵了宇宙性的人類對自由和自主的需求。

● 主動性相對於罪惡感是第三個認同危機。

● 有罪惡感的角色（如《凡夫俗子》裡的康瑞德）必須克服那令他裹足不前的罪惡感，好能使他有正常的角色發展。

● 失去方向的角色（如《小氣財神》裡的史酷基）必須獲得一種罪惡感，使他能開始被引導至正確的方向。

● 勤奮相對於卑劣是第四個認同危機。

● 弱勢人物的主題代表了克服自卑感這基本的需要，是藉著建立一種勤奮或正面

的自我價值觀來達成。

第|六|章
習題

1. 利用你的電影知識，找出五部電影，它的人物可以稱得上是「多疑的角色」的。

2. 找出三部電影的角色，可以稱得上是「易受騙的人物」的。

3. 找出七部電影的角色，可以稱得上是「反叛英雄」的。

4. 找出三部電影的角色，可以稱得上是「有罪惡感的人物」的。

5. 找出三部電影的角色，可以稱得上是「失去方向的人物」的。

6. 找出五部電影的角色，可以稱得上是「弱勢人物」的。

7. 找出三部電影的角色，可以稱得上是「弱勢隊伍」的。

在你的劇本中處理規範衝突

1. 在你劇本中的信任與不信任，可以用你的角色最初不願為別人，或為別人的緣故付出來表現，請找出你劇本中的一個片刻，是你的主角也許必須作一次「信心的跳躍」，請問這個衝突如何能成為你劇本中懸疑或張力的來源？

2. 英雄式人物的魅力，部分是由於他們傾向於打破偶像和反叛行為，如果你的主角有這些特質，他或她的行為如何反應一種內在的自主感，是觀眾可以認同的？

3. 罪惡感是一種強大的心理力量，可以被用來當作角色動機的憑藉，

或者當作一種角色必須克服的內在障礙，請問你如何在你的個別或
多個角色的動機或障礙中，注入罪惡感的力量？

4. 你正在寫弱勢人物或弱勢隊伍的故事嗎？如果是，請問你的角色要
戰勝對手的動機為何？想想看這個動機的意義有哪些，而不僅僅是
很普通的想要贏的慾望。你如何將你的主角的動機和個人認同的議
題連結在一起？

規範衝突一覽表

認同危機	情節設計	電影範例
信任相對於不信任	譏諷與懷疑 不願付出 信心的跳躍 易受欺騙和天真	精疲力竭的黑色電影角色 隱居的導師 《非洲皇后》裡的鮑嘉 《綠寶石》裡的凱薩琳‧透娜
自主相對於懷疑與羞恥	反叛性 不順從	《萬夫莫敵》裡的寇克‧道格拉斯 《哈洛與慕德》（Harold and Maude）裡的哈洛
罪惡感相對於主動性	產生動機的罪惡感 使人衰弱的罪惡感	《小氣財神》裡的伊貝尼澤‧史酷基 《凡夫俗子》裡的康瑞德
勤奮相對於卑劣	弱勢人物 弱勢隊伍	《洛基》 《少棒闖天下》

認同危機及其外

　　西格蒙・佛洛伊德以「lieben und arbeiten」（熱愛與勞動）歸納了自我發展的終點，即愛與工作的能力。在發展的性器官階段完成時，個體學會了將他的情感和身體親密關係的慾望，投射在合適的愛的對象身上（熱愛）；並且他已學會將他的原始衝動昇華為合適的社會行為，以及對個人有益處的工作（勞動）。對母親不適當的性慾望，已經變成正當的對妻子的愛與慾望，而且對父親不適當的侵略感覺，也已經轉變成一種正當的，朝著一位模範角色以及健康的自我的認同。

　　艾瑞克森的模型，將「熱愛與勞動」的奮鬥分成兩個單獨的認同危機：認同形成的危機與形成長期親密關係的危機。接下來艾瑞克森就超越了佛洛伊德的理論，認為認同發展的階段是遠遠發生在青少年時期以後，屬於中年和老年階段的認同危機。艾瑞克森為人類發展開創了「生命課程」的方法，而且他在佛洛伊德理論上的擴張，超越了我們所能理解的範圍，使得他理論的開創性和影響力有大師級的風範。

認同相對於認同錯亂

　　認同危機的第五個階段是艾瑞克森理論的中心論點，雖然艾瑞克森主要在討論年輕人尋找個人有意義的生涯，或生命的工作的需要，然而電影中尋找認同卻是最常被描寫的項目，即努力尋找一個可以認同的，又有意義的目標。電影的第一幕通常是主角的認同被建立的時刻，如此第二幕就可以處理與障礙和敵人抗爭的事物，而第三幕則處理抗爭的結果，以及角色發展的最後情況。在這種類型的結構裡，第一幕完全是為了角色發展，亦即是建立角色的認同。

背景故事

　　在《超人》（Superman）中，有一段很長的第一幕，在其中，我們看見了克拉克‧肯特的嬰兒時期、童年、青少年和成人階段，以及他的超級英雄的另一個自我（Alter Ego）。等到我們看到電影真正的故事時，在第二幕裡，列克斯‧路什進入故事中，我們已經過了大約一個半小時的時間了。然而，由於超人身分的背景故事（Backstory）是如此的吸引人，觀眾並不會感到無聊而懷疑何時故事才會開始。觀眾喜歡看有關主角身分來歷的故事，而且只要故事說得有風格，第一幕身分發展的部分可以是相當長的。

使用旁白或不使用旁白

　　很多時候，背景故事相當複雜，以致若以真實場景呈現，將耗費太長的時間（除非你不介意寫一個像《超人》一樣，長達150分鐘的電影）。因此，旁白敘述（Voiceover Narration）常在第一幕裡被使用，以交代背景故事，使觀眾能趕上故事的進度。有些編劇不喜歡使用旁白，認為那是懶人說故事的方法。這個想法常是對的，因為在一些說明性的畫面上使用旁白的方法，已經幾乎變成了喜劇第一幕的標準模式，是顯得相當公式化的開場。儘管如此，以為有這樣的寫法，就否定了整個劇本的價值也是不對的。當這種作法被正確地使用時，以旁白敘述帶出背景故事不但能引導觀眾，又能以活潑且具風格的方式使觀眾進入故事之中。

　　魏茲‧安德生的《天才一族》（The Royal Tennehbaums, 2001）就是個很

好的例子，安德生的電影具有一個極爲複雜和細緻的背景故事，以致於使用旁白似乎是唯一的方法，能夠在合理的時間內，傳達所有觀眾必須知道的關於角色的資訊。快速的節奏、有趣的短場、對白與旁白的並列，以及有創意地使用字幕和道具，能使第一幕旁白的部分，也像電影中任何眞實的場景段落一樣的吸引人和具娛樂效果。有一種特別有趣的方法，就是讓電影中的許多角色成爲寫書的作者，藉著快速顯現角色所寫的書的鏡頭，觀眾就能明白角色的身分與性格，正如寫在書的標題與封套上的一樣。

隱藏的背景故事

　　背景故事透露了角色身分的重要資訊，也提供了故事裡衝突的基本元素。你如何選擇在電影中表達背景故事，將會以各種方式決定了整個劇本的結構。不論你是否選擇在第一幕就說出所有的背景故事，或者將它編織在故事發展的過程中，一個角色的背景故事和認同發展間的關係，應該總是緊密地連結在一起的。很多時候，保留一些重要的背景故事資訊是挺有用處的，因而能使這一點點資訊的揭露，與故事的發展，或角色裡面自我的發展相符合。在《不速之客》（One Hour Photo, 2002）中，我們不安地跟隨西（羅賓‧威廉飾）逐漸地被一個家庭的相片所吸引，而變得整個精神都被它霸占。我們到了片尾才明白，西自己小時候曾被虐待，而他的被虐是與攝影有關的。選擇保留這一點重要背景故事的資訊直到片尾，增加了西的角色的恐怖性，因觀眾對西的動機和他惡習根源的認識，在全片裡是一直被隱藏在黑暗中的。

背景故事的個人披露

　　背景故事的揭露可以是在情感上特別有效力的，尤其是當角色自己披露他的隱私時。雖然《天才一族》大部分的背景故事，是在冗長的開場段落中被陳述出來，我們並不知道羅優（金‧黑克曼飾）與他的忠實朋友（庫瑪‧帕拉納飾）間特殊的關係，直到他講述他和孫子會面的故事時，我們看見羅優在他們年輕人的生活中變成一個中心人物。

　　一場安靜、嚴肅的吐露時刻以及自我反省，可以是相當有力量的。當角色

自我披露時，他創造了與說話對象間的親密關係，同時他也創造了與觀眾間情感的連結。正如莎士比亞劇裡演員的獨白一樣，提供了觀眾對角色思想與情感直接的暗示。電影演員的披露時刻，使得觀眾能進入銀幕上角色的思想和動機裡。《摯友親鄰》（Your Friends & Neighbors, 1998）裡最令人印象深刻的場景，發生於一位卑鄙的、極大男人主義的玩弄女性者（傑森・派翠克飾）向他的兩個朋友披露，他曾有過最好的性經驗，就是在高中的時候，他和他的高中同學強姦了一位同班男同學。頓時間，觀眾對這個角色有了更深的認識。雖然之前觀眾對於他凶殘地對待女人感到驚訝，但是現在觀眾卻被他角色行為與背景故事中充滿矛盾的性慾所迷惑。

認同錯亂

有些電影，特別是自傳性的題材，都是關於背景故事的。史派克・李的《黑潮》（Malcolxn X, 1992）中的每一場景，都是直接討論麥爾康（丹佐・華盛頓飾）發展中的認同，以及它和背景故事的關係。因為這些電影，動作就是角色，它的每一情節和故事，都經刻意地設計來增加電影現正講述的角色的另一面向。即使是非自傳性的電影，也可以是角色驅動的，並到達一種程度，情節的地位是次於角色發展的。

雖然詹姆士・狄恩只在三部電影中擔任主要演員，但他在青少年經歷認同危機角色的表現上，成為了典範。狄恩在《養子不教誰之過》（Rebel Without a Cause, 1955）中的角色，是一位充滿困擾的年輕人，他主要的奮鬥就是要了解他自己。這部電影的「情節是相當清淡的」，集中表現在角色和他們的認同感錯亂上，即在於尋找一個屬於個人的和有意義的自我意識（Self-Consciousness）。

暫停與取消

當你在構築你的角色的認同危機時，請記得「暫停」的元素，即在取得認同成就前積極尋求的階段。《黑潮》就是關於一個人的生命暫停的故事，是一個達一生之久對個人有意義的認同的尋求，結果為全國的非裔美人

創造了一種新的認同感。在艾瑞克森模型中另一個重要的元素是「取消」（Foreclosure），這乃是由於太早停止尋找所造成的危險，並依賴於別人所提供的認同身分，而非由個人自我發現所取得之有意義的身分認同。

在《黑潮》的某一點上，麥爾康將自己完全投注於伊斯蘭國家的事上，麥爾康將自己向該國的領袖——以利亞·穆罕默德看齊。他支持他的領袖和他的宗教教條，即使有時這些模範角色的教條直接違反了他自己的道德觀。繼之而來的衝突是另一個認同的危機，麥爾康發現他從以利亞·穆罕默德和伊斯蘭的國家所取得的認同，是一個被取消的認同，一個來自空無而非來自實質的認同。為了要取得一個真實的認同感，麥爾康必須在他自己的靈魂中尋求，以找到一個對於作為一個個體的自己是有意義的信仰與哲學，而不致成為一位錯誤父親形象之盲目跟隨者。麥爾康個人認同感的追求，就表現在他前往麥加屬靈上的朝聖之旅中。

反叛

在《養子不教誰之過》中的青少年犯罪，以及其他類似的電影中，如馬龍·白蘭度主演的《飛車黨》（The Wild One, 1953），在角色的生命中都顯而易見地缺乏有力的模範角色。艾瑞克森相信反叛在青少年中是普遍的，因為他們已經到達了一個生命的階段，開始排斥他們在童年所認同的模範角色。個體在童年所景仰的父母和權威人士，在超挑剔的青少年眼中，現在似乎都變得很僵硬、虛偽、老舊、相當約束人和無可救藥的古板。激烈的認同錯亂危機，來自青少年單方面地排斥在他們生命中所有成人的模範角色。同時間，他們亦尚未接受新的模範角色，來填補上述的空缺。因此，充滿困惑的青少年就迷失了，他缺乏真正的認同感，而且也沒有人指引他們道路。這個內在衝突，艾瑞克森相信在青少年中是無所不在的，並且在青少年電影中，通常都是以青少年與成人之間的外在衝突來呈現的。

即使在並不直接討論認同議題的青少年電影中，通常也缺乏有能力的成人角色，來擔任困惑的青年人的模範角色。在如《動物屋》（Animal House, 1978）、《美國派》（American Pie, 1999）和《反斗星》（Porky's, 1982）等

的青少年電影中，所有的成人不是可笑的、低能的角色，要不就是明目張膽的反青少年的人物，他們公開敵視青少年的主角。在這些電影中的訊息是，成人不是無可救藥地難以觸及，就是在各處都成爲青少年可怕的敵人。在這兩種情況中，成人都不能成爲良好的模範角色，青少年自己必須設法解決他們自身的問題，而在進行這項任務時，他們同時也解決了他們自身認同危機的問題。

找尋一個人的自我（Finding One's Self）

認同的問題本質上是屬於個人的問題，雖然你的主角可以，通常也應該，從朋友和導師處接受幫助和指引，然而危機最終的解決，必須總是自我驅動的。劇中人必須發現自我，他的認同不應該由別人用盤子端著遞給他。《星際大戰》三部曲中的第一部，呈現了相當完全的認同發展的範例。在路可天行者旅程的每一階段裡，他都會遇見他的另一個新的認同元素。在這過程中，他越來越了解他自己複雜的背景故事，以及他父親眞實的身分。雖然他擁有兩位聰明的導師（歐比萬和約達），以及幾位忠實的盟友（Allies）（漢·梭羅、利亞公主等），路可總是自己解決他的認同發展的問題。

在《星際大戰五部曲：帝國大反擊》（The Empire Strikes Back, 1980）中，有一場引人注目的場景，路可進入了黑暗的洞穴，看見達斯·維德的異象，並將之斬首，卻發現他自己的臉出現在維德的面具中。尋找認同是一段黑暗、令人困惑的路程，常是可怕而令人不安的。雖然約達可以很輕易地告訴路可他眞實的身分，聰明的傑地師傅將路可送入他自己心靈的黑暗洞穴，因爲眞實的自我認識必須來自內心裡。正如約達一樣，你必須將你的主角單獨送入黑洞，不要害怕讓你的主角受苦、憤怒和經歷認同危機的困惑。你的主角奮鬥得越厲害，觀眾就越能認同於他的衝突，苦難就更要成爲他們在終局成功的根源。

親密關係相對於孤立

艾瑞克森認同危機的第六個階段，特別討論了關於愛的挑戰。生命中與電影中愛的親密關係是以兩個層面存在。首先，身體的層面——性，在銀幕上傳

統通常是以含蓄的方式來表達。而現今，性的場面幾乎已經變成愛情電影中必備的成分。性的場景（Sex Scenes）寫起來很簡單，因為性這原始的衝動幾乎不需要動機，它是純視覺的，很容易抓住並維持著觀眾的注意力，因為它是電影主要窺視快感的來源。另一方面來講，情感上的親密關係在電影上則較難達成。當我們試圖建立角色間情感上的親密關係時，我們要記得這個拉丁字的字根intimare，就是「讓人知道你內心深處的秘密」。個人私密的暴露是在愛情關係的角色間創造親密關係的關鍵。

信任與親密關係

親密關係相對於孤立的認同危機，在許多方面，可以說重述了信任相對於不信任主要認同危機的要點。從佛洛伊德的觀點來看，最初在嬰孩與母親之間的性心理關係中所經歷的情感，之後就被投射在愛人之間的性心理關係中。根據佛洛伊德理論，這個感情本質上是相同的，只有愛的對象改變了。而從艾瑞克森的角度來看，信任的基礎，即嬰孩與母親關係的基石，亦類似地是成人愛情關係的基石。戀愛中的情侶必須彼此信任，他們才願意「讓對方知道他們內心深處的秘密」。個人私密的披露，揭開了一個人最深處的感情和秘密，將一個人置於情感上極為脆弱的處境上。沒有人願意進入這種處境，除非他或她對另一個人有完全的信任。因為沒有信任，就沒有親密關係。

愛的遊戲

在浪漫愛情電影中，兩位未來的情侶玩著求愛的遊戲，他們像鳥在求偶季節裡所做的一樣，互相接近與分離，每次的接近都提供了一些些身體的或情感的親密關係。《一夜風流》（It Happened One Night, 1934）這部萬人空巷的賣座電影，已成為愛情電影十足的藍本，每一個場景都是另一場遊戲。微小的姿勢如：彼得（克拉克・蓋博飾）從愛麗（克勞德・寇伯飾）牙齒中剔出稻草、甜甜圈泡在早餐裡的討論、愛麗瞥見彼得的赤身、搭便車時彼得瞥見愛麗的腿等，當觀眾耐心地觀察這兩位明星，等待他們會願意表達他們對彼此的吸引與漸濃的愛情時，以上那些場景都產生了重要的意義。當其他的電影傾向於

使用充滿動作和情節的大場面時，浪漫愛情電影則充滿了小場面。其中情侶花費了大部分的時間在彼此嘲弄、調情和聊天上面。他們正在建立親密關係和信任感。因此，當愛情終於發展出來時，我們會感覺它是成熟的和真實的。

火星和金星（戰神馬爾斯與愛神維納斯）

像《一夜風流》的愛情喜劇，通常描述一對冤家情侶因命運而相聚。不論是浪漫式喜劇，或非浪漫式喜劇，都產生自衝突。「喜劇對偶」是由一對性格相反的人物所組成，因而產生滑稽的衝突。透過異性配對，人性本身就提供了最基本的喜劇對偶元素。陽剛與陰柔、粗線條與敏感、火星（戰神）與金星（愛神）等，關於男人與女人間的衝突，有數不盡的方法能夠表現在喜劇的滑稽場面中，足夠填滿在100分鐘長的浪漫喜劇中。但是因為小場面可以並經常占據了大部分的電影時間，你仍然需要一個具有真正衝突的基本情節架構。因此，雖然彼得和愛麗在討論瑣碎的事如泡甜甜圈的早餐、搭便車和吃紅蘿蔔等，但這些場景是與推動主要情節前進的部分對剪在一起的，就是圍繞在愛麗逃離他的拜金未婚夫後，愛麗的父親開始尋找愛麗的情節上。如果你正在撰寫一部浪漫喜劇，為了能容納許多輕鬆愉快的場景，如主要角色間的打情罵俏、挑逗和調情等，通常我們是可以接受「劇情清淡」的情況。

第二幕裡的親密關係危機

當戀愛中情侶變得越來越親密時，他們就到達了最高親密關係的時刻，通常是在第二幕的結尾。理想上而言，這個時刻應該是情感上的，而非身體上的。換句話說，劇中人應該彼此交心，而非只是上床睡覺。就在愛麗要回到她父親和她未婚夫的前一夜，彼得告訴了愛麗他秘密的夢想，逃至熱帶島嶼。這個場景非常突出，因為那是彼得首次拿掉他的硬漢面具，很敏感地談到關於愛、個人失落，以及他多愁善感的夢想。而愛麗也有相對的回應，她崩潰了，並告訴彼得她愛他，不願意失去他。經過這些真正親密的揭露，似乎這對情侶最終要終成眷屬。但是，特別是在第二幕結束的時候，當你認為主角們就要成功之際，突然一切都崩毀了，一夕之間他們離開彼此，比以往分離得更遠。

溝通破裂

正如溝通能將兩個愛人撮合,反之,缺乏溝通亦能將他們拆散。用來創造第二幕危機常用的方法,就是導致悲劇性誤解的溝通破裂(Communication Breakdown)。在《一夜風流》中,愛麗愛的表白反而使彼得陷入困境,他建議愛麗回到她的床上,愛麗心碎地回到她房間的角落。片刻之後,彼得突然轉變意念,但當他呼叫愛麗時,她已經令人費解地睡著了,雖然她在前一刻還歇斯底里地哭著。你可能以為彼得會告訴愛麗相當重要的事,就是他愛她,而且要與她結婚。但是,他並沒有叫醒她,他反而無法解釋地溜走,開車前往紐約,如此他可以銷售他的故事,並且在他求婚時能人財兩得。

當然,當愛麗醒來發現彼得不見時,她認為他拋棄了她,所以她回到她父親的家,只好接受要嫁給她並不愛的男人的命運。而當彼得開車回到愛麗的身邊時,他看見她坐在她父親的車裡,並在另一個男人的膀臂中。他當然認為她已經改變心意,而且想與他一刀兩斷。因此,就在這兩位角色達到最高的親密時刻之後,他們的溝通完全地破裂了,導致一個悲劇性的誤解(Tragic Misunderstanding),其中兩位角色都感覺到被拋棄、拒絕和背叛。

有同情心的調停者

為了解決愛的障礙與重修舊好,我們需要最後一個工具。一位有同情心的調停者(Compassionate Mediator)了解他們的困惑,並使這兩位情侶復合,釐清誤會,而使他們重修舊好。以戲劇的術語來說,這位有同情心的調停者在愛情喜劇中代表了「deus ex machina」,一位「來自機械的神」,他在所有事物乖離正軌之時,前來拯救了大局(deus ex machina是舞台的一個名詞,指超自然的角色出現在舞台上時,通常都是使用機械方式,如吊鋼絲、地板活門,或精心設計的特效等)。在《一夜風流》中,愛麗的父親看見兩位角色都心懷錯誤的想法,因此他重新將他女兒引導至她真正所愛的人身上。雖然這些設計(溝通破裂──悲劇性的誤解──有同情心的調停者)在公式化的浪漫喜劇中是標準的制式,但是在這些結構中有一些明顯的問題。首先,凡在最高親密關係與溝通的時刻,就應該產生完全的溝通破裂,這是極不通的道理。就在兩位

角色終於最愛和最信任對方的時候，他們就應該突然失去每一丁點對彼此的愛和信任，並相信在他們之間的愛已全然喪失，也是很不合道理的事。但是上面所形容的這個公式，其最大的問題在於有同情心的調停者的這項設計。親密關係危機的解決，代表了兩個角色一種深處的個人危機的解決。這個解決是主角們最終目標的完成，而且理想上它應該是自我解決式的。藉著突然交出故事的主權到第三調停者的手中，這個公式就在主角最需要主動出擊的時候，將他們的能力和動作挪去。主角在第三幕裡必須站起來面對情況，他們必須展示他們真實的勇氣，並靠著他們自己的力量解決危機，來證明他們是真正的英雄。

愚蠢愛情電影

儘管有這些劇本的問題，《一夜風流》仍被認為是一部經典電影。而且，運用相同公式的愛情喜劇通常都很成功，因為觀眾會預期愛情喜劇的「劇情是清淡的」，他們對於故事線中的漏洞，如角色連戲和故事的發展，以及沒有創意的危機解決方式等問題，是非常能夠接受的。不論好歹，《一夜風流》建立了這個事實，就是令一部愛情喜劇成功的因素，在於有兩位相當具有吸引力和超凡魅力的主要演員。只要有機智的玩笑、性的張力和豐富的雙人默契——情節和角色發展則相對地是不重要的。

這個觀念的另一面是，現代觀眾要比我們想像中更為精明，像《金粉世界》（Gigli, 2003）和《危險情人》（The Mexican, 2001）這樣的愛情喜劇電影，它們在口碑和票房上的失敗，證明了觀眾越來越不願盲目地接受那種愛情喜劇；就是不論故事多麼空洞，只要有兩位很棒的和有魅力的明星就夠了的那樣的電影。現代觀眾除了想要有美麗又有吸引力的明星，具銀幕的魅力及機智的對白外，他們仍然需要有寫實的角色發展和有趣的故事內容。如果你在劇本中能提供以上所有這些元素，你就能在這項遊戲中拔得頭籌。

傳承相對於停滯

艾瑞克森認同危機的第七個階段是發生在中年。因此，「傳承相對於停滯」這個名詞，通常與另一個更流行的詞彙「**中年危機**」（Midlife Crisis）的

意思是相當接近的。正經歷中年危機的個體，意指他已經意識到他的生命已過了一半。他了解到自己並不滿意他曾經做過的事，也不欣賞他正在作的事，同時也不期盼他未來要作的事。他發現自己正處於「停滯狀態」，他哪裡都去不了。他缺乏有意義的目標，也沒有可預見的人生目的。這種危機的解決就是「傳承」，即新目標的創造，一種個人重新奉獻在一項有意義的目標上的行動，以及一種支持未來世代的付出。停滯是一種無生命的隱退，而傳承是一種再生，一種新生命的復甦。

停滯的導師（Stagnating Mentor）

部分中年危機的沮喪是來自個體了解到他已失去青春。從戲劇的層面來看，中年角色再也無法視自己為主導的角色，因而他感到失落和不得其所。他是一位無法適性地扮演自己角色的演員。在這個階段的目標，就是要找尋一個新的角色。中年角色已經扮演過了年輕人的主要角色，因此現在他必須適應作一位較老的導師的配角。許多時候，這位可能是導師的人物必須被一位熱誠的年輕學徒說服，而願意傳承。《小子難纏》（The Karate Kid, 1984）裡的宮木先生（派特・莫瑞塔飾）必須被丹尼爾（瑞爾夫・馬秋）說服，好成為他的空手道師傅。師徒間複雜的關係是象徵性的，這位可能的主角感動了那位可能的師傅，藉著說服老者教導他武功，使老者從停滯中走出來，並進入傳承。反之，這位導師指導他的學徒，並給他啟發，使學徒能成為英雄。

導師英雄

中年導師的角色在電影中扮演主要角色，特別是在戰爭片和運動電影中，是非常普遍的事。雖然是年輕的士兵和運動選手實際在場上執行動作，但卻是較老的導師負責啟發年輕主角的工作。更重要的，導師才是一個隊伍或團隊的中心人物，他才是那位連接所有主角個別情節線的角色。雷斯曼少校（李・馬文飾）是《決死突擊隊》（The Dirty Dozen, 1967）的中心人物，他是能啟發人的導師，帶領著他的士兵執行任務。類似地，巴特梅克教練（華特・麥休飾）是《少棒闖天下》（The Bad News Bears, 1979）的中心人物。導師的人

物也可以扮演老師的角色，如在《萬世師表》（Goodbye Mr. Chips, 1939）和《春風化雨》（Dead Poets Society, 1989）中就是。

主角與導師的關係是互補的和互惠的，主角將停滯的導師帶入傳承的狀態，幫助他解決他的中年危機。而導師則在主角的旅程中啟發和指導主角，幫助他解決他的青少年危機。這樣的設計是相當有彈性的，只要有年輕的主角等待被啟發，就會有一位老練的模範角色從停滯中產生，將自己貢獻於傳承性的導師任務中。

超越類型

有時候，電影會描述每天人們所經歷的每日危機，在《美國心玫瑰情》裡，列斯特‧柏翰（凱文‧史貝西飾）對一位少女的慾望、對工作和妻子喪失了胃口、意識到個人的停滯狀態，以及渴求失去的青春等，這些都是典型中年危機的症狀。在《畢業生》（The Graduate, 1967）中的羅賓遜太太（安妮‧班考夫特飾），和《夫與妻》（Husbands and Wives, 1992）中的蓋比‧洛斯（伍迪‧艾倫飾）也展示了相同的症狀，但這些寫實的角色是悲劇性的人物，而非具啟示性的人物。悲劇的特性來自他們自己的冷漠和隨之而生的行動的墮落與腐化。作為年紀較長的成人，這些角色應該關心年輕人的生活，以一位傳承的導師身分，願意指導和啟發年輕人。但當這位年長的成人，極力試圖再經歷一次他們的青春，利用年輕人的脆弱來占有他們，他們就變形為自我中心的、貪婪的性掠奪者。中年危機是一種被情緒充滿的衝突，當這衝突是以傳承來解決時，個體就會變為一位具啟發性的導師。但當結果朝向停滯或自我沈溺的方向發展時，個體就變成了一位悲劇的人物。

完滿相對於絕望

艾瑞克森認同危機的第八個也是最後一個階段，本質上是**存在主義的衝突**。在生命的最後一個階段裡，當死亡不再是一種遙遠的、未來抽象的可能之事，而是一種即將發生的不可避免之事，個體被迫回顧他過去的生命，找尋其中的意義。如果他認為他的生命故事，基本上是有意義的和值回票價的，那

  心理學

麼他就能獲得一種完滿的感受。然而，如果他找不到意義和目的，而這個個體看待他的生命像是一種空洞的、無意義的、無目的性的，一連串的隨機事件，那麼，個體將會爲他的錯誤感到悔恨，而不會爲他的成就感到驕傲。這種對自我身分的悔恨，在人生最後的階段裡顯得最爲深沈，因爲感受到無意義的存在，再加上一種欲振乏力，一切都太遲了的感覺，無意義和無望悲慘的組合強化了悔恨的情緒，而最終導致了絕望。

自我決心

不論個體是否相信自己能做出自己的選擇，而過自己的生活，在最後階段裡的中心議題，就是自我決心。雖然我們都會犯錯，但如果我們能回顧以往並告訴自己：「至少⋯⋯」（如貓王所唱），「我用我的方式做到了！」我們仍然可以獲得一種基本的完滿感。在腦中想著一種廣泛被運用的文學隱喻，存在主義的意義就是如此體現，生命就是一個故事。而且，不論我的故事的品質如何，我，作爲一個個體，就是我自己生命故事唯一的作者和主角。我生命中主要的抉擇，不是由別人來決定，而且情節和故事線也不是由別的角色來決定，而是由我自己。

專一的力量

由於意識到即將面臨的死亡所產生的一種存在主義的絕望感，就如在《心的方向》（About Schmidt, 2002）、《情深到來生》（Mylife, 1993）和《生之慾》（Ikiru, 1952）等「擁護生命」的電影中，所出現的普遍動機。在這些電影中，角色被迫重新讚美他們生命的意義，而且是在他們發現他們只剩短暫的時間，可以去改變他們生命故事中最後的一幕之時。意圖改變的動機是眞實的和可信的，觀眾也願意跟隨著這些被推動的角色，一同經歷他們具啓示性的救贖之旅。

黑澤明的《生之慾》（1952）是一部常被忽略的傑作，也是一部最具影響力的「擁護生命」的電影之一。渡邊勘治（志村喬飾）是一位典型的官僚，被他的同事們稱爲「木乃伊」。《生之慾》中這位主要的角色，是一位死

氣沈沈、卑躬屈膝、道德感空泛以及靈性死亡的人。雖然他每天都有機會做有意義的事，但他選擇保持低姿態，像一位政府官員一樣。當市民的需要送到他桌上時，他只是一味地踢皮球。但是當渡邊發現他得了胃癌，而且只剩下三個月可活時，他便展開了他的靈性之旅，找尋他真正的自我。對渡邊而言，存在的意義，是藉著幫助他的社區成長而產生。他徹底改變了他的性格，脫掉他官僚主義的外衣，而成為一股積極的社會行動的旋風。影片的結尾，他獨自坐在他所建造的遊戲廣場上，思想著他一生的工作並非歸於無有，而是終於做了些在他離去後仍能長存而有價值的事。

黑澤明繼續推展他擁護生命的前提，即使是在電影中主角死亡之後。在一場哀悼會上，渡邊沈悶的同事們讚揚「木乃伊」，在他最後的日子裡，展現了重大的改變，而且對他周邊的人，都造成了極具啟示性的影響力。黑澤明展示了一個人被一種認同危機，以及有動力去改變自己所產生的力量所驅使。事實上，它啟發了整個社區，甚至改變了世界。

圖6
完滿：渡邊在《生之慾》裡最後的場景

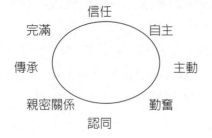

圖7
艾瑞克森認同危機的階段

第 | 七 | 章

摘 要

● 認同相對於認同錯亂是認同危機的第五階段。

● 主角的背景故事通常能提供關於他的身分和認同危機的重要資訊，這些就是他在電影中所面臨的掙扎。

● 背景故事可以從自傳性的開場、旁白敘述、個人披露和回溯鏡頭等段落中揭露，或者它也可以被結合在故事的動作與對白中來呈現。

● 大部分的電影都會以某種方式來處理認同錯亂的問題，因為主角必須努力奮鬥，以建立一個有意義的個人認同感。

● 暫停是指在取得認同成就前積極尋求的階段。

● 取消是指某人決定使用外來所提供的身分認同，而非經自己尋求所獲得之一種真實的個人身分認同感。

● 青少年主角時常以反叛權威人士，作為一種建立他們自己身分認同的方式。

● 在青少年電影中，成人的權威人士往往被描寫成低能的、有敵意的、或無可救藥地疏離。青少年主角缺乏資源但必須解決他們自己的問題，因而發現他自己的身分認同感。

● 親密關係相對於孤立是認同危機的第六階段。

● 追求一種親密的愛的關係是在愛情電影和浪漫喜劇電影中的中心主題。

● 在角色間發展親密關係的關鍵，在於透過個人間逐步地開放溝通與相互披露，而建立起的一種信任感。

● 浪漫喜劇中第二幕結尾的危機，通常是由一次的溝通破裂而產生，而這破裂導致了悲劇性的誤解。

● 親密關係的危機最常藉由一位第三者的人物來解決，即一位有同情心的調停者。

● 傳承相對於停滯是認同危機的第七階段，它更常被稱為「中年危機」。

● 導師人物經常要面對的是傳承的危機，他們必須冒險走出他們停滯而規律的生活，為了能成為新一代人物有力的引導。

● 主角與導師間的關係是互補的和互惠的，主角將停滯的導師帶進傳承的狀態，然後導師在主角的旅程中指導主角。

● 完滿相對於絕望是認同危機的最後階段。

● 擁護生命電影（Life Affirming Movies）經常圍繞在一位得知自己即將面臨死亡的角色身上，那最終的意圖建立於存在主義的完滿（一個人生命的意義）努力，激勵了主角去改變他的認同和完成偉大的事蹟。

第 | 七 | 章
習 題

1. 運用你的電影知識，請找出兩部電影，其中主角的背景故事是透過自傳性的開場和／或旁白敘述來陳述的。

2. 請找出三部電影，其中主角的背景故事是透過個人披露來陳述的。

3. 請找出兩部電影，其中主角的背景故事是透過回溯鏡頭或夢的段落來表達的。

4. 請為你劇本中每個人物寫出一個詳細的傳記或背景故事，要寫出每個細節，如他們的出生年月日和地點、他們在學校攻讀的科系、嗜好、夢想，甚至是他們何時與何地失去了他們的處女與處男身分等。寫出這些人物的背景故事如傳記般的細節，能夠幫助你增加你角色的深

度。

5. 請觀賞一些如《一夜風流》、《街角的商店》（The Stop Around the Coner）、《當哈利碰上莎莉》（When Harry Met Sally）和《西雅圖夜未眠》等浪漫喜劇電影，分析影片中兩位主角是如何建立他們之間的親密關係，請特別留意在第二幕結束時的親密關係危機，以及這些危機是如何在第三幕裡得到解決。

6. 請從你最喜愛的電影中，找出五位「停滯的導師人物」，並請問主角是如何將導師帶入傳承的狀態？

7. 請找出三部處理完滿相對於絕望之危機的電影，請問主角如何建立一種完滿的認同感？

 在你劇本中處理認同危機

1. 你的角色的認同是與他們的背景故事息息相關的，請問你的主要人物的背景故事是如何揭露的？想想看，你如何能夠將他們背景故事的揭露與故事事件的進展並列，並以一種能夠增加你劇本的張力、懸疑、衝突或戲劇性的方式來呈現。

2. 親密關係的挑戰是幾乎在所有電影中都會討論到的議題，並不限於愛情電影之中。然而，愛的主題常是情節中最弱的部分，常常是因為要滿足「愛情元素」的需要而加入。不論你是否在寫一個以愛情故事為主的劇本，或是一個非愛情故事，但有一個浪漫的次情節，如果你的角色對親密關係的需要，是直接與他們的認同連結在一起的，那麼你的愛情元素主題將會更為強烈。請問你如何寫一個獨特的愛情故事，是與你的主要角色個人深層的認同議題相關的？

3. 「嬰兒潮的世代」是終身的電影觀眾，他們創造了（可以說是空前的）市場上供過於求的中年人面臨著中年問題的電影。原本一部電

影必須擁有一位年輕的明星作為主角才會成功的事實已經被推翻，如果你在寫一個關於中年角色的劇本，請思考在你的角色動機和衝突之中，如何能夠表達「傳承」和／或「停滯」的議題？

4. 謠傳「夢工廠」正計畫要重拍黑澤明的《生之慾》，可能由湯姆‧漢克斯擔綱，由史蒂芬‧史匹伯來製片或執導。請觀看原始的《生之慾》，並思考它如何處理完滿相對於絕望的認同危機？然後發想一個重拍的劇本，是能夠吸引當代美國觀眾（或台灣觀眾）的劇本，同時又能保有原始電影中存在主義的訊息。

認同危機一覽表

認同危機	情節設計	電影範例
認同相對於認同錯亂	背景故事的揭露 隱藏的背景故事 背景故事的個人披露 認同錯亂 暫停與取消 反叛與認同成就	《天才一族》 《不速之客》 《摯友親鄰》 《養子不教誰之過》 《黑潮》 《帝國大反擊》
親密關係相對於孤立	求愛 溝通破裂 悲劇性的誤解 有同情心的調停者	所有的浪漫喜劇 《一夜風流》 《婚禮歌手》（The Wedding Singer） 《天生一對》（The Parent Trap）
傳承相對於停滯	停滯的導師 導師人物 中年危機	《小子難纏》裡的宮木先生 《決死突擊隊》裡的李‧馬文 《美國心玫瑰情》裡的凱文‧史貝西
完滿相對於絕望	意識到即將來臨的死亡 尋找自我決心	《情深到來生》 《生之慾》

第 3 部分

{卡爾・容格}

Carl Jung

Chapter
8

角色原型

　　不像艾瑞克森一樣，卡爾·古斯塔夫·容格從未真正成為佛洛伊德的學生或學徒。雖然容格受過佛洛伊德理論的啟發和指導，他們首先是以職場上的同事身分相遇，而且遍及他們整個漫長的合作關係中，容格在他的精神官能衝突和人類心靈的概念裡，總是維持著他的個體性和獨立性。佛洛伊德將容格的獨立性和創造性，錯看為理論上的顛覆，導致他們兩人根本的決裂，從此兩不相見。佛洛伊德學說的損失正是心理學的收穫，因為容格不受佛洛伊德典範的限制，逕自發展出一套具原創性的、獨特的和美麗的人類精神理論，正如「大師」的理論一般。

集體潛意識

容格自佛洛伊德理論最重要的偏離，就是他相信在人類精神裡有一種與生俱來的精神要素。儘管他不將它稱為神或任何屬靈的力量，但他相信所有的人性都是以超自然的層面被連結著，而這種超自然的連結就是在人類普遍對宗教、信心、靈性，以及對更高力量的信仰之需求背後的心靈力量。佛洛伊德是一位忠誠的無神論者，排斥所有非生物基礎的人類動能，這使得容格關於靈性動能的非科學性主張，顯得有點褻瀆。容格將這種在所有人類間的超自然連結稱為「集體潛意識」（Collective Unconscious），因為在意識領域中的事物，乃是由所有人類所集體共享的。

原型

集體潛意識與佛洛伊德的潛意識（容格稱為「個人潛意識」）是有區別的，在裡面的事物，並不是絕對個人的記憶和情感。集體潛意識是由人類**共享的關聯**和影像所組成，稱為「原型」（Archetypes）。原型是「基本的概念」──「原始的影像」，他是所有人都能理解的重要潛意識形象。例如，每個人都有一位母親，在某些文化裡，這位宇宙性具影響力的人物，是強大、有撫育能力和安慰能力的母親，是由「**大地之母**」（Earth Goddess）所代表。在其他的文化裡，她被稱為「瑪當娜」。在另外的文化，她被稱為「大自然」。還有的地方，她是愛與性的化身。有些地方，她象徵了生長與富饒。雖然她有成千上萬的描述方式，但在這些不同的代表的背後，其基本的概念是相同的，那就是**母親的原型**。

雖然佛洛伊德並不滿意於容格理論中非科學性的元素，但在原型背後基本的概念和集體潛意識則並不完全是屬靈的事物。容格的想法是，不論他們個人的經驗如何，所有人類都享有關於宇宙性人類議題共同的關聯性。所有的人都有父母，所有的人在他們的性格中都會面臨衝突，而且所有的人在他們發展人格和適應社會時，都會面臨認同的危機。表現在傳奇、神話、文學、藝術和電影中的原型，代表了這些宇宙性的議題和集體潛意識，只是以潛意識層面去分享與了解之基本的人類**性情**。電影中的原型是超越了演員和情節所描述的角色類型和主題，是具宇宙影響力的心理議題和人物的再現，雖然原型的外貌會

改變，但原型背後的象徵卻千年不變，而且始終如一。

英雄

　　神話英雄是自我主要的象徵，英雄不僅僅是原型，他就是**原型的中心**。英雄原型的概念太過廣泛，我們無法以單一的概念來解釋它，因為，雖然所有其他的原型代表了自我不同的部分，但英雄就是自我，它是所有原型的集合體。正如約瑟夫・坎伯所指出的，英雄擁有「千種面貌」，因為英雄是自我再現的原型，而且它是不斷在變化的。任何特定英雄所傳遞的訊息，將會由特定英雄所經歷的旅程所決定。**英雄旅程**的不同元素，將會在第10章和第11章中討論。英雄所代表的不同**自我元素**，英雄所遭遇的**自我的原型**，乃是本章所討論的主題。

假面

　　我們向世界所展示的外在面目，是我們讓他人看見的自我的部分，就是我們的「假面」。它令我們想起古希臘演員所帶的面具，假面就是我們顯示給別人看之人格的**面具**，它是我們用來遮蓋我們想隱藏之自我部分的服飾。就外在意義來說，演員本身就是假面。他們的臉孔傳遞了英雄的故事和人格，並被呈現於銀幕上。

　　電影與電視演員常抱怨他們被**角色定型**（Typecasting）了，也就是當一位演員的假面或銀幕形象變得與我們對演員本身的認同有強烈關聯時，觀眾和電影人就不願意看見他扮演其他的角色。例如，我們很難想像阿諾飾演一位敏感而脆弱的角色，正如我們很難想像達斯汀・霍夫曼飾演一位陽剛動作片的主角一樣。阿諾・史瓦辛格已經變成與「終結者」息息相關的角色，以致對很多人而言，很難接受他在2003年成為加州州長，並把他想成是「政府終結者」。

　　雖然演員們對於這有創意的限制——角色定型會感到惱怒，但是角色定型實際上是一種對於他們表演效率的陳述。被角色定型的演員在他們所扮演的角色上是如此的有說服力，因此他就實際上變成了那種角色類型。根據電影原型的功用而言，被角色定型的演員是以假面來滿足他所扮演的角色。他的表演是

如此的完美，以致原本將演員和角色分開的面具成了透明之物，觀眾無法分辨那兩種身分的差別。

明星特質

像路易斯‧凱爾衡、當諾‧克里斯普、喬治‧山德和眾多其他的演員，都是極為卓越的**性格演員**，但現今卻很少了。這些演員就如他們的同夥們，像約翰‧韋恩、賈利‧古柏和凱利‧葛郎特等人一樣有才華，但是性格演員有的是才華與廣度，而電影明星有的則是「明星特質」，就是使他成為他所扮演的以及在觀眾心目中性格類型的外在特徵。甚至「明星」一詞就意味著原型的品質，一種無所不在的、無限的和宇宙的形象，明星力量（Star Power）從來不能被低估。在觀眾的心目中，明星不只是電影的一部分而已，明星就是電影。

艾爾弗列德‧希區考克在他的電影中尋找主角時喜歡使用大明星，因為他們的假面已經建立了。希區考克在第一幕中不需要花時間發展主角的性格，他只要使用詹姆斯‧史都華當主角就夠了。甚至在電影開場以前，觀眾就知道吉米‧史都華將會是一位獨立而傳統、個人主義但保守，以及意志堅強但充滿熱情的人。

當描寫你劇本中的角色時，要特別注意你給予他們的**外貌描述**，因為在生活中，第一印象是最強烈的。請想清楚你的角色的臉和身體，花時間從知名電影明星中以**腦力激盪**的方式找出最能代表你每個角色內在形象的演員，是一件值回票價的事。即使你在寫一個低成本的電影劇本，不可能僱用知名的A級名單內的演員，或甚至最能代表你的角色的演員已經過世或退休了，你仍然可以利用那位電影明星來幫助你發展劇本和建立角色的性格。藉著喚起一位著名電影明星的假面，你就能在劇本讀者的心目中，建立你角色的內在精神形象。

影子

容格的理論深受東方哲學的影響，認為自然的平衡是由相對的力量所創造。容格的心理學主張**相對心理學**，一種先天的二元性（Duality），每一部

分的自我都是由相對或聯合的部分互補而成的。陰和陽、陰柔與陽剛、黑暗與光明等……每種心理力量都有它相對的力量。在容格的模型中，影子就是假面相對的力量。我們的自我在意識的光線下投射了一個影子，就像我們的身子在日光下投射一個影子在地上一樣。影子就是被壓抑的**另一個自我**，是我們微弱的潛意識自我反射。它是一直與我們同在，但常被我們忽略的黑暗面。影子就是假面面具背後之隱藏性的存在。

壞人影子

作為一種相對的原型，壞人常是這個影子，而英雄通常就是那個假面。有古典英雄，經常就會有古典壞人。在《原野奇俠》（Shane）中，沈恩（亞倫·賴德飾）扮演白衣武士英雄的角色，而威爾遜（傑克·帕雷斯飾）則扮演黑衣武士的壞人角色。如在《黑色星期五》（Friday the 13th）中的**帶面具的壞人傑森**、《沈默的羔羊》（Silence of the Lambs）裡的食人魔（漢尼伯）和《月光光心慌慌》（Halloween）中的麥可，都是對容格的影子模型很直接的描繪，面具背後的瘋子說出了一種宇宙性的恐懼，就是在所有人類中瘋狂與暴力的傾向。

二元對立（Contrasting Duality）

二元性的概念是建立在英雄（假面）之**遭遇與融合**的目標上，在夢或神話裡，假面必須遇見影子，並將它融合在它的自我裡面，如此才能解決衝突。以容格理論中的二元性來對比英雄與壞人是相當有效力的，這兩位角色有如白天與黑夜，但是又以一些奇怪的方式互補在一起。在《海角驚魂》（Cape Fear, 1962）中英雄與壞人的二元對比，就是一個很好的例子。山姆·波頓（葛雷葛萊·畢克飾）是一位有道德感、正直、仁慈、冷靜和溫柔的人，麥克斯·凱地（羅伯·米契）則是一位不道德、墮落的、殘酷的、精神變態的和暴力的人。像山姆這樣的和平主義者們，必須整合一些在他們影子中的暴力和熱情的特質，以便擊敗它們。

謙遜的英雄

　　變成暴力的謙遜英雄的主題，在西部片中，以及在其他典型的暴力類型電影中，是無所不在的主題。謙遜的英雄（Meek Heroes）被壞人一步步地推逼，直到他不得不藉著激發他本性中暴力的一面，來保護他自己的榮譽、他的家庭和他自己。假面中影子的暴力特質的整合，會在這些故事的高潮中被呈現出來，就是在英雄和壞人間一場大的打鬥場景裡。山姆‧畢京伯的《大丈夫》（Straw Dogs）可能是這個主題最具影響力和震撼心扉的表現，一位謙遜的教授和他的妻子遭到一群流氓的騷擾，到了一種程度，他必須採取極端暴力的手段，好能像個男人地活著。在《海角驚魂》的結束場景裡，山姆在他拯救他家人的打鬥中，變成與麥克斯一樣的暴力、被激怒和充滿仇恨。而在砍殺電影中，謙遜的女孩必須變成暴力的人，為了能殺死變態的殺手。

　　為了讓二元對比的主題能產生效用，英雄──假面必須親自遭遇和打敗壞人──影子。如果是別人打敗了壞人，像是警察或另一個角色，那麼假面就尚未融合它的影子，因此心理衝突也就不能解決。

另一個自我的影子

　　壞人也可以象徵好人的黑暗面，在《化身博士》（Dr. Jekyll and Mr. Hyde）中，英雄與壞人是同一個人，藉以描述在潛意識中介於假面與影子的分歧。傑可扮演了社會所景仰的假面角色，而海德則代表壞人的影子。在《蜘蛛人》（Spider-man）中，諾曼‧奧斯本（威廉‧達佛飾）是一位研究員和慈祥的父親，但他的另一個自我卻是葛倫‧戈布林，一位陰沈暴力的人物，就是諾曼假面的影子。當假面和一個人的影子面分裂成兩個獨立的身分時，它就表現了一種清楚的**精神變態的分裂**，並為角色增添了精神病理學的面向。而精神病理學反過來，也在觀眾中引發了立即性的恐懼感覺。

　　《驚魂記》（Psycho）裡的諾曼‧貝茲（安東尼‧柏金斯飾），同時是兩個角色，一個是他自己（假面），另一個是他的邪惡的母親（影子）。吸血鬼偽裝成文明人（假面），雖然在他伎倆的背後，他是一個吸血鬼。而像傑克這樣的連續殺人犯和撕裂者，像正常人一樣走在街上，但在他們內心裡，他們

是邪惡的精神變態者。二元對比在這種角色身上，也是一種有效的工具。藉著使假面看起來是溫和的、熱情的或有尊嚴的角色（如一位醫生、伯爵或一位謙遜的旅店管理員），將會使它與有虐待狂的、會殺人的角色之對比顯得更爲強烈。極端的對比會產生極端的驚奇、極端的懸疑或極端的衝突，這些元素都會使觀眾產生恐懼的反應。

黑色英雄

有時候，影子是英雄角色的一種元素。被黑暗勢力推動的英雄是充滿衝突的，他們內心混和了善與惡的特徵，增加了角色心理層面的複雜度。在《就地正法》（Death Wish）裡像蝙蝠俠保羅・柯西（查理士・布朗遜飾）一樣的**街頭英雄**（Vigilante Heroes），還有在《緊急追捕令》（Dirty Harry）中的哈利（克林・伊斯威特飾），和在《霹靂神探》（The French Connection, 1971）裡的卜派・寶爾（金・黑克曼飾）等人，全是黑色英雄（Dark Heroes）人物，複雜而且糾葛在善與惡的衝突之中。作爲犯罪打擊者的身分，他們穿戴好人的假面，爲著正義的緣故而戰。但是他們所使用的方法（暴力），卻是他們假面背後的影子。

像是羅賓漢・梭羅和傑西・詹姆斯等的**草莽英雄**，也代表了假面和影子的結合。這類的英雄是相當受觀眾喜愛的，因爲他們代表了存在於眞實人物中的心理複雜度和內在衝突。沒有人完全是善的，也沒有人完全是惡的。我們都只是妥協於我們的假面和我們的影子之間。寫實的英雄就是一位在他的兩個本性中不斷尋求平衡的人，這個英雄的探求，代表了對**心理平衡**之宇宙性的探求。不論你寫的劇本類型爲何，總是得思考著你的英雄或主要角色，正在尋求一種內在平衡的感覺。不論這種平衡是由毀滅壞人、克服障礙、贏得目標或獲得愛人芳心來達成，在英雄探尋背後的象徵，就在於遭遇與整合一個不相連的或互相衝突的自我。

陰霾的過去

一位角色的影子也能用神祕的、悲劇的、創傷的或不名譽的過去來代表，在《唐人街》（Chinatown, 1974）裡的傑克（傑克・尼克遜飾）被過去

在唐人街警局裡恐怖的工作記憶所驚擾。《上海來的女人》（The Lady from Shanghai, 1947）裡的艾爾莎（莉塔‧黑沃絲飾）則被她在上海黑暗的歷史所折磨。在這兩部電影中，我們從來不知道在唐人街或上海發生了什麼事，我們僅對他們遙遠的過去，混雜著傷感的表情和眼淚，有些微的了解而已。他們不願意談論他們陰霾的過去，事實上更加強了角色過去悲劇特質的分量。

編劇的秘訣在於**約制**，編劇並不透露過去到底發生了什麼事，他們讓觀眾的想像力來決定。因為我們只能想像過去發生了什麼事，因此它隱蔽、殘暴和墮落的程度是沒有限制的。更有甚者，他們背景故事的**模糊性**，更增加了人物的**神祕性**。結果，角色的神祕感往往成了角色本身主要的特質。

如果你為你角色的背景故事增加一個陰霾的過去，你的角色應該在劇本的某個點上要面對他的過去（否則為何最初要加上陰霾的過去？）。即使我們不知道傑克在唐人街工作時到底發生了什麼事，但電影的結局仍然發生在唐人街。在令人震驚與不安的高潮後，傑克對那個世界倒盡了胃口，當他的老警察同事告訴他：「這只是唐人街，傑克……這只是唐人街。」時，他的嫌惡似乎是有道理的。雖然傑克的背景故事從未被揭露，我們從他的歷程也能獲知他遭遇了他的唐人街影子的象徵，那也是最終將他帶回至唐人街的原因。這種整合的感覺並未出現在《上海來的女人》，不僅艾爾莎的背景故事從未被揭露，而且在第一幕以後電影再也沒有談到上海象徵的部分。在第三幕裡雖有短暫回到中國戲院的場景，但影片的高潮事實上是發生在一棟嘉年華會的鏡屋裡。這種缺乏整合的作法，在影片結束的時候，會令觀眾感到沒有結果並困惑，因為電影主要的象徵一點也沒有被揭示出來。

逃離影子

有時候，英雄想要逃離他陰霾的過去。而想要逃離他影子的英雄，無可避免地必須要面對他的影子（陰暗面），好能夠成為完整的人。沈恩是一位正在逃離他恥辱過去的一位槍手，作為一位槍手的沈恩，他陰霾的過去，很完美地是由一位穿黑衣的、精神變態的和會殺人的槍手所代表。他是一位**外在的**人物，就是片中的威爾遜這個角色。在《星際大戰》裡，路可的影子就是他

的父親，一位邪惡帝國的黑暗領袖。達斯・維德是一位巨大、恐怖、又極具影響力的影子身分，透過路可三段分別的旅程，路可角色主要的目標，就是要遭遇、克服與整合他具毀滅性（Destructiveness）之父親的影子。《星際大戰》三部曲是典型的影子原型的例子，因為它展示了一個極佳的觀點，即影子並非一位邪惡的壞人，而是被錯置之自我的一部分。當他否認與達斯・維德的關係，並且不接受他的身分後，路可是處於最為困惑的狀況裡。路可發展的關鍵是**認清了他的身分和自己**。相同地，在你劇本中角色發展的關鍵，應該直接與更深的對自我裡不相干的各部分之理解和整合有關。

永遠的影子

在《殺無赦》（Unforgiven, 1992）中，威爾的影子是他作為一位槍手的過去。威爾（克林・伊斯威特飾）逃離了他的過去，而展開了新的生活。但是當他受僱成為一位槍手時，他再度面對了他的老我的影子。《殺無赦》是影子原型特別令人不安的案例，在威爾故事的高潮時，他面對了小比爾（金・黑克曼飾），一位殘酷成性的警長，過去曾殺了他的朋友。比爾和威爾是彼此的鏡射返照，兩者皆是殺人者，都罪大惡極，而且都因他們的暴力而罪無可赦，他們甚至有同樣的名字。在最後一場暴力的行動中，威爾冷血地殺了比爾，遭遇並整合了他自己的影子，甚至再一次地變成了他自己的影子。這部影片黑暗的主題是，不管我們跑得多遠，我們的影子總是尾隨著我們。

影子的實體代表

利用具體的角色作為主角影子的象徵，不論是當作壞人、對手或邪惡的同黨，在電影中是特別有用的，因為電影是視覺的媒體。與外在人物的衝突可以用動作來表達，這明顯要比內在衝突更容易從銀幕上看到。不論你的角色面對他們的影子是通過內在衝突或外在動作，不要認為某種對抗比另一種對抗更為有效。在《原野奇俠》和《星際大戰》裡原型的象徵主義，是巧妙而有力的，而且視覺象徵會使其更具影響力。絕不要低估你劇本中視覺呈現的力量，一張圖像要勝過千言萬語。

女神

　　像佛洛伊德一樣，容格相信，兒童在他們的心靈中保有他們父母內化的形象。但是和佛洛伊德不一樣的是，容格同時相信，這內化的父母形象會以原型的方式在夢中和神話裡顯現。此**父母原型**同時具有父母角色的文化關聯，因此，神話裡的母親角色都被呈現為神聖的母親，如大地之母、生育女神、自然之母、聖母瑪利亞等。女神原型是集體的、宇宙性的母親，她能安慰人、孕育人、溫柔並仁慈。《木偶奇遇記》（Pinocchio, 1940）中的藍精靈、《綠野仙蹤》（The Wizard of Oz, 1939）裡的好女巫葛琳達（比莉‧伯琪飾），和《仙履奇緣》（Cinderella, 1950）以及《睡美人》（Sleeping Beauty, 1959）裡的仙女，全是清晰的女神原型範例。她們全是能安慰人、孕育人的神聖母親角色。最近，女神在《魔戒首部曲：魔戒現身》（The Fellowship of the Ring, 2001）中，是以嘉樂錐爾（凱特‧布蘭琪飾）之名出現，作為母親的女神原型，其功能其實和幼年時期的母親是一樣的。當主角遇見女神（Meeting with the Goddess），他就整合了情感的力量、直覺式的智慧，以及母親角色的敏感特質。

女神的影子

　　和容格相對心理學一致的是，正面的母親原型——女神，是由**負面的母親原型**——邪惡的女法師或女巫所平衡，就某種意義而言，邪惡的女巫就是女神的影子。女神代表了理想的母親，她擁有所有正面的特性，而女巫則代表了被詆毀的母親，擁有所有負面的特性。女巫常被描寫為**邪惡的繼母**，重現神話裡根本的邪惡繼母／女巫原型——米蒂亞。邪惡的繼母與女巫等原型的融合，變成了根深蒂固的美國集體潛意識，從迪斯尼的《白雪公主》（Snow White, 1937）與《睡美人》（1958），即可見一斑。

　　在非奇幻式的電影中，巫師通常是一位男人或一位恐怖的母親原型，就如在《親愛的媽咪》（Mommie Dearest, 1981）和《閣樓裡的春天》（Flowers in the Attic, 1987）所出現的。在《天倫夢覺》（East of Eden, 1955）中，那位長久缺席的母親（裘‧范弗利特飾）是以一位穿著黑衣的影子人物出現在凱爾的面前，對凱爾而言，他的母親就是一個影子，她許久以前遺棄了他，現在於蒙

特利地區的紅燈區經營了一家妓院。來自童年長期的壓抑和困擾的記憶、殘忍的遺棄議題、殘酷、虐待、羞恥和遭忽視等，都由這位影子女神原型所代表。

真實生活的女神

任何能安慰人、撫育人的女性角色，她們能提供有感情的智慧、直覺的引導和愛（但不是男女的愛情），執行女神原型的功能。而現實中的母親角色則既非理想化的人物，也非惡名昭彰的人物。一位建構良好的母親人物，也許同時具有女神和女巫的特質。理想化的、惡名昭彰的母親角色與真實生活裡的母親人物之間的差別，就在《天倫夢覺》裡被展示了出來。凱爾的母親（裘‧范弗利特飾）是一位真實的人物，她愛凱爾，但是她也遺棄了他。她無法成為他想要她成為之母親的樣子，但是她支助凱爾他所需的金錢，幫助他實現他野心的目標。真實生活中的女神是能幫助人、撫育人，甚至醫治人的，但是她們並非總是最善良的，也非必然是全然邪惡的。

智慧的耆老

男性的父母——父親，則是由智慧的耆老原型所代表。其他型態的父母原型尚有神、先知、術士、醫治者或任何可以提供智慧、忠告或指引的老男人。在電影中，智慧的耆老（Wise Old Man）擔任了英雄的**導師**的龐大任務（女神也可以被描寫為女性英雄的**女性導師**）。作為導師，智慧的耆老會以各種角色出現：父親、哥哥、老師、牧師、醫生、治療師、教練、船長、總統、國王、術士等。與容格所說的二元性一致的是，影子父親人物經常是由一位**錯誤的導師**或一位**負面的父親人物**所代表。《星際大戰》裡的達斯‧維德可以說是影子父親原型的典範（達斯‧維德字面的意思就是「黑暗的父親」）。另一方面來說，歐比萬也以他純潔正面的形象，象徵了智慧的耆老這角色。在《綠野仙蹤》裡，那位術士所創造的幻影就是影子父親人物，而躲在幻影面紗背後的慈祥老人（法蘭克‧摩根飾），就是正面的父親人物，智慧的耆老代表了英雄必須整合父親人物或導師的需要，通常那也是一部電影中主要的人物關係。

阿尼瑪（女性特質——性與愛）

一個均衡的自我同時包含了男性與女性的兩種特徵，男性的自我是以一種女性的原型——阿尼瑪（Anima），來體現女性的特質。阿尼瑪所表現的擬人化特質是典型的女性力量，諸如敏感、充滿感情的智慧、直覺、同情和關愛。阿尼瑪與女神非屬同樣的原型，因為阿尼瑪通常是一位浪漫的或性愛的對象，而女神，作為母親人物的功能則是神聖的，因此是無性的。女神提供了母性的愛，而阿尼瑪則經常被表現為**遇險少女**（Maiden in Distress），是一位英雄必須發現與拯救的女性角色。《星際大戰》裡的利亞公主就扮演了遇險少女的角色，路可必須將她從死亡之星拯救出來。藉著拯救少女，英雄就將他的阿尼瑪（女性特質），融合入他的自我中一個相當重要的部分裡。

電影中的阿尼瑪通常是「**愛情元素**」，而愛的主題被認為是電影中相當重要的部分，即使愛情元素相對於電影主要的故事而言，是輔助性的題材。正如愛是每個人生活中必要的部分，觀眾也直覺地認為，愛在每部電影中也是不可或缺的元素。當一部電影結束時，觀眾必須感受到，主角的性格已經發展完成，而且他現在已經「完整」了。在結束時，得到女孩與加入女性特質，說明了主角性格對完整性的需求。他不僅征服了他的影子，發展成為一個人，他也找到了愛。將阿尼瑪整合在他的性格中，使得主角的自我得以完全。阿尼瑪也是主角的報償，一旦他完成他的使命，他就獲得愛的報償，而且現在他的生命已經完整，他和他的愛人可以結婚，從此過著幸福快樂的日子。

蛇蠍美人

每種正面的原型都有其相對負面的原型，即它的原型「影子」。電影裡的**影子阿尼瑪**就是聲名狼藉的「**蛇蠍美人**」（Femme Fetale）。這位神祕莫測的女誘惑者提供了性愛，而非單純的愛。對英雄而言，她總是位危險的人物。像在荷馬的《奧德賽》裡的塞壬（古希臘傳說中半人半鳥的女海妖，慣以美妙的歌聲引誘水手，使他們的船隻或觸礁或駛入危險水域），蛇蠍美人會藉著她的警示歌，引誘英雄離開他探索的旅程，而誤入她的陷阱中。然後，當他的守衛被擊倒後，她會威脅他的生命。作為一位不忠實的阿尼瑪，蛇蠍美人不

是一位「蕩婦」，引誘英雄離開對好女孩的喜愛，要不就是一位真正的「妖婦」，她會威脅到英雄的生命。《致命的吸引力》（Fatal Attraction, 1987）裡的愛麗克斯（葛蘭·克蘿絲飾）和《第六感追緝令》（Basic Instinct, 1992）裡的凱瑟琳（莎朗·史東飾），兩者都符合蛇蠍美人原型的功能。在《致命的吸引力》裡，愛麗克斯對丹（麥克·道格拉斯飾）的執迷，威脅到他與他妻子（安妮·阿契爾飾）的關係，同時也威脅他的生命。影子阿尼瑪是一個極為有力的原型人物，因為她在一個角色裡，結合了兩種最原始的衝動——性與侵略。蛇蠍美人的力量來自她的性誘惑力，她的危險存在於英雄在面對她性的誘惑時的無助，雖然他能抵抗怪物和軍隊，但英雄在面對蛇蠍美人時是毫無抵抗能力的。

阿尼姆（男性特質——仇恨）

在女性心靈中的陽剛原型，就是阿尼姆（Animus）。這種原型代表了典型的陽剛特徵，如勇氣、領導能力、理性的智慧和身體的力量。很明顯地，阿尼瑪／阿尼姆的二元性是傳統西方神話的產物，其中擁有上述的特徵者就是英雄，而女性則是那位英雄必須拯救的少女。在傳統西方神話裡很少出現女性英雄的角色，然而，電影中的現代神話則是被解放的女人的現代產物，因此，出現了許多以女性為主角的電影，特別是在當代電影中。在這些現代神話裡，阿尼姆人物扮演了和阿尼瑪在傳統男性英雄故事裡類似的功能，就是愛情元素的功能。因此，在如《綠寶石》（Romancing the Stone, 1984）這樣同時具有男性和女性主角的電影中，英雄與女性英雄彼此就互相扮演了阿尼瑪和阿尼姆相對性的功能。作為瓊安·威爾德的阿尼姆，傑克啟發了瓊安變得勇敢、堅強、有冒險性和強壯，而瓊安作為傑克·寇頓的阿尼瑪，則啟發了傑克要懂得愛、敏銳、體貼和忠信。

因為英雄原型通常是陽剛的，當一個女人擔任一部影片中唯一的主角時，像是在《古墓奇兵》（Lara Crofe: Tombraider, 2001）裡的安潔莉娜·裘莉，影片的片名是以主角的名字命名，那位女主角通常充滿了原本是男性角色才有的陽剛氣質。結果，在女性英雄電影中之男性愛的對象，就取代了原本阿尼瑪（女性特質）的功能，而且他常被女主角所拯救，就如拉伐·克羅夫特（安

潔莉娜·裘莉飾）回到過去以拯救她的愛人——艾列克斯（丹尼爾·克雷格飾）。那位男性愛的對象也會顯得是敏感、充滿愛，以及善鼓勵人的，而非強壯並勇敢的。在這些故事裡，女性英雄則是強壯並勇敢的，而她們男性愛的對象反成了「遇險男人」。

影子阿尼姆（仇恨之影）

在如《月光光心慌慌》（Halloween, 1978）、《黑色星期五》（Friday the 13th, 1980）與《半夜鬼上床》（A Nightmare on Elm Street, 1984）這類「砍人」電影中的怪物、連續殺人者、或精神變態者，都符合影子阿尼姆的功能。像在《在夢中》（In Dreams, 2003）裡的弗雷迪·克魯格（羅伯·英格蘭飾）和瑞德（小羅伯·道尼飾）等影子阿尼姆的角色，就是專門屬於容格式的人物，因為他們是在惡夢中和夢境裡驚嚇他們的受害人。在這些影片裡的女主角扮演了傳統女性的角色，即一位「遇險少女」的身分。在影片結束時，女主角是藉著遭遇她的影子阿尼姆，而非逃離他，來發展她的角色。在這個最後高潮的遭遇裡，她吸收了他暴烈的力量，並以相當殘暴的手段將他摧毀。

騙子

許多古代神話裡的神，都是欺騙的神，他們捉弄凡人，困惑他們並使他們頭腦迷糊。在《萬世流芳》（The Greatest Story Ever Told, 1965）裡，撒旦（當諾·不列沁思飾）想要迷惑耶穌（麥克斯·馮西道飾），就用世上的享樂誘惑他，並試驗他對神的信心。當欺騙的神要提供智慧時，那個智慧最常以謎語的方式來發表。英雄必須以解開謎語來證明他的聰明，然後他就能獲得神的智慧或指引。在《神劍》（Excalibur, 1981）裡，那位長生不老的聖杯守護者是一直等到波西佛（保羅·吉歐弗雷飾）解答了艱難的問題後，才把聖杯賞賜給他。

當騙子（Trickster）原型出現在電影中，通常都是一位喜劇人物。查理·卓別林、巴斯特·基頓和哈洛·洛伊德等人都扮演了原型的**騙子英雄**。他們運用各種花招、詐騙手法和詭計遭遇並且打敗了他們的影子，雖然騙子英雄也

圖8
騙子英雄：《發亮的馬鞍》（Blazing
Saddles）（1974）裡的金‧懷德和克
里馮‧利托

有身體強健、勇敢和決心等傳統英雄的特質，但他們主要的力量卻是智力、敏
捷和獨創性。當梅爾‧布魯克斯在《發亮的馬鞍》（Blazing Saddles, 1974）
裡創造了一齣西部鬧劇，他將傳統西部英雄轉換成騙子英雄。雖然巴特（克里
馮‧利托飾）和威寇小子（金‧懷德飾）是勇敢和強壯的，但他們打敗壞人的
方法，乃是藉著一系列滑稽的惡作劇來欺騙他們。

　　當騙子角色並非主角時，他可能就扮演了**喜劇橋段裡的副手**。在馬克斯
兄弟和艾伯特與寇斯特羅的電影中，票房的來源並不是電影的主角——那位打
擊壞人的年輕人、獲得女人心並拯救大局，其吸引力乃是來自喜劇橋段裡的副
手，他是一位在每一個步驟裡，幫助主角去戲弄壞人與將他們玩弄於股掌之上
的騙子角色。不論你的騙子角色是一位喜劇副手，或你故事中的主角，請記
得這種原型的關鍵在於**智力**。英雄們，特別是動作的英雄，是透過身體的力
量、技巧和勇氣來取得他們大部分的勝利。在騙子的面具裡，英雄必須透過智
力來獲得勝利，這是相當重要但常被忽略的英雄角色的原型特質。

變形者

　　容格相信變形者（Shapeshifters）就是自我的象徵，他是會持續生長、改
變與發展的。以某種意義而言，所有主要的角色都是變形者。主要角色應該
在故事的進程中不斷有發展，而且這個發展意謂著角色的改變具有重要的意
義。在《富貴浮雲》（Mr. Deeds Goes to Town, 1936）那位油滑的大城市記者

（尚·亞瑟飾），在她愛上那位天眞又正直的迪德（賈利·古伯飾）時，就變得不會那麼有倦怠感。在《軍官與紳士》（An Officer and a Gentleman, 1982）裡那位自我中心的、玩弄女性的空軍學員（李察·吉爾飾），因爲愛上一位小鎮姑娘（黛伯菈·溫兒飾），而被改變成爲一位有關愛之心的人。而那位在《華爾街》（Wall Street, 1987）裡熱切的年輕股票經紀人巴德（查理·辛飾），是一位被狡詐的金融界肥貓（麥克·道格拉斯飾）所腐化，而成爲一位工於心計、又貪婪的惡棍。在第三幕裡，巴德再一次改變型態，而重生爲一位誠實正直而有榮譽感的男人。

變形花招

神話裡的神通常都是變形者，騙子也是如此。這兩種原型在功能和象徵上是很類似的，例如宙斯會變成一隻老鷹，如此他便可以從奧林帕斯山飛下來，然後再變回人形，並誘騙一位凡人與他共眠。同樣地，變形在電影中也是一種誘騙花招的原型。卡通角色兔寶寶會經常僞裝自己，以躲避艾爾默·法德。《星際大戰》裡的路可與漢將自己僞裝成衝鋒隊員，以進入死星。《發亮的馬鞍》裡的巴特和威寇小子，把自己僞裝成三K黨員，爲了要混進搶劫者的幫派裡。變形花招的故事線可以說與神話本身同樣古老，而且它在今天的故事裡仍然是有效的方法。正如所有原型的角色和情節一樣，雖然它們是古老而公式化的，但如果它們是以有原創性和巧妙的方法呈現的話，它們仍然會是非常有力量並吸引人的。

身體變形者

吸血鬼和狼人是嚇人而且令人害怕的原型角色，因爲他們代表了神鬼之超自然力量。在神話學裡，只有神界的人物才能轉變成動物或其他非人類的型態。伯爵德古拉可能是影史中最常被描述的變形者。《魔鬼終結者二》（Terminator 2, 1991）裡會變形的壞機械人（羅伯·派翠克飾），代表了一種古代超自然原型的現代版。不論變形是經由身體的變形或在角色中關鍵的轉型，變形者原型在故事和電影中皆是一種宇宙性的特徵，而且也是一種代表人類可能的改變、轉變和重生等極爲有力的象徵。

● 集體潛意識是由人類共通的影像和關聯所組成，稱為原型。

● 原型代表了人類所共享的基本性情，和對共通心理議題的了解，如有母親和父親的經驗、愛的慾望、或對精神的醫治和再生的需要。

● 在神話、傳奇、文學和電影中的英雄，是自我主要的原型。

● 假面是我們顯露給別人看的人格面具。

● 演員就是假面外在的化身——他們就是他們所扮演之角色的身體和臉面。

● 角色定型來自於觀眾在演員和他們在銀幕上的假面間心理上的關聯。

● 英雄角色通常符合他自己故事中的神話或夢境之假面原型的功能。作為他自己的假面，英雄必須遭遇與整合他自我的其他部分——即由其他原型所代表的部分。

● 影子原型就是我們向別人隱藏的人格黑暗面。

● 電影中的壞人角色通常符合影子原型的功能。

● 女神原型代表了正面型態的母親原型。

● 邪惡的繼母或女巫是影子女神的原型再現——與母親角色相關的負面或黑暗的特質。

● 智慧的耆老原型代表了正面型態的父親角色，這個角色通常符合導師角色的功能。

● 《星際大戰》裡的達斯・維德具體化了錯誤的導師（False Mentor）原型——即負面的父親角色。

● 阿尼瑪原型代表了正面型態的女性角色特徵。

● 阿尼瑪常被描述為「遇險少女」，以及／或者是傳統英雄故事裡愛的對象。

● 蛇蠍美人原型就是影子阿尼瑪，她是一位黑暗的勾引人的女人，專門勾引男主角偏離他的正道或離開他的真愛，而陷入危險的境地。

● 阿尼姆原型代表了正面型態之陽剛角色的特徵。

● 《半夜鬼上床》系列電影裡的弗雷迪·克魯格，就是影子阿尼姆的具體化身——即陽剛角色裡黑暗、變態、虐待狂的與毀滅性的一面。

● 騙子原型利用幽默和機智來勝過他的敵人，達成任務。騙子通常被賦予喜劇橋段之副手的角色。

● 變形者原型就是自我的象徵，本質上他是在持續發展和改變。變形也代表了靈界的或神聖的力量。

第 | 八 | 章
習 題

1. 請列出你最喜愛的十位電影男主角。

2. 請列出你最喜愛的十位電影中的壞人。

3. 請列出你最喜愛的十位電影裡的導師角色。

4. 就你的電影知識，請找出五位符合女神原型功能的電影角色。

5. 請找出五位符合影子女神原型功能的電影角色。

6. 請找出五位符合阿尼瑪原型功能的電影角色。

7. 請找出五位符合蛇蠍美人原型功能的電影角色。

8. 請找出五位符合騙子原型功能的電影角色。

9. 請找出五位符合變形者原型功能的電影角色。

1. 為了讓你的角色在觀眾心裡得以發展，在他的性格中必須擁有一個清楚的弱點或缺陷。以容格所見，請問在你的主角身上的哪一個自我元素必須得到發展，才能獲得心理上的完整性？

2. 你的主角的外在氣質就是你的主角假面的絕大部分，試著想出你的主角的心理形象，然後從眾多知名的明星中，找出一位在外形與內在都最能與你要寫的人物相符合的電影明星，然後就以那位明星為指引來寫你劇中的角色。

3. 自我中假面與影子的二元性，在電影中常以英雄與壞人的二元性來呈現。當英雄與壞人的對比極大時，這個二元性就產生極大的效力，而且因此他們在心理上也是彼此互補的。如果你的劇本中有一位英雄和一位壞人，請問你如何建構他們的性格，使英雄必須獲得壞人的某些特徵，藉以征服壞人。

4. 很多時候，英雄擁有一段黑暗的過去——他必須要面對不可外揚的醜聞。請問你的英雄有沒有一段陰霾的過去？如果沒有，那麼若給他加上一段陰霾的過去，請問這會為他的性格增加什麼特性？如果他已經有一段陰霾的過去，他有沒有去處理它？並以一種令人滿意的方式將它整合在他的性格中？

5. 女神和智慧的耆老原型分別代表了女性與男性的導師人物，請問你的主角遭遇了一位導師人物並整合了他的智慧或指引了嗎？如果沒有，請想想看如何加入一位古老的原型要素，來增加你的角色和情節的深度？

6. 阿尼瑪和阿尼姆原型經常類似地扮演了主角的愛的對象，請問你的主角遭遇了一個愛的對象，也整合了該對象的特質嗎？如果沒有，請想想看如何加入這種原型要素，來增加你劇本中的浪漫或「心靈」的素質？

7. 騙子和變形者原型常常表現了英雄智慧的特徵，一種是讓英雄面對

他必須克服的智力挑戰，或者是讓英雄使用騙術或變形伎倆來智取敵人。請問你如何能在劇本中使用騙術或變形伎倆，來讓你的主角能充滿智慧的要素？

原型的角色一覽表

原型	功能	角色	範例
英雄 （主角）	自我之主要象徵	英雄 英雄隊伍	《星際大戰》裡的路可 《魔戒首部曲：魔戒現身》
假面	自我公眾的面具	電影明星 公眾的自我	約翰‧韋恩、克拉克‧蓋博 《超人》裡的克拉克‧肯特
影子	自我隱藏、秘密或黑暗的部分	壞人 另一個自我	《星際大戰》裡的達斯‧維德 《蜘蛛人》裡的葛倫‧戈布林
女神	母親和／或女性導師	正面母親角色 負面母親角色	仙女 邪惡的女巫
智慧的耆老	父親和／或陽剛的導師	正面的導師 錯誤／負面的導師	《星際大戰》裡的歐比萬 《星際大戰》裡的達斯‧維德
阿尼瑪	男性自我的女性面向	女性愛的對象 遇險少女	《超人》裡的露依絲‧蓮恩 《星際大戰》裡的利亞公主
影子阿尼瑪	負面女性特質的化身	蛇蠍美人	《致命的吸引力》裡的艾列克斯
阿尼姆	女性自我的陽剛面向	男性愛的對象 遇險男人	《綠寶石》中的傑克 《古墓奇兵》裡的艾列克斯
影子阿尼姆	負面陽剛特質的化身	精神變態者 砍人者、怪物	《在夢中》裡的小羅伯‧道尼
騙子	挑戰英雄的智慧	騙子神祇 守門人 騙子英雄	《萬世流芳》裡的撒旦 《神劍》裡的聖杯保管人查理‧卓別林、兔寶寶
變形者	人物的以及外在的轉變	轉變的英雄 行騙術的騙子 身體的變形者	《華爾街》裡的巴德‧福斯 《發亮的馬鞍》裡的伯特和吉姆 《吸血鬼》 《狼人》

情節的原型

　　正如原型的人物一樣，原型的主題也是由集體人類所共享的。它們代表了像是出生、結婚和死亡等宇宙性的生命轉變，它們也代表了一種通過再生和轉變等原型的主題，對發展、改變和成長之宇宙性的需要。藉著對原型的主題的理解，我們可以透過集體潛意識之**超個人的**範疇與別人連結，而成為同一的「整體」。神話允許我們**超越**和解決我們個人的衝突，它是一種個人心理健康與集體社會適應的重要元素。儘管神話在歷史中已經透過故事、傳奇、宗教和藝術被傳輸出來，然而所有這些方法，現在都被整合在電影這現代大眾媒介裡了。在現代社會裡，人們從電影中獲取他們的神話。電影這共同的夢，已經成為表達、傳輸和整合我們這時代原型的主要過程。

遭遇與整合：超驗的功能

原型象徵了自我不同的部分，當這些不同的部分彼此遭遇，並且將他們整合在自我中時，他們會彼此互補，而且會在有衝突時彼此平衡。夢（個人的神話）的功用和神話（集體的夢）的功用則是超驗的功能。藉著整合自我中衝突的部分，我們就能獲得心理上的「完整」。

在《天倫夢覺》裡，凱爾自我發現的旅程開始於他遭遇他的母親，他母親代表了他過去的影子，以及他內心裡善與惡的衝突。在整合了影子女神後，凱爾完成完整的旅程便引領他去整合他的阿尼瑪角色——代表了阿不拉（茱莉·哈里斯飾）的愛。在最後的場景裡，凱爾修補了與智慧耆老的關係——他的父親，凱爾超越了他自己衝突假面的異常，而且變得在心理上和情感上都是完整的。

四位一體

在容格模型裡的一種原型主題稱為完美的完全，它是由四個部分所組成——四位一體，代表了兩組相對的二元性。在精神界裡，四種主要的自我原型的整合，代表了完全的四位一體。假面和影子是內心裡自我之相對二元性，而相對性別的原型，以及同性的父母原型，都是與外在人物相關的相對二元性。所以，在男性心靈裡的完全四位一體，是由假面、影子、阿尼瑪和智慧的耆老所組成。而女性心靈裡的完全四位一體，是由假面、影子、阿尼姆和女神所組成。如果我們將這些人物轉換成電影的原型角色，我們就有了**英雄、壞人、愛的對象**和**導師**等人物。

根據這個容格的模型，英雄必須在故事的過程中，遭遇與整合一些壞人、導師和愛的對象之人物元素於他們的角色之中。更精確的說，英雄必須處理他自己的影子（如問題、衝突、挑戰或弱點等），必須從他的導師（精神上或實質上）那兒學得一些東西，而且他必須獲取他愛的對象的芳心（愛情）。如果主角能夠遭遇這些原型，並將它們整合在他們角色中成為有意義的素質，那麼他們應該就能在影片結束時，獲得一種心理上完整的感受。英雄故事裡四位一體的完整性，就轉化為完整的角色發展的感覺。

轉變

　　在四位一體中的每一個原型，都有能力來完成英雄角色的改造。一位邪惡而恐怖的影子——壞人，如在《辛德勒的名單》（Schindler's List, 1993）裡墮落的SS指揮官（瑞爾夫・菲尼斯飾），能夠促使一位不太可能的英雄，像奧斯卡・辛德勒（黎安姆・尼生飾）這樣的人從事英雄的行徑。同樣地，在《魔戒首部曲：魔戒現身》（Lord of the Rings, 2001）裡的一位智慧的導師，像甘道夫巫師（伊恩・麥凱倫飾），能夠激發一位霍比矮人（以利亞・伍德飾）成爲偉大的英雄。而且，在《哈拉瑪莉》（There's Something About Mary, 1998）裡那位美麗的少女瑪麗（喀麥隆・迪雅茲飾）的愛，也鼓勵了許多平凡的男孩，像泰德（班・史提勒飾）一樣，投入英雄主義的冒險歷程中。轉變是一種在它自身之中，並與生俱來的原型，因爲它代表了對於個人改變和發展之宇宙性的傾向和需要。

　　悲劇的轉變（Tragic Transformation）發生於角色因他們身分突然的改變而被腐化，《國王人馬》（All the King's Men, 1949）裡的威利・史塔克（布羅德里克・克勞福德飾）、《登龍一夢》（A Face in the Crowd, 1957）裡孤獨的羅迪斯（安迪・葛里菲斯飾），以及《一舉成名》（Boogie Nights, 1997）裡的德克・迪格勒（馬克・華伯格飾），都是天真的角色，經歷了悲劇的墜落，導致他們個人的轉變。

　　很多時候，情節的關鍵導致了配角的改變，而非主要角色的改變。《史密斯遊美京》（Mr. Smith Goes to Washington, 1939）裡的史密斯（詹姆斯・史都華飾），起初他是位愛國的理想主義者，並且一直維持到片終。史密斯自身的理想主義也導致了他的衰落，但最終他獲得拯救，並非因他自己的改變，而是由於裘・培恩（克羅德・雷恩斯飾）的改變，一位他所啓發的參議員。類似地，《原野奇俠》（Shane, 1953）裡的柯勒威（班・強森飾）開始的時候是一位脾氣暴躁的牛仔，喜歡以嘲笑騷擾沈恩以及他農場的朋友們爲樂。沈恩勇敢地面對柯勒威，贏得了別人的敬重。當柯勒威在第三幕裡改變的時候，這個似乎不相干的情節變就得很重要，他及時警告了沈恩在酒吧裡有人要伏擊他的朋友裘（范・海弗林飾）。

劇本中的轉變可以是向上的，朝向英雄主義，或是向下的，朝向悲劇發展。它可以發生為一種對邪惡的反應、通過智慧的啟示、或是愛的動機。而且它可以發生在主角的內心，或在配角的內心，而它可以影響主角。不論哪種情況，轉變是任何故事中相當重要的部分，也是角色發展裡極重要的元素。如果有一位或多位角色，在影片結束時並無不同；如果有一位角色並沒有改變，那麼，我們會覺得這個故事並未完成。

幸運的巧合

　　容格形容「同步性」（Synchronicity）為一種透過集體潛意識連結了所有人和事件的現象，作為一種超個人的「因果性聯繫原則」，它作用於人類經驗的四度空間裡，同步性是一種深奧難解的觀念，像艾伯特・愛因斯坦的「統一場」理論一樣。但是像同步性這樣神祕的理論，也可以是一種知性的概念，同步性的原型現象可以說就是一種在故事和電影中主題的支柱。

　　《命運交錯》（Changing Lanes, 2002）的情節，是藉著兩個人（山謬・傑克森和賓・艾夫列克飾）出了一場車禍的事件向前推展的，就在那個早晨，他們的命運都決定於他們必須準時地出現在某地。在《回到未來》（Back to the Future, 1985）中，馬蒂・麥克弗萊（麥可・J・福斯飾）只有在將他的時光機器重新大量充電後，才能再回到他未來的時代中。所幸地，馬蒂在回到他現在的時間前，得到了一張傳單。這張傳單透露以下的訊息，即市府高塔的鐘將如何被雷電擊中，並提供了準確的時間和日期。馬蒂碰巧地保留了這張傳單在他的口袋裡，因此他明白不久後的雷擊，將能幫助他回到未來。這樣眾多極不合情理的幸運巧合，可以說將觀眾的想像力拉到極致，然而情節中的同步性很少會動搖觀眾對故事的相信。

　　即使同步性像心理學理論一樣拿不準，但它在電影中是可信賴的原型情節。觀眾會不疑有他地接受它，當英雄最需要它的時候，就會有一個幸運的巧合（Lucky Coincidences）出現，並拯救了大局。雖然同步性不應被濫用或是引起輕率的感覺，但當它使用得當時，就算是最極端的巧合，也能被接受作為一種推動劇情的方式。

醫治

醫治是一種宇宙性的人類議題，在我們生命中的某個時刻，我們會因外傷和創傷而受苦。**受傷的英雄**（Wounded Hero）情節常與英雄的妻子和／或子女的死亡有關。對在《就地正法》（Death Wish, 1974）裡的科西（查理士‧布朗遜飾）而言，當他的妻子被殺，女兒也被歹徒強暴後，謀殺就成了他復仇的動機。受傷的英雄被憂傷與仇恨所驅動。梅爾‧吉卜遜對於扮演一位受傷而被復仇心志充滿的角色是相當老練的，像在《瘋狂馬克斯》系列電影（Mad Max, 1979、1981、1985和2004）裡的馬克斯‧洛卡坦斯基與在《致命武器》系列電影（Lethal Weapon, 1987、1989、1992和1998）裡的馬汀‧瑞格警官，就是這樣的角色。在《哈姆雷特》（Hamlet, 1990）、《英雄本色》（Braveheart, 1995）、《綁票通緝令》（Ransom, 1996）、《危險人物》（Payback, 1999），以及《決戰時刻》（The Patriot, 2000）中，吉卜遜的角色同時被悲劇和仇恨所驅動。對這類的英雄而言，他們的醫治總是透過暴力來達成。

需要醫治的英雄也常是戰場上的傷患，在《蓬門今始為君開》（The Quiet Man, 1952）裡的西恩‧梭頓（約翰‧韋恩飾）和《亂世忠魂》（From Here to Eternity, 1953）裡的普魯，都曾是職業拳手，因為曾致人於死而被罪咎困擾。對這些英雄而言，受傷就成為他們反抗暴力的動機。

就本質上而言，受傷的英雄正失去他靈魂中的一個部分，他正尋求再度使自己成為完整。受傷的英雄的挑戰，在於克服他過去痛苦、背叛或悲劇的陰影，藉著面對他的陰影和處理過去，他就能將這一部分的自我整合在他的角色中，然後他就能再度成為完整。在《北非諜影》（Casablanca, 1941）中，瑞克（韓弗瑞‧鮑嘉飾）是藉著面對他過去失落的愛的陰影而得到醫治，他讓自己再次喜歡上莉莎（英格麗‧褒曼飾），這是一種整合影子和阿尼瑪的行為，它能夠除去他的失落，而使瑞克的角色得以完整。

命運

瑞克在《北非諜影》中聲名狼藉的對白：「世界上有那麼多城鎮，城鎮裡又有那麼多的酒吧，她卻走進了我這間。」具體表現了電影中「**命定之愛**」

的主題。相信「一見鍾情」這樣的觀念，以及「靈魂伴侶」的存在，就等於認定愛是由命運的力量所控制，也許就在這相同的超越個人的第四度空間裡，存在著一種同步性。這種「命中情人」超浪漫的觀念，是一種在童話故事、神話和電影裡仍然相當流行的古代原型主題，但是命運或宿命的原型並非只侷限在愛情的領域中。

死亡是另一種許多人相信由命運所控制的存在的力量，在《時光機器》（The Time Machine, 2002）裡，哈迪根教授的愛人艾瑪（西安娜·吉勒瑞飾），就在他向她求婚之後片刻之後被殺。哈迪根（蓋·皮爾斯飾）回到過去，為要改變這不幸的遭遇，但每次他返回過去後，而結果艾瑪卻總是在同一晚被殺。命運好像注定了艾瑪要在當夜死亡，而且她不僅是必死的，不論外人有多聰明的作法，都無法改變那樣的命運。類似地，在《A. I. 人工智慧》（Artificial Intelligence: AI, 2001）中，即使千年後的外星人也無法使大衛（哈利·裘爾·奧斯曼飾）的母親（法蘭西斯·歐康納飾）復活，因為每個生命都會收回一個人的「時空軌跡」——這是另一種科幻的對命運、業障或天命的詮釋。

作為一種情節的工具，命運應該謹慎地被使用。不像幸運的巧合，命運的遭遇含有一種存在的重量，應該保留給生命中最重要的層面使用，諸如**愛情、死亡、出生和再生**等。

愛的場景

英雄與他的阿尼瑪（愛情元素）最終的結合，代表了兩性原型的統一。「聖婚」（Hieros Gamos）是一種神聖的連結或聖潔的婚姻，它是介於英雄和他所愛之間一種愛的完成，而且它是心理統一的身體聯合（亦即莎士比亞的「雙背獸」）。在性與愛的場景（Love Scenes）中，這兩個原型合而為一，聖婚的結果，就是「**聖嬰的誕生**」（Birth of the Divine Child）——一個代表了兩性原型之統一的存在。英雄是以一種心理上兼具兩性之存在的方式再生。在容格的模型中，**雙性人**是精神健康的典範，因為兼具雙性特質的個體，保有陽剛與陰柔兩種特質的力量。

就英雄的角色發展而言，愛的場景在傳統男性英雄裡注入了阿尼瑪的情感力量。這個新發現的力量象徵了**靈魂再生**的片刻，英雄在經過愛的場景後，被令人讚嘆的愛的能力所激發，變成比先前強了十倍。在《天才一族》（The Royal Tennenbaums）中，來自馬果特一個禁忌的親吻，瑞奇生命中的愛，治癒了他自殺的創傷，並激勵他重新與疏遠的父親（金‧黑克曼飾）接觸，也拯救了他最好的朋友（歐文‧威爾遜飾）脫離毒癮。

　　愛的場景也常被用來當作對英雄在克服了一些重大的障礙後的報償，一種對於完成任務之性或浪漫的補償（Compensation）行動。當它出現在影片結束時，愛的場景有助於為故事添加一種收場感，藉著解決所有在影片發展過程中所累積的性的張力。愛的場景可以是一種情感淨化的作用，一種心理的聯合、一種原型的整合和浪漫的結合。透過電影的魔術，所有複雜的問題都可以透過一個小小的親吻來描寫。

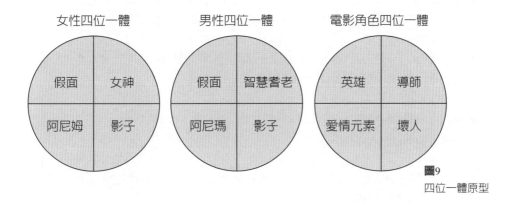

圖9
四位一體原型

● 根據容格理論，我們從神話和夢境裡的遭遇所學得的教訓，都屬於一種超驗的功能。藉著揭露從集體潛意識領域所取得的智慧，並應用於我們正經歷的個人潛意識的問題和衝突上，我們就超越了我們個人的不和諧，而變得在心理上能夠成為「完整」。

● 超驗的功能乃是由遭遇並整合自我中不同衝突的部分來達成，它們都象徵地由原型來代表。

● 四位一體代表由四個部分所組成的一個整體，原型的四位一體是由兩組平衡並相對的二元體所構成。

● 在男性心理中的四位一體原型是由假面、影子、阿尼瑪和智慧耆老所組成，而女性心理中的四位一體原型是由假面、影子、阿尼姆和女神所組成。

● 如果我們將容格四位一體的理論運用在電影中，電影角色的四位一體原型就是由英雄、壞人、導師與愛情元素所組成。

● 從角色發展的觀點而言，英雄的終極目標就是轉變——藉著整合不同的原型，變成一個更好或更健康的人。

● 在容格理論中的同步性是一種「非因果性聯繫原則」，它將所有的人事物連結在一種超自然的基礎上。

● 同步性在電影中是由極為幸運的巧合情節，以及一些與命運、宿命和戲劇性的反諷相關的情節所代表。

● 聖婚是一種原型主題，意即「神聖的交合」，或神聖的婚姻（Sacred Marriage），通常在電影中都是由愛的場景所代表。

● 另一種常見的原型主題就是靈魂的醫治或精神的再生，常見的是，這種再生都是英雄整合了他的阿尼瑪之愛的結果。

● 聖童原型代表了再生。

● 聖童是英雄在整合了他一些主要的原型，並被神聖的屬靈智慧與心理平衡賦予
生命之後的再生。

第|九|章
習題

1. 試分析你最喜愛的男性電影角色，並找出該角色「四位一體」中四種
原型。

2. 照上所述，請進行對一位女性電影角色的分析。

3. 請看一部你從末看過的電影，並以容格的角度分析它。請問你從那部
電影中能夠找到什麼原型？當他們遭遇這些原型時，電影的主角如何
轉變？

4. 請在你所喜愛的五部電影中找出同步性的主題，如本章所闡釋的。

 在你的劇本中處理原型的情節

1. 這個由四部分所組成的英雄角色的整體，是由英雄（假面）、壞人
（或對手）、導師和愛情元素所組成，請問你的英雄遭遇並整合了
上述這三種角色了嗎？如果沒有，請問你認為在你的劇本中整合這
些想法，能否在你英雄的角色中，增加完整性或完全性的元素？

2. 角色發展可以透過一連串的轉變來達成，請問你的主要角色如何發
展或轉變？如果你在他們的角色中看不見轉變，請想想你該如何在
角色中製造傷痛或過失，並且必須被醫治。

3. 作為一種原型的功能，愛的場景所能提供的不應僅是外在的報償、無謂的裸體或性愛。愛的場景應該以某種方式「成全」了英雄。請問你的愛的場景是否「成全」了英雄？如果沒有，請問你的愛的場景如何能夠為你的英雄角色提供一種象徵性的完全或醫治？換句話說，愛情元素如何彌補了英雄的所需？

原型情節一覽表

原型	功能	情節設計	範例
四位一體	整合壞人、導師和愛情元素	解決與結局	路可天行者整合維德、歐比萬和利亞
轉變	精神的再生	角色發展	奧斯卡·辛德勒從自我中心者轉變為拯救人的英雄
同步性	推動情節	幸運的巧合	在《回到未來》中的馬蒂保留了閃電的傳單
醫治	變成完整	受傷的英雄	在《奇幻城市》（The Fisher King）中的派瑞被聖杯醫治
命運	命定之愛 命定之死	靈魂伴侶 宿命	《時光機器》裡的哈迪根博士和艾瑪
聖婚	整合兩性的原型	愛情元素 愛的場景	《天才一族》中瑞奇和馬果特的吻

第 4 部分

{約瑟夫・坎伯}

Joseph Campbell

Chapter

10

千面英雄

　　約瑟夫・坎伯並非一位心理學家，他是一位人文科學、古典與世界神話的學者。然而他對如佛洛伊德、容格、艾瑞克森和奧圖・藍克等理論家心理分析模型廣博的認識，提供了他的基礎，使他能將這些心理分析理論應用在他對世界神話的研究之上。在他的許多著作中，《千面英雄》（The Hero with a Thousand Faces, 1949）持續是最流行、也最具影響力的一本。它是對古典神話公式的心理分析，就是將神話分解成一個基本的結構。藉著揭露神話的結構，坎伯發現了英雄原型之龐大的心理力量，以及原型的「英雄旅程」。

　　英雄「向前冒險」而進入世界，並且遭遇各樣的人物和角色，雖然他開始了一個外在的旅程，但神話象徵了**內在的旅程**——是英雄必須遭遇和整合他自我裡不同的部分之一趟旅程。不論英雄走到何處，以及他的冒險涉及何事，他的旅程總是一種自我發現的內在旅程，而他的目的也總是角色發展的內在旅程，英雄正在尋求獲得心理上的完整。

神話的英雄

　　《英雄本色》（Braveheart, 1995）中的威廉・華勒斯（梅爾・吉卜遜飾）和《神鬼戰士》（Gladiator）裡的麥克希莫斯（羅素・克洛伊飾），都屬傳統的英雄，且都經歷了傳統神話的旅程。兩部電影都有亮麗的票房佳績和斬獲，它們除票房成功外，並獲得奧斯卡獎項無數。《英雄本色》贏得奧斯卡最佳影片與最佳導演獎（梅爾・吉卜遜），並且提名最佳電影劇本獎（藍道・華勒斯）。《神鬼戰士》獲得最佳影片和最佳男主角，並提名最佳導演（雷利・史考特）與最佳電影劇本（大衛・法蘭奏尼、約翰・羅根與威廉・尼可遜）等獎。很明顯地，這些電影人能夠獲得這些傲人的成就，他們勢必做對了很多事情，我們在這裡所要強調的是，他們選擇了古典英雄旅程的故事，作為他們電影故事的模型。藉著使用英雄旅程的原型，電影人取用了一種證明是有效的故事結構，它能夠與世界上成千上萬的人們溝通，且歷經千百年的歲月不變。這種結構對英雄故事而言，是有相當紮實的基礎的。

第一幕：出發

　　英雄旅程的第一階段，就是從「平凡之日的世界」（World of the Common Day）裡出來。華勒斯的世界就是他的童年，在十一世紀的蘇格蘭一個充滿政治暴力的世界，其中他的父親是蘇格蘭一位反抗英國帝國主義的領袖。麥克希莫斯的世界是在羅馬帝王馬可仕・奧瑞留斯（理查・哈里斯飾）統治之下一位將軍征戰的世界。平凡之日的世界代表了家園、人類發展的起點與終點。英雄在他旅程的第一階段裡「向前冒險」，然後在後面的階段裡回歸家園。冒險向前與回歸是認同發展之宇宙性的象徵，正如一位青少年離家從軍，或上大學，這位英雄人物離開他家園的時候，仍是一位角色未曾發展的小子，然而在他回歸時，卻成了一位完全成熟的英雄。

　　在平凡之日的世界裡，英雄通常要遭遇和整合他的**首要導師人物**——即他父親的原型。華勒斯的首要導師就是他自己的父親，一位殉道的蘇格蘭反抗人士。麥克希莫斯的首要導師就是他的帝王，一位智慧的耆老，他稱麥克希莫斯為「本屬我之子」。英雄在他冒險的世界中也許能找到一位**第二導師**

（Secondary Mentor）人物，但是首位導師仍然是最重要的。雖然第二導師也能提供英雄以智慧、引導和啓發，但是他的旅程會結束於他自己成爲那位首要的導師，這也是爲何首要的導師常死於第一幕中。作爲一位已故的人物，首要的導師就成了一位精神的領袖，在英雄的冒險過程中與他常相左右——即一個內心裡的羅盤引導他回家，並在旅途中指引他的方向。

在英雄的回歸中也有一種**實現**的元素，因爲英雄完成了一項由父親人物或導師所交付的任務。華勒斯的父親死於他的童年世界，因反抗英國而殉道。在華勒斯人生最後的階段裡，他也因同樣的因由而殉道。類似地，馬可仕帝王也在交付麥克希莫斯使羅馬再度成爲共和國的任務後不久過世。在他人生最後的階段裡，麥克希莫斯殺了帝王的謀殺者，實現了他將民主歸還給羅馬的允諾。要編寫英雄的平凡之日得有充足的構思與計畫，平凡之日的世界建立起英雄主要的任務和目標，提供了英雄旅程的開始與結束點。如果英雄的回歸不能實現所必須的預言、探求或需要，那麼，我們對整個旅程將會有未解決和未完成之感。

第一階段：冒險的召喚

雖然英雄是天生的冒險家，但他們通常需要某些「冒險的召喚（Call to Adventure）」，以使他的內在本性能揭露出來。這召喚誘使英雄從一種停滯的無活動力狀態裡走出來，而進入英雄主義的範疇裡。有時候邪惡的力量進入英雄的世界，在他的家園裡威脅他。例如華勒斯的家在蘇格蘭，而一位英國士兵強暴並殺了他的妻子。有些時候，英雄被迫進入一個冒險的世界，然後必須奮戰以回歸家園。艾爾弗列德·希區考克常使用後者的方法，在《北西北》（North by Northwest, 1959）中，希區考克典型的故事裡，羅傑·松希爾（凱利·葛藍飾）就是一位「普通人士」，他被壞人誤認爲是一位間諜，松希爾突然被迫與不情願地被推入一個危險和錯綜複雜的世界中。

使者

使者的角色將消息帶給英雄，就是有必須要對抗的可怕敵人或即將來臨

的邪惡之事。他們因榮譽之故被召喚，而進入征戰。麥克希莫斯在《神鬼戰士》裡被他的帝王召喚成爲一位羅馬的解放者，華勒斯父親前任的戰友在《英雄本色》裡召喚他一同對抗英國。

約瑟夫·坎伯注意到，在凱爾特人的神話中，英雄的旅程常開始於他打獵時跟蹤一頭神祕的小鹿而進入森林，這頭使者的小鹿引誘英雄進入了神祕的範圍，然後使者就轉變或「變形」爲另一種原型，像是「仙女山的女王」，然後英雄就進入了「全然的冒險情境」中。使者角色在童話中常是一隻友善的會說話的動物，例如一隻兔子。這隻兔子雖然無害，卻代表了自然的力量和自然智慧的持有者。動物有一種直覺，能超越人類的知識，在牠們自然的環境中，牠們能預知氣候的轉變和擾亂。

兔子使者在《愛麗斯夢遊仙境》（Alice in Wonderland, 1951）裡的出現是相當顯著的，因爲這隻神祕的白兔引誘愛麗斯進入了神奇的仙境。在《天倫夢覺》裡，有一位老醉漢，名叫「兔子」，令凱爾進入了他的旅程，因他告訴了他，他母親仍然活著，而且在蒙特利擔任鴇母的事。不論結局如何，冒險的召喚通常都發生在影片開始不久，它創造了英雄角色中第一個衝突的要素，而且把觀眾吸引到他的故事裡。如果電影已經進入第一幕超過20分鐘，而還沒有做出任何的召喚，你就有失去你的觀眾的危險。他們就會發問：「發生了什麼事？」、「衝突是什麼？」、「電影在說什麼？」

第二階段：拒絕召喚

原型的英雄通常是一位**不情願的英雄**，他是一個有內在英雄主義特性的角色，但是必須被勾引出來。英雄的不情願代表了所有的人在面對挑戰或冒險時都會有的心中不情願。不作任何事總是比較容易的，待在家裡，避免危險和困難，讓別人去跟從召喚。在這個不情願的階段裡，需要**提高危險**來將英雄從不情願的小窩中推出來，進入那充滿危險的英雄主義的世界。

華勒斯拒絕他父親老朋友的召喚，去幫助他們對抗英國。華勒斯只有在他的妻子被英國士兵強暴和屠殺之後，才加入叛變。麥克希莫斯剛開始也拒絕他的帝王的召喚去解放羅馬，但是當帝王被他墮落的兒子康墨多斯（裘昆·菲

尼克斯飾）謀殺之後，麥克希莫斯就被康墨多斯視為敵人。他逃離了自己的死刑，而回到家鄉，結果發現他的妻子和小孩被康墨多斯的殺手給殺了。雖然麥克希莫斯被逮捕，並被賣身為奴，但現在他旅程的目標，很明顯地就是要回到羅馬，摧毀康墨多斯和他的獨裁政權。

電影的效力主要是發生在情感的層面上，有影響力的電影操縱了觀眾的情感，使他們感受到英雄所感受的，並使他們**認同**於他的動機。佛格勒（1998）在他的書《作家之旅》中提到：「提高危險」常是把英雄帶進行動必要的事。提高危險的功能就是把憤怒指向壞人，而使觀眾認同於英雄打擊壞人的動機。為被殺的愛人**復仇**、在暴政下爭取**自由**、根除**邪惡**等，都是典型的英雄旅程背後的動機。像《英雄本色》和《神鬼戰士》等電影之所以有如此成就，主要因為這些神話的主題能夠在觀眾心目中構築強大的情感，而且能為英雄創造有力且觀眾能夠認同的動機。沒有什麼事情比殺了英雄的妻子和小孩，能創造更強的張力，累積更多的情緒，或產生更大的動機的。不僅因為仇恨和極端暴力得以抒發，正義得以伸張，而情緒上也是必要的。更有甚者，英雄變成了一位義無反顧，無法遏止之危險的仇恨力量。這些電影所創造的極端情緒，證明了在你劇本中前面的部分裡，建立起強而清楚的角色動機，是極為重要的。

第三階段：超自然的輔助

在英雄一頭栽進荒野之前，他通常需要得到一些**有力的武器**（Weapons of Power）。古典英雄都是神的兒子，他們會配備有超自然的輔助，並以極為有力的武器型態出現。伯修斯得到了一把無堅不摧的劍、一頂看不見的頭盔，以及一匹能飛的馬。亞瑟得到了一把神劍，而在現代版的武士故事裡，《星際大戰》裡的路可有一把光劍。在這個旅程的階段裡，這位未來的英雄，也可能接受一位導師的**訓練**。華勒斯繼承了一位**第二導師**的身分，他是一位充滿激情的老蘇格蘭反抗人士，是他最好的朋友的父親，也是他自己父親前任的戰友。麥克希莫斯在他的新主人普羅克希摩（奧利佛‧瑞德飾）身上找到了第二導師，一位武士學院的院長。普羅克希摩也正好是麥克希莫斯的首要

導師馬可仕帝王所釋放的前任武士，普羅克希摩教導麥克希莫斯他作為武士最重要的一堂課就是：「贏得群眾，你就贏得了你的自由！」

　　華勒斯和麥克希莫斯都擁有象徵式的物件，能使他們也具有精神上的能力，即使不是超自然的力量。華勒斯緊握他亡妻的手帕，那是一個紀念品，在他軟弱時能給他力量和往前的動力。相同地，麥克希莫斯收藏著一對泥人，是他擁有關於他被釘十字架的妻子和小孩唯一的紀念品，這個小雕像是在麥克希莫斯與推動他向前的精神力量之間一個象徵性的連結。每個象徵都是一個主題——重複出現的主題，以及電影中的中心象徵。每當我們看見《英雄本色》中的手帕，或《神鬼戰士》裡的小雕像，我們知道，我們正在注視著英雄的認同和靈魂的象徵。雖然電影中不應過分使用明顯的象徵，但它卻可以是一種有效的工具，藉以表達細微的情感和心理主題，而那些又是無法以動作、對白或旁白被適切表達的。

第四階段：跨越第一道門檻（Crossing of the First Threshold）

　　當英雄終於接受冒險的召喚，而準備踏上他的旅程時，他第一個任務是得通過「門檻守護者」（Threshold Guardian）這一關，他把守著冒險之路的入口。在電影裡，門檻守護者往往是一位試圖阻攔英雄開始他的旅程的人。在「警察搭檔」電影裡，憤怒的隊長就是一位門檻守護者，他試圖阻止叛逆的警員追查地下犯罪組織的首領。運動電影中古板的醫生，也是一位門檻守護者，他告訴運動員英雄，他並不適合出戰，或參加大型的比賽。恐怖電影中嚇壞了的居民，也是門檻守護者，他們警告年輕的英雄不要進入鬼屋或吸血鬼的城堡。而在好萊塢片場門口站崗的忠誠看門員，就是原型的門檻守護者，阻止英雄產生任何電影明星夢。

　　在《英雄本色》中，華勒斯必須面對他自己蘇格蘭的伙伴們，並在第一場戰爭場面中激發他們作戰的意志。在《神鬼戰士》中，麥克希莫斯必須組織他的武士戰友們，使它凝聚成為一個戰鬥單位，如此他們能夠在競技場中與其他羅馬武士作戰。集結盟友是一種很普遍的門檻界線，這是英雄在踏上旅程之前必須要處理的事。沒有盟友，仗便無法打贏。藉著集結盟友，英雄證明了他

的**領導能力**。也藉由啓發那些散漫的烏合之眾起來作戰，英雄亦同時激勵了觀眾。

第五階段：鯨魚之腹

在全然進入了冒險的境地裡之後，英雄現在就處在「再生的領域……由鯨魚之腹（Belly of the Whale）世界的子宮所象徵的」。英雄完全進入了能夠改變他一生的旅程之中。他進入時是一種樣子，出來時就變成另一種樣子。華勒斯是以一位憤怒的人進入冒險的世界，純粹爲了復仇，而當他走出來時，將成爲他人民的領袖和導師。麥克希莫斯的轉變也遵循著相同的途徑，以某種抽象層面的意義而言，所有英雄的轉變都遵循著相同的路徑。剛開始時，他們被一位導師所啓發，而結果他們成爲了那位導師。這個旅程是一種**神話的循環**——一個角色的環形圖，起始於一點，且終止於同一點。

第二幕：入會

在第二幕裡，英雄變得完全投入了英雄主義的範疇。「入會」就像在世界中許多文化裡所有的青春期儀式一樣，它（比如堅信禮、猶太成人禮、印地安人異象的尋求等）是一種典禮，其中少男得經過一場**磨難**、通過一個**測驗**、或接受**夾道攻擊**，爲了證明他存在的價值。在完成了這個儀式後，這位青少年就開始進入了成人的世界，正式成爲成人社會的一員。在英雄的入會階段，他必須在通往英雄主義的過程中，藉著通過各樣的測試和考驗，來證明他是值得敬重的。

第六階段：考驗之路

在這個旅程的階段裡「連續的考驗」，就是一連串的測試。它們的用意在於堅固英雄，而非使他受傷或毀滅。沿著考驗之路（Road of Trials）上的這些測驗，也是英雄必須表現出來的**偉大作爲**，以建立他作爲一位英雄和群眾領袖的名譽。華勒斯在他的考驗之路上，藉著領導他叛變的軍隊對抗英國，贏得了無數的勝戰，因而建立了他是一位偉大的戰士和領袖的地位。麥克希莫斯也

藉著領導他的同儕武士們，在競技場上打贏了無數的戰鬥，而建立了他是一位偉大戰士和隊長的地位。在典型的動作和戰爭電影中，充滿動作的考驗之路皆發生在第二幕的場景之中。

第七階段：遇見女神

在坎伯的模型裡，女神原型代表了母親和妻子兩者。她是提供養育和照顧的神聖人物，而她也是精神中陰柔的部分，英雄必須與她結合，猶如**神聖的婚姻**。藉著與聖母的結合，英雄兒子代替了父親，並篡奪了他主人的位子，因而成了自己的導師。因此，女神原型最能以**幽靈**或**精神上的人物**為代表，《英雄本色》和《神鬼戰士》裡死去的妻子，提供了女神原型絕佳的範例。雖然她曾經是浪漫的，但她現在是精神上的啟發，因此是無性的。因為她已被敵人所殺，她也提供了勝利的動機，以及精神上的安慰。而且因為她是靈魂，是純粹精神性質的，故也只存在於英雄的心中。

與女神的相遇是一種精神上的遭遇，這能在英雄最柔弱的時刻，提供他情感上的力量和復甦的能力。麥克希莫斯在他的旅程中，通過記憶、回溯和意象等，多次地遇見他的女神，這些相遇總是發生在他最需要來自他妻子的愛和啟發的時候。與女神的相遇提供了和「聖婚」或「神聖的婚姻」相同的力量。藉著整合女神的角色，英雄得以重生為「神聖的孩童」，他擁有陽剛和陰柔兩種原型的力量。華勒斯的女神，就是他妻子的靈魂，出現在他夢中，供應他力量和勇氣。他與女神的相遇被策略性地擺在他與另一位女性誘惑者相遇之前。

第八階段：誘惑男人的女人（Woman as the Temptress）

女誘惑者的角色扮演了**阿尼瑪**的功能，作為英雄之性和愛情元素。英國國王的繼女依莎貝爾（蘇菲・馬修飾）公主，在華勒斯的旅程中是一位阿尼瑪／女誘惑者。奧瑞留斯王的女兒露西菈（康尼・尼爾遜飾），則是麥克希莫斯旅程中的阿尼瑪／女誘惑者。兩位角色都有衝突，她們都是英雄所對抗之暴君敵人的盟友，但她們都在情感與性上被英雄所吸引。就某種意義而言，女誘惑者也是**變形者**──為了幫助叛變的英雄而背叛她們主人的變節者。英雄在這

個階段的挑戰，就是要相信女誘惑者，他必須克服他累積已久的悲觀主義，藉著相信女誘惑者，並加入她擊敗他們共同鄙視的暴君的行動，而做出**信心的跳躍**。這些性感的公主，也扮演了英雄所欲求的愛情元素的角色。

第九階段：與父親合一

在他旅程的最高點時，英雄藉著跟隨父親的腳步和成為父親以前的角色，他便與他的父親合一了。在第二幕的中間，華勒斯已經變成了像他父親一樣厲害的反叛英雄。在《神鬼戰士》裡相同的階段裡，麥克希莫斯崛起成為一位武士英雄，廣受羅馬人民的敬重，但為康墨多斯所恨惡。兩部電影中的英雄都在他們的導師成功之處成功了，但是現在他們也處在他們旅程中最危險的階段裡，即到了他們可能會跌倒的地方，正如他們的導師曾經跌倒一樣。合一就是「與父親合一」（Atonement with the father）的片刻，藉著與父親成為一體，以及活出他的傳統，他就完成了他的使命。

第十階段：神化

在第二幕的結尾，英雄面對他最大的挑戰，這個**危機**的片刻是由英雄的**最大的磨難**來表現，在這裡英雄遇見了他的影子。就在經過這個磨難時，英雄不是實際地，就是象徵式地死了（像他的父親一樣），但是他卻以神聖的力量和精神重生了。這個**象徵式的死亡**（Symbolic Death）和**精神的再生**，就是「神化」（Apotheosis）。通過磨難和神化，英雄遭遇他最大的危險和恐懼，也是那曾殺死他父親的威脅，但就在他父親失敗和死亡的地方，英雄成功了，並且堅持下來了。

華勒斯在費爾柯克致命的一戰中遭到他蘇格蘭同伴的背叛，雖然華勒斯被箭射中胸部而倒下，但當他被身分尊貴的貴族親信羅伯·布魯斯（安格斯·麥克費德言飾）給背叛的時候，他象徵性的死亡也代表了他精神的死亡。華勒斯的第二導師被殺了，他的軍隊被擊潰了，即使他超自然的輔助（他妻子的手帕）也遺失在戰場中。但是華勒斯自己存活了，他的凶猛和憤怒也因為他的磨難而增強，他從危機中復出，重生為一隻凶猛的復仇巨獸，縈繞在他背叛者的夢中，並且接下來將他們一一擄掠。

麥克希莫斯乃是在競技場上經歷他的磨難，康墨多斯下令，麥克希莫斯需與史上最強的武士決戰，當他為性命奮戰時，凶惡的老虎也來攻擊他。麥克希莫斯不斷被老虎抓傷，他傷勢慘重，幾乎要死，但最終他克服危難，取得勝利。雖然英雄在此階段不見得要真的死掉，但他至少必須被死亡碰觸，以身體受傷的方式，或者接近死亡的經驗。在磨難中被帶到死亡的邊緣，英雄與神的世界相遇。通過了神化的過程，英雄獲得了神所賜心理的力量，因而帶著神聖的能力象徵式地再生。

第十一階段：最後恩惠

英雄能活過危難就成了他的報償，**報償**就是勝利和完成使命的片刻。英雄已經實現了他誕生的預言、他已經滿足了他的命運，而且也復仇了，或者與他的父親合一了。恩惠也伴隨著**頓悟**的片刻，英雄了解了他已經完成任務，而且他也發現了他在宇宙中的目的與重要性。他看穿了自己和他自己的行動，也看穿了永遠的神話。有一個片刻，英雄不把自己當成一個人看待，而把自己看成是人的象徵。英雄所獲得的報酬不是簡單的恩惠，而是神聖恩典的象徵，一種可以拯救他的人民的「神奇藥水」，就像神劍、聖杯或普羅米修斯的火焰，這種恩惠是英雄必須在最後一幕裡回到人間所具備的神聖禮物。

當華勒斯被神化後重新出現時，他的傳奇增長了，而且成為蘇格蘭更大的啟發。他被賜以如神靈顯現一般的傳奇人物身分——一位永遠長存的蘇格蘭解放者，這不在乎他是什麼時候死亡的。他也獲得了**一個愛的場景**為報償，在其中他享受了他的誘惑者依莎貝爾公主所賜予的溫柔與熱情。當麥克希莫斯從他競技場中的磨難復出時，他得到了羅馬人民的愛戴與稱頌，他也知曉他仍然擁有了願意為他效命的軍隊。最後，他了解到他正朝向實現他成為羅馬解放者之命運的途中。對華勒斯和麥克希莫斯兩人的恩惠而言，都是他們作為解放者的命運，在他們旅程的最後一幕裡，一種他們必須賦予他們的人民的恩惠。

第三幕：回歸

旅程的最後階段描寫了英雄回歸於他精神的誕生地，華勒斯回歸為一位蘇

格蘭反叛軍的領袖，這是他從他父親所繼承的基本人權。相同地，麥克希莫斯回歸至他作爲羅馬解放者的身分，也就是他的帝王所賦予他的任務。

第十二階段：拒絕回歸

正如英雄不願離開平凡的生活，而進入冒險的世界，他現在也不願意離開冒險的世界，而返回家園。英雄經過神化後就改變了，他不再是原來的他了，他也不確定他是否能回到以前所居住的地方。英雄也許也不願意相信門檻守護者，邀請他回到他原有的世界。他曾因受騙而受傷，因此他不輕易信任別人。剛開始，華勒斯拒絕蘇格蘭貴族的請求，回去擔任反叛軍的領袖。同樣的，麥克希莫斯起初也拒絕露西莎的請求，逃離羅馬，好成爲解放軍的領袖。然而，兩位英雄都很快地接受了他們無可避免的身分，經過頓悟，他們都明瞭他們的命運，就是要解放暴政的世界，而且他們也都準備好要接受他們的命運。

第十三階段：神奇的飛行

回歸家園是一趟「神奇的飛行」（Magic Flight），因爲英雄現在是半神的人物。電影中神奇的飛行常被描寫成一種緊張而懸疑的追逐，英雄以飛快的速度拯救少女，或殺掉壞人，或以他應有的方式來完成他的探求。在《英雄本色》和《神鬼戰士》中，神奇的飛行是比較莊嚴的。每位英雄都知道他應該回歸，每位英雄都知道他將可能要面對自己的死亡。但是每位英雄都有勇氣做出**「自願的犧牲」**，因爲他擁有了整合自己原型的力量，以及擁有他自我認同的神聖力量。

淨化作用

雖然坎伯並沒有將它納入他的模型裡，作爲一個明確的階段，但它在第三幕中是具有重要的地位，在其中一定需要有淨化作用——即英雄所累積的情感的釋放。這個淨化作用通常發生在電影情緒的**高潮**片段。如果英雄對壞人正感受到仇恨、憤怒和需要復仇，那麼英雄就能透過殺了壞人而得到淨化的作

用。麥克希莫斯獲得這個淨化，是在他最後於競技場上戰役的高潮中，他殺了康墨多斯的時候。華勒斯獲得淨化，是在他對抗英國和背叛他的蘇格蘭貴族，無數個暴力和復仇的場景中。他最後的淨化作用，是通過他最後的反抗行動，從他口裡嘶喊出「自由」這兩個字，即使那時他正被折磨致死。在浪漫電影中，**淨化作用**會發生在介於主要角色間性的張力或衝突解決的時刻，而在他們間有一個熱情的擁吻。在運動電影中，淨化作用會發生在運動員於田徑場上獲得偉大的勝利之時。在任何情況裡，淨化作用都是第三幕裡結局的重要元素。淨化作用必須發生，而且它必須是直接與英雄主要的衝突相關。

第十四階段：外來的救援

英雄常被別人扛在肩上帶回家，坎伯的模型說到「外來的救援」（Rescue from Without），是英雄從他的冒險世界中被拯救的一個階段，他被他的同伴帶回家。例如，在《帝國大反擊》（The Empire Strike Back）中，路可在與達斯‧維德的高潮對決後，在千年鷹號太空船中被他的盟友拯救。在《英雄本色》和《神鬼戰士》中，英雄是被逮捕而非被拯救，而且他們是在敵人的肩上被帶回到他們的起始點。不論這個回歸是否是經過「神奇的飛行」、「外來的救援」來達成，或被敵人捕獲。英雄在最後的對決裡，都是被帶回去面對他的影子，而其中英雄的命運將被決定。

第十五階段：跨越回歸的門檻（Crossing of the Return Threshold）

「在回歸的門檻上，超驗的力量必須仍然存在。」當英雄回歸到他平凡之日的世界時，他留下了他在冒險世界裡神聖的地位，而再進入了平凡之日的世界，正如他離開時的樣子，僅僅是一位普通的人。藉著以一位凡人的歸回，英雄可能面臨真正的死亡，不只是象徵性的死亡而已，這使得英雄最終真實的與父親合一，藉著實現和父親一樣的殉道。在跨越回歸門檻這重要的象徵主義的意義上，就是英雄放棄了他在物質世界的所有。他為了他父親的緣故、為了他人民的緣故，以及他自己的緣故，完全奉獻了他自己。

第十六階段：兩個世界裡的主人

　　回到平凡之日的世界裡，英雄偉大的作為、他的名聲、他的智慧、他的經歷和他與神的遭遇，都令他成為一位令人敬畏和能鼓舞人心的人物。英雄此時成了他的誕生之地，平凡之日的世界的主人，同時也是他所經歷的冒險世界的大師。作為兩個世界裡的主人（Master of the Two Worlds），他不只是一位英雄而已，他也是一位**導師**。就這個意義而言，他也是這兩個英雄主義和導師原型世界的主人。現在，他是一位導師，英雄必須啓發另一位年輕人，就像他的導師過去啓發他一樣。這個階段英雄／導師的角色是**有生產力的**功用的，他必須啓發一位新的英雄以取代他的位置，現在他的旅程就幾乎要抵達終點。我把這位即將產生的英雄稱為「**次英雄**」（Sub-Hero），他來自於我們的主要英雄／導師的啓發。例如在《星際大戰》中，漢・梭羅就是一位次英雄，是由主要英雄路可所啓發的角色。每位偉大的英雄，在他旅程的終結時，都必須成為一位能鼓舞人心的導師，因而完成了他角色的循環，就是他變成了那位在開始時他所認同的角色。

　　在《英雄本色》中，華勒斯開始時是一位被他的導師，即他父親所啓示的男孩，到了他旅程的結尾，華勒斯已經變成一位導師了，他啓發了一位次英雄，羅伯・布魯斯。華勒斯激勵了羅伯在他死後繼續他反叛的志業，雖然華勒斯從未為蘇格蘭帶來獨立和自由，但他的次英雄羅伯・布魯斯卻達成了任務。麥克希莫斯在前往普羅克希摩（奧利佛・瑞得飾）處，也成為了一位導師，他就是教導麥克希莫斯武士意義的人。而麥克希莫斯啓發了普羅克希摩要犧牲自己的利益，並加入推翻康墨多斯政權的戰鬥。他告訴普羅克希摩，是康墨多斯殺了他們共同的導師馬可仕帝王，使他願意加入解放的軍隊。因此，以一種互惠的方式，麥克希莫斯成了他自己第二導師的導師，藉著提起他們共同導師的名字。這裡主要的觀點是，這個階段的英雄必須成為一位能啓發即將出現的次英雄的導師。

第十七階段：自由生存

　　在他旅程最後的階段裡，英雄完成了神話的角色循環，從英雄變為導

師，然後最後又從導師變爲**傳奇**。作爲傳奇，英雄成爲了普世眾生一個永遠的啓示。忠於古代神話結構的電影，英雄幾乎總是死於結尾。沒有比**殉道**更偉大的傳奇或啓示了，一個充滿勇氣的、堅決的和**高潮性的死亡**（Climactic Death），是英雄旅程最具戲劇性也最適合的結局，它含有以下多種目的：

1. 高潮性的死亡鞏固了英雄的故事，成爲永遠激勵人的傳奇。
2. 它完成了英雄的命運，使他在精神上與他的父親成爲一體。
3. 它使英雄回歸至神聖的世界，那個很明顯是他所屬的世界。
4. 高潮性的死亡本身創造了一個莊嚴的反思片刻，它具體化了觀眾心目中英雄傳奇的象徵。

也許最有名的和最具影響力之英雄的神話，耶穌的故事，就是以死亡爲結局的。然而，耶穌生命的象徵和他的信息，在他的傳奇中是永遠長存的。相同的象徵主義，也可見於所有英雄傳奇性的死亡中。

威廉·華勒斯死了，但在他英勇的死亡裡，他激勵了蘇格蘭人民繼續了他的抗暴行動。那條手帕，是華勒斯靈魂的象徵，在華勒斯死後，傳給了他的次英雄羅伯。在最後一個場景中，當羅伯領導蘇格蘭軍隊在贏得蘇格蘭自由的最後戰役中，他揮動著那條手帕。麥克希莫斯也死了，但是在他殺了康墨多斯之後，在確認了羅馬將再度成爲共和國之後。那對小雕像，是麥克希莫斯靈魂的象徵，之後傳給了其中一位次英雄，是他的一位武士同伴，他將這對小雕像植入土中，好像它們是種子一般，並高喊著：「現在我們自由了。」藉著爲他的人民帶來自由，英雄們象徵了所有人所欲求和珍愛的「自由生存」的理念。不論這自由是來自暴政之下，或僅是想要過自己喜歡的生活，英雄最終極的象徵，就是這個自由的象徵。當英雄死了，他象徵性的**再生**是透過講述他的故事而達成，而他傳奇的啓示也將繼續活在他觀眾的心中。

最後報償

在電影中，神話的英雄經常會在他旅程的結束時，接受一個最後的報償。除了爲他的人民帶來自由，而且被擁戴爲一位傳奇的英雄和導師，英雄通常會被賜予一個最終的禮物──即**愛的禮物**。這是英雄的標準結構，就是在結尾獲得美人歸。雖然華勒斯和麥克希莫斯兩人都死了，但他們都得到在精神上

回歸於女神的報償。在他們死亡的片刻，他們都看見了他們已逝的妻子，而且他們都回到了他們妻子的身邊。最後的報償使得觀眾能在快樂的氣氛中離開，而非在悲傷的氣氛中離開。雖然他們的英雄經歷了血腥和痛苦的死亡，觀眾仍可休息，因相信他們的英雄在他們的來生是快樂的，能再度與他們所鍾愛的妻子團圓。這「**從此過著快樂的來生**」的主題，就是英雄死去之電影的標準結構。雖然這看似相當誇張，但它卻是介於長篇神話英雄故事的古典結構，與現代好萊塢電影結構之間的一個相當巧妙的妥協。在前者中，英雄照例會死，而在後者中，觀眾要求一個快樂的結局。

講師需知

讀者需要留意，因為階段代表了結構的元素，而且不是一個公式或程式，所以不要期望每個英雄電影都包含所有或甚至有大部分坎伯模型的階段。然而，能成功捕捉觀眾想像力的電影，比較能以一些基本的方法，再現大多數這些的元素。甚至當有些電影說的不完全是神話的背景或主題的故事時，它們仍然會表達這些普遍的原型元素，因它們具有完全捕捉觀眾的力量，即使它們已經出現過成千上萬次。

取自約瑟夫・坎伯的《千面英雄》（1949）

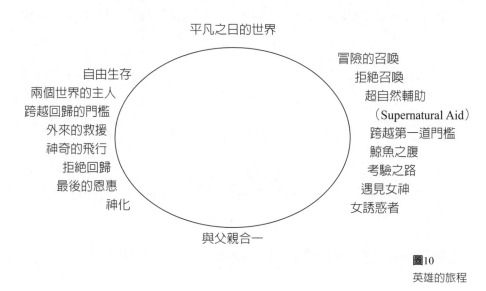

圖10
英雄的旅程

摘要

● 坎伯的英雄旅程階段是解開英雄神話象徵性符號的關鍵，雖然英雄不變地要進入冒險的世界，去面對外在的障礙，但象徵性的探求總是內在的旅程。最終，英雄是在尋求他自我真實的本質。內在旅程的象徵主義，才是使英雄旅程變成普遍性有影響力並吸引人的事物。

● 英雄旅程的三幕劇是：出發、入會和回歸。男孩會從他的家離開，他將會進入一個冒險，然後長大成為一位成熟的英雄，而且他會回家，成為一位能啟發別人的導師。

● 英雄的旅程開始於他平凡之日的世界——就是他的家園，那是英雄旅程的開始點與結束點。

● 平凡之日的世界也是英雄首次遇見他的第一位導師的地方——一位象徵性的或實際上代表了英雄的父親。

● 英雄旅程的第一階段稱為冒險的召喚，代表了某種的衝突，要求英雄從平凡之日的世界裡出來，而進入冒險的世界。

● 冒險的召喚通常是由使者這角色來執行，常見的使者角色也許是與導師相關的人物，或是導師自己、神聖的人物或神的使者等。

● 英雄旅程的第二階段稱為拒絕召喚，英雄不願意將自己投入一項義行，代表了每個人在面對重要人生轉折和選擇時一種宇宙性的恐懼。

● 很多時候，「提高危險」或「拉高籌碼」是刺激英雄投入行動必要的手段。

● 在英雄旅程的第三階段裡，英雄獲得了超自然的輔助。武器或力量的來源是超自然的，因為它與英雄的認同和動機緊緊相連，超自然的輔助提供了英雄精神上、情感上或心理上的力量。

● 英雄旅程的第四階段稱為跨越第一道門檻，英雄進入了冒險的世界。

● 很多時候，英雄在跨越第一道門檻前，必須面對「門檻守護者」原型，守護者會測試英雄的智慧、勇氣和決心，看他是否夠資格成為英雄。

● 許多時候，門檻守護者不需要被打敗，英雄必須運用智慧通過守護者的認可，他必須回答他所提出的謎語或通過他的測驗。

● 在英雄旅程的第五階段裡，英雄進入了鯨魚之腹。他正深陷於冒險世界之中，一個轉變的範疇，在其中他會經歷重生。

● 英雄旅程的第六階段稱為考驗之路，即為了成為英雄，他必須執行許多艱鉅的任務，以及克服許多困難。

● 英雄旅程的第七階段稱為遇見女神，就是當英雄遇見並整合他的女神原型。

● 英雄旅程的第八階段稱為女誘惑者，就是當英雄遇見並整合他的阿尼瑪原型。

● 英雄旅程的第九階段稱為與父親合一，英雄整合了智慧耆老原型的教訓——即他的首位導師——藉著與他的精神合而為一。很典型地，這就是發生在英雄完成了一些探尋，或成就了他父親所流傳給他的傳奇的時候。

● 英雄旅程的第十階段稱為神化，英雄經歷一種危機和超級的磨難，他受傷了，而且象徵式地死了，然後他重生為一個新人。雖然他是個凡人，他與神的相遇，給了他神聖的能力。

● 英雄旅程的第十一階段稱為最後的恩惠，英雄現在於他最後的尋求中，有資格得到他的禮物，他取得了「寶劍」、聖杯、聖水或他一直在找尋的遇險少女。他也許殺了壞人、野獸或一直在折磨他的敵人。這些外在的救贖恩典的再現，象徵了他內在自我認知的恩惠，也就是英雄內在旅程的核心。

● 在這個點上，英雄常從他愛的對象那兒得到愛或性的報償，而那愛的對象也可能是他所拯救的少女。

● 英雄旅程的第十二階段稱為拒絕回歸，就像英雄不願意為了冒險世界而離開他平凡之日的世界一樣，現在他也不願意回家。這個階段很快就被克服，因為英

雄知道他必須完成他的旅程，並把「靈丹妙藥」帶回家，以拯救他的同胞。

● 英雄旅程的第十三階段稱為神奇的飛行，當英雄的旅程到達一種冗長又艱難的程度時，他回歸的旅程往往會被他所得神聖的力量所加強。

● 神奇的飛行在電影的第三幕中，被描繪為一種標準的「步調的加速」，並表現為無所不在的「緊張的追逐段落」。

● 英雄旅程的第十四階段稱為外來的救援，英雄常是被別人用肩膀扛回家的。有時候，他會被他的盟友從冒險世界中拯救，有時候，他是一位「自願犧牲者」被他的敵人當成囚犯帶回。

● 英雄旅程的第十五階段稱為跨越回歸的門檻，當他回到他平凡之日的世界，他就是除去了他神聖的能力，而再度成為一個凡人。

● 英雄在最後的場景裡回到凡人的身分，建立起最後一幕的英雄主義，在其中英雄要死去，並成為一位因自我理念的殉道者。

● 在英雄旅程的第十六階段裡，英雄成了兩個世界裡的主人。作為一位受景仰和崇敬的英雄，他同時是平凡之日的世界的凡人，與冒險世界裡的神和英雄等人的主人。

● 就象徵性的意義而言，英雄是英雄主義世界的主人，同時也是導師世界的主人──因為在他的最後一幕裡，他將要成為一位啟發人的導師，以及一個普世的傳奇。

● 最後的階段稱為自由生存，為了他的理念而情願犧牲自己，英雄傳遞了一個訊息給他的同胞──獨立自主、勇氣和自決的訊息。最終，英雄的故事本身就是神奇的藥水──它是能啟發人對抗暴政和在沒有恐懼下自由且開放地生活的象徵。

1. 請找出《魔戒》（The Lord of the Ring）裡弗若多的平凡之日的世界在哪裡。

2. 請找出《洛基》（Rocky）中冒險的召喚在何處。

3. 請找出《星際大戰》（Star Wars）裡拒絕召喚的段落。

4. 請找出《綠野仙蹤》（The Wizard of Oz）裡超自然的輔助為何。

5. 請找出《阿拉伯的勞倫斯》（Lawrence of Arabia）裡跨越第一道門檻為何。

6. 請找出《法櫃奇兵》（Raiders of the Lost Ark）裡的鯨魚之腹為何。

7. 請找出《獅子王》（The Lion King）裡的考驗之路在哪裡。

8. 請找出《象人》（The Elephant Man）裡的遇見女神在哪裡。

9. 請找出《第六感追緝令》（Basic Instinct）裡之女誘惑者的階段。

10. 請找出《木偶奇遇記》（Pinocchio）裡與父親合一的段落。

11. 請找出《聖戰奇兵》（Indiana Jones and the Last Crusade）裡的神化片段。

12. 請找出《神劍》（Excalibur）裡最後的恩惠為何。

13. 請找出《與狼共舞》（Dances with Wolves）裡的拒絕回歸片段。

14. 請找出《福祿雙霸天》（The Blues Brothers）裡神奇的飛行段落。

15. 請找出《帝國大反擊》（The Empire Strikes Back）裡外來的救援的段落。

16. 請找出《萬世留芳》（The Greatest Story Ever Told）裡跨越回歸門檻的段落。

17. 請找出《星際大戰：絕地大反攻》（Return of the Jedi）裡兩個世界的主人的階段在哪裡。

18. 找出《魔宮傳奇》（Indiana Jones and the Temple of Doom）裡的自由生存段落。

 在你的劇本中處理英雄的旅程

1. 你的劇本是否結合了神話的三幕結構，即出發、入會和回歸？如果沒有，請問你覺得在你劇本中運用神話三幕的結構，能否強化你的故事？

2. 即使最古典的英雄通常也沒有經過坎伯型的每個階段，然而還是請你建構一個劇本大綱，並使你的英雄經過每一個階段。雖然這也許不見得是一個有用的大綱，但這練習的本身也許能幫助你了解，你的故事中最強和最弱的點在哪裡，或者至少能提供你一些在你劇本中尋找新方向或角色發展的想法。

3. 如果你正在撰寫一本關於女性英雄的劇本，請運用坎伯的模型寫出一個故事大綱，然後將它與以下一章所描述之默多克模型所寫的大綱相比較，請問那一個大綱比較能表現你想要表達的女主角？

英雄旅程階段一覽表

階段	電影範例
冒險的召喚	馬可仕帝王要求麥克希莫斯使羅馬民主化
拒絕召喚	麥克希莫斯拒絕帝王賦予的任務
超自然輔助	華勒斯的手帕／麥克希莫斯的小雕像
跨越第一道門檻	華勒斯的第一場戰役
鯨魚之腹	麥克希莫斯的競技場／華勒斯的戰場
考驗之路	麥克希莫斯作為武士的生涯／華勒斯作為戰士的生涯
遇見女神	麥克希莫斯和華勒斯遇見他們已逝的妻子
女誘惑者	《神鬼戰士》裡的露西菈／《英雄本色》裡的依莎貝爾公主
與父親合一	華勒斯變成反抗軍的領袖
神化	華勒斯在費爾柯克戰役中遭背叛並受傷
最終的恩惠	麥克希莫斯和華勒斯了解他們作為解放英雄的角色
拒絕回歸	華勒斯拒絕再次加入貴族
神奇的飛行	華勒斯同意幫助貴族
外來的救援	華勒斯被逮捕並移送倫敦
跨越回歸門檻	麥克希莫斯和華勒斯甘心殉道
兩個世界的主人	華勒斯對羅伯·布魯斯而言，成了一位啟發人的導師
自由生存	麥克希莫斯和華勒斯解放了他們的同胞

Chapter 11

女性英雄的旅程

　　雖然英雄擁有千張面孔，但他的性別則永遠不變，是一位男性。但是現代神話反映的是現代人，電影——作為現代櫥窗和神話產生器——已經提供了許多女性英雄的神話。但大部分而言，電影的女性英雄多半是傳統男性英雄世界中被插入的一位女性而已。英雄公式裡性別的轉換不見得會改變它的結構，當現代電影人試圖以女性角色來擔任英雄，他們通常會賦予女性以傳統男性英雄的特質。像《霹靂嬌娃》（2000）、《古墓奇兵》（2001）和《追殺比爾》（2003）一類的「女性力量」電影，所採取的觀念僅是將一位性感的女孩擺在男性的位置上，以滿足女性英雄的功能。然而，女性力量和男性力量在根本上是不同的，而且，女人的需要和慾望，先天上就和男人的需要和慾望是不一樣的。

　　在《女性英雄的旅程》（1990）一書中，莫琳‧默多克重新建構約瑟夫‧坎伯男性英雄神話結構的傳統「男性中心的」結構，創造了專為女性英雄所需的神話結構，表達了現代女性的特殊需要、力量和慾望。極受歡迎的電影《永不妥協》（2000），將被用來作為說明女性英雄的範例，正如在坎伯典範中的英雄，爾玲（茱利亞‧羅伯茲飾）在她旅程的每個階段中，遭遇並整合了不同的原型。

第一階段：與女性特質分離

現代女性英雄的旅程開始於**對傳統女性價值的排斥**，女性柔弱、依賴、敏感和情緒化等刻板印象，被認為是退步的和缺乏尊嚴的。爾玲在影片一開始找工作的奮鬥，代表了她需要離開她原有家庭主婦和持家母親的生活。與其繼續依賴她的前夫支持她和她的小孩，爾玲決定要依靠自己，在外在世界傳統男性工作的領域裡，獲取獨立。當幫忙照顧小孩的鄰居搬走了，她的需要增加了，現在她缺乏照顧者。臨時保母的離去代表了爾玲與女性特質分離（Separation from the Feminine）。臨時保母代表了傳統的看家母親和家庭主婦，沒有個人野心，只負責照顧和養育小孩。雖然爾玲愛她的小孩，但她也想從生命中得到更多，而不僅只是扮演那為她安排好的傳統女性角色。對爾玲來說，她的第一階段就是與傳統的**母神**（Mother Goddess）原型分離，是具體由具母性的臨時保母所代表的。

第二階段：與男性特質認同

在與女性特質分離後，女性英雄必須在外在世界中，找到一位新的導師在男性主宰的工作領域中來引導她。這位新的導師必須是位男性，就是由傳統**智慧耆老**原型所扮演的功能。在《永不妥協》（Erin Brockovich）裡的智慧耆老是艾德（艾爾伯特·菲尼飾），一位壞脾氣的老律師，他給了爾玲一個工作，使她進入男性競爭的範疇裡，一個法律的戰場。

第三階段：考驗之路

一旦開始進入了冒險的世界，女性英雄就踏上了一條非常接近於男性角色的考驗之路。在這個階段裡，爾玲必須遭遇並整合她的**阿尼姆**——決心、理性智慧、勇氣和剛毅等陽剛力量原型。藉著內化這些力量於她的角色中，女性英雄克服了令她完美的女性弱點。默多克描述這些女性弱點為有史以來一直應用在女性身上的「謬誤神話」：**依賴的神話**（Myth of Dependency）、**女性卑劣的神話**（Myth of Female Inferiority）和**浪漫愛情神話**（Myth of Romantic Love）等。要揭穿這些神話真相的任務，就是讓女性英雄進行斬殺

不同怪獸原型的行動。

斬殺雙頭龍

爾玲藉著證明她可以成功，並在傳統男性範疇的法律戰場上達成她的目標，而拆穿了依賴的神話。雙頭龍（Two-Headed Dragon）就是她工作和小孩相互衝突的需要，工作和家庭都需要她的時間和注意力。女性英雄必須同時應付兩項任務，就如英雄與雙頭龍打鬥時，必須同時對付兩個頭。如能找到工作與家庭的平衡，女性英雄就能殺掉這雙頭龍。

食人魔暴君

爾玲拆穿了女性柔弱的神話，是藉著不僅在她自己的目標上能成功，而且還能在P. G. & E.中獲勝──巨大、冷酷、資金上億的公用事業，是典型男性專橫的力量。若說P. G. & E.是外在之「食人魔暴君」（Ogre Tyrant）的代表，那麼，真正的男性怪獸原型則存在於女性英雄的心裡。爾玲必須藉著控制她自己的需要，不計代價地成功，來殺掉她內在的暴君。她必須抑制她對工作的執迷，因那不斷破壞她與小孩，還有她男朋友喬治（阿潤‧艾克哈飾）間的關係。

屠殺發亮甲冑裡的騎士

浪漫愛情神話是在童話與公主的故事裡所講述的，神話告訴了心地纖細的少女，有一天，會有一位英俊、令人著迷的王子來到，用親吻將妳喚醒。他將抱起妳，坐上他高貴白色的駿馬，然後帶著妳離去──解決了妳所有的問題，而且滿足你所有的需要，直到永遠。在發亮甲冑裡的騎士（Knight in Shining Armor）並非怪獸，他只是一個幻象。對女性英雄而言，一位能解決她所有問題的一個男人的幻象，比最恐怖的怪獸還要危險。若向這個幻象投誠，那女性英雄將退步到她旅程的起點。她就不再是現代的女性英雄，而變成了傳統的**遇險少女**，在玫瑰床上被動地等候那位勇敢的英雄來拯救她。

當爾玲與P. G. & E.奮鬥時，那占據了她所有的時間，喬治給了她一個最

後通牒……「妳不是得找一個新的工作，就是得找個新的男人」。爾玲拆穿了浪漫之愛的神話，是藉著不願臣服於喬治的最後通牒。她告訴喬治，她不需要他來照顧她。雖然她愛他，她拒絕讓一個男人限制她的認同和控制她的生活。她堅認自己的身分是一位強壯、有活力和獨立的女人。

第四階段：成功幻象的益處

在她旅程的高點處，女性英雄也許感受到她已經獲得對她奮鬥的主宰。然而，在這個點上的女性英雄，正因一個幻象而受苦，默多克稱之為「**女超人的奧秘**」（Superwoman Mystique）的一種缺乏見識。女性英雄心懷「**錯誤的英雄觀念**」，認為她能夠同時在男性世界裡稱王，而且又能在女性世界裡封后。女超人的奧秘就是這個錯誤的信念，指一個人能立刻在兩件事上表現卓越。女超人能在她的職場上成為超級工人，同時又能在她的家中成為超級母親。但這個奧秘是個幻象，一個平衡的幻象，否定了女性英雄是人類而不是超人的事實。最終，她必須了解到，總有要犧牲的東西。爾玲了解到她的成功幻象的益處，是來自喬治在電話上告訴她，她的小孩在她忙於工作時，說出了她人生的第一句話。

第五階段：強勢女人能說不（Strong Women Can Say No）

當女性英雄了解到她正因女超人奧秘的幻象而受苦時，她必須限制她自己的野心，藉著向有求於她的時間和注意力的對象說不。女性英雄這個階段會遭遇的原型就是「**國王**」——代表了那正把她撕成兩半的男性需求。女性英雄必須在她的老闆、先生、男朋友面前站起來，並且說「不」。當喬治給了爾玲最後通牒時，她藉著說不展示了她的力量，並且當他試圖要將她從P. G. & E.的案子中剔除，她總是向艾德說不。但是雖然國王原型是男性需求的外在代表，但女性英雄必須面對的真正國王，卻是她自己裡面「內在男人」的需求。女性英雄必須「**令內在暴君安靜**」，就是藉著向她對自己不切實際的要求說不。

雖然國王的外在象徵在《永不妥協》中表現得很得當，但內在的國王卻從未被觸及。在傳統男性英雄風格裡，爾玲只是在影片中越來越強地催逼

自己，卻從未放棄或承認弱點。「令內在暴君安靜」的主題在《嬰兒炸彈》（Baby Boom, 1987）裡有更直接的表現，片中女主角J. C.（黛安・基頓飾）了解到她無法既是一位超級母親，而同時又是一位超級上班女郎。J. C.藉著拒絕了一個大的企業生涯而向她的總經理說不，她也了解到她的新生嬰孩比一個高權力的位階更為重要，因而也向自己說不。

第六階段：入會與降身為女神

在她旅程中的某個點上，女性英雄再度遭遇一個**女神**原型的變體，使她自己從第一階段脫離。爾玲所遭遇的女神就是唐娜（瑪葛・黑爾俊伯格飾），一位生病的母親，正因P. G. & E.的疏忽造成的化學中毒而受苦。爾玲對這位生病母親的同情，致使她展開了一趟與P. G. & E.抗爭的旅程，為了取得一個解決方案，好醫治這位受害的母親。這場外在的法律訴訟，就是爾玲裡面想要醫治她自己裡面生病的母親之內在旅程的象徵。她急切想要成為她小孩的好母親，然而，她的內在母親感到怠忽職守與營養不良，因為爾玲正投注她所有的精力和注意力在她的事業上。

第七階段：急切渴望再與女性結合

與女神的遭遇喚醒了女性英雄一個認知，就是在她全心投身於男性範疇中成功的目標時，她已經失去了她女性認同中的重要部分。而「急切渴望再與女性結合」（Urgent Yearning to Reconnect with the Feminine）就由一種遭遇並整合阿尼瑪原型的需要所象徵。在女性英雄中的**阿尼瑪整合**，意謂著再與女性身體、女性感情、女性熱情和情緒結合。對許多女性英雄而言，這就是在她角色中的愛、性和熱情的再覺醒。J. C.的阿尼瑪在《嬰兒炸彈》中被喚醒，是當她與一位新的男人墜入愛河時，而爾玲的阿尼瑪是在她愛上喬治時被喚醒。

野蠻女人原型

在克拉瑞薩・品寇拉・艾斯逖斯相當暢銷的著作《與狼奔跑的女人：野蠻女人原型的神話與故事》（1992）中，她提到了「野蠻女人原型」（Wild

Woman Archetype）——即女性自我中充滿熱情的、感情豐富的和衝動的面向，代表了女人本能的性情。就某種程度來說，爾玲一開始就與她的「野蠻女人」碰觸。她是衝動的、強悍的、熱情的，而且也對自己女性性向感到自在。她利用她誘惑的假面去欺騙她所遇見弱勢的男人，使他們在她旅程中協助她，並利用她的熱情去排除她前面的障礙。爾玲內在的「野蠻女人」在她與喬治愛的場面裡表露無遺，她頭上還戴著年輕時選美比賽所贏得的皇冠頭飾。但爾玲會有急切渴望再與女性結合的需求，主要是因她深刻地體會到，她正在忽略她的小孩，而且他們正在失去他們的童年。她渴望再次與傳統女性原型結合——那位撫育人的、關愛人的、充滿愛的母親，她全然為兒女而奉獻，而非外面的目標。

第八階段：醫治母親／女兒的分裂

在默多克的模型裡，女性英雄最後與母神的再結合是由一位中介者促成——是一種象徵性的再現，由「**祖母蜘蛛**」原型所表現的古代女性的智慧與醫治能力。祖母是一位慈祥的人物，一位了解母親和女兒兩者需要的女人，因此是母親與女兒的分裂最合適的醫治者。爾玲並沒有遇見一位外在的祖母角色，但她象徵式地治療了她自己裡面母親／女兒的分裂，用很大的一筆從P. G. & E.得來的和解費，治療了生病的母親唐娜。雖然金錢是極大的恩惠，但在最後一個場景裡，在爾玲和唐娜之間，真正治癒兩位角色的，很明顯的並非靠金錢達成，而是靠著這兩個女人間所建立的關愛關係。

第九階段：找尋有慈心的內在男人

女性英雄之愛情元素的功能，與男性英雄旅程裡的阿尼瑪功能有異曲同工之效。在《永不妥協》裡，喬治展示了通常與阿尼瑪相關的傳統女性特質，他對爾玲和她的小孩，都是相當敏感、鼓舞人、充滿愛的、堅決的、會照顧人的與呵護人的。喬治也傳遞典型的阿尼瑪訊息，一種情感上的智慧給爾玲，就是她對工作的執迷，正在瓦解她與家人和她所愛之人的關係。雖然他的男性身分，使他被放在阿尼姆的角色上，但他作為主角愛情元素的功能，是非常接近

於阿尼瑪的功能的，這啓發了主角再度整合在她自我中的親密感、敏感和愛等女性的力量。

第十階段：超越二元性

在英雄旅程中，兩性原型的整合無異於「聖婚」或「**神聖的婚姻**」——結果引致「**聖嬰的誕生**」。因爲女性特質與男性特質兩者的結合，完全發展的女性英雄就是「**兩個世界的主人**」，一方面她已經在職場的世界中功成名就，同時也在她個人的世界裡得到滿足。根據容格理論，代表心理學上的雌雄同體（Androgyny），就是**陰陽人**的神話原型，是在神話和夢裡一個常見的人物。陰陽人原型代表了一種「超越二元性」（Beyond Duality）的個體完全性，因爲他／她是一個人物，不是一個二元體，而是一個單一體。對默多克而言，在最後階段裡，主要的象徵就是這個循環。作爲一種「生命的態度」，這個循環包含了所有的項目。它代表了永遠生命的循環、人類關係的同心圓，以及在這個環狀子宮包裹之中的再生。

取自莫琳・默多克的《女性英雄的旅程》（1990）

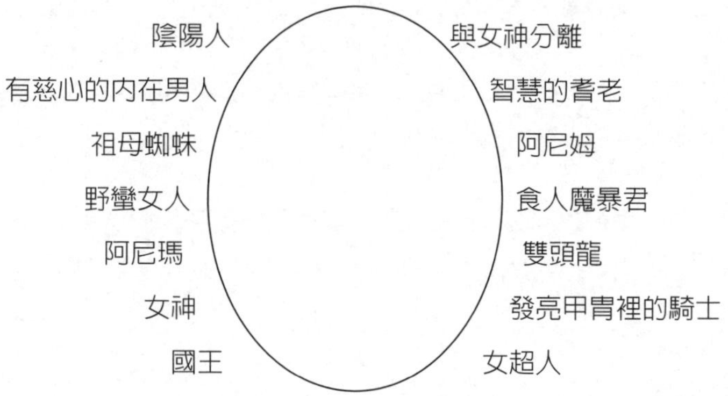

陰陽人	與女神分離
有慈心的內在男人	智慧的耆老
祖母蜘蛛	阿尼姆
野蠻女人	食人魔暴君
阿尼瑪	雙頭龍
女神	發亮甲冑裡的騎士
國王	女超人

圖11
女性英雄旅程的原型

摘 要

- 女性英雄旅程是莫琳・默多克對坎伯的英雄旅程模型的重新建構，默多克的模型特別與現代社會裡「解放的」女性的挑戰有關。

- 默多克的女性英雄整合了她的原型，為了要獲得一種介於在個人競爭世界裡爭取成功（男性範疇），與作為一位傳統母親、妻子和照顧者的滿足（女性範疇），兩者衝突間心理上的平衡感。

- 第一階段，與女性特質分離，是對傳統女性價值的一種排斥。在這個階段，很典型的是藉著與傳統母親、家庭主婦或照顧者──由女神原型所代表的角色分離而完成的。

- 第二階段，與男性特質認同，就是與一位男性導師相遇，他符合了父親角色或智慧的耆老原型。

- 在第三階段裡，考驗之路，女性英雄必須拆穿三個謬誤的女性神話。

- 依賴的神話被拆穿是藉著女性英雄宰殺了雙頭龍，她展示了她能同時主宰她的個人生活以及職業生活，並不需要依賴一位男人。

- 女性卑劣的神話被拆穿是藉著女性英雄宰殺了食人魔暴君，展示了她在男人競爭的範疇裡，可以和男人一樣強悍。

- 浪漫愛情神話被拆穿是藉著女性英雄宰殺了發亮甲冑裡的騎士，她展示了她並不是保守的「遇險少女」，並不需要一位英俊迷人的王子來拯救她，她能夠自我拯救。

- 在第四階段裡，成功幻象的益處，女性英雄對抗她自己「錯誤的英雄觀念」。她發現她正努力向「女超人奧秘」看齊，那是一種錯誤的信念，認為她能同時在男性和女性的範疇裡都得勝。

- 在第五階段裡，強勢女人能說「不」，女性英雄拆穿她自己錯誤的神話，是藉

著當她對自己有不實際的要求時，能向自己說不。女性英雄遭遇並拒絕國王原型，在她外在的生活中，不是藉著向予取予求的男人角色說「不」，就是藉著在她裡面「令內在暴君安靜」。

● 在第六階段裡，入會和降身為女神，女性英雄再度遭遇另一種的女神原型，那是她在第一階段裡與之分離的原型。她開始向那早期她所排斥的傳統女性角色特質認同。

● 在第七階段裡，急切渴望再度與女性結合，女性英雄遭遇了阿尼瑪原型——代表了她必須將女性的美麗、情感、敏感和熱情，再整合入她的自我中。

● 在第八階段裡，醫治母親／女兒的分裂，在傳統和當代版本的女性特質間的斷裂復合了，然後女性英雄變成了「完整」的個體。這個階段的醫治常是透過一位情感豐富的中介者，即祖母蜘蛛的原型。

● 在第九階段中，找尋有慈心的內在男人，女性英雄遭遇並整合了她的阿尼姆原型，很典型地是由一位敏感的男性愛的對象所代表。

● 在最後的階段裡，超越二元性，女性英雄已經整合了她所有的原型。她已經發現了心理上的平衡，以及一種「完整感」。完全發展的女性英雄，代表了女性與男性人格特質之「雌雄同體的」平衡。

第|十一|章
習題

1. 請找出五部電影，並以默多克的模型分析它們的旅程。

2. 請找出在《迷霧森林十八年》（Gorillas in the Mist）中與女性特質分離的階段。

3. 請找出在《超級大女兵》（G. I. Jane）中與男性特質認同的階段。

4. 請找出在《綠野仙蹤》（The Wizard of Oz）裡考驗之路的階段。

5. 請找出在《上班女郎》（Working Girl）中成功幻象的益處的階段。

6. 請找出在《哈啦瑪莉》（There's Something About Mary）中強勢女人能說不的階段。

7. 請找出在《白色夾竹桃》（White Oleander）中入會與降身為女神的階段。

8. 請找出在《編織戀愛夢》（How to Make an American Quilt）中急切渴望再度與女性特質連結的階段。

9. 請找出在《女生向前走》（Girl, Interrupted）中醫治母親／女兒的分裂的階段。

10. 請找出在《再見愛麗絲》（Alice Doesn't Live Here Anymore）中找尋有慈心的內在男人的階段。

11. 請找出在《亂世佳人》（Gone With the Wind）中超越二元性的階段。

在你的劇本中處理女性英雄的旅程

1. 在《永不妥協》中，與女性特質分離的第一階段，並不是很明顯地可以被看到，雖然它可以間接地暗示出來。請問你如何在你的女性英雄故事裡表達這個階段？女性英雄故事能夠更清楚的藉著與一位真實的女性角色的分離而被加強嗎？

2. 在《永不妥協》中的男性原型是由一位傳統父親角色所代表——一位堅定，但好心的老人。請思考你的女性英雄故事中的男性原型，到底是一位較傳統的父親角色較好？或是一位較不傳統的人物較佳？他應該是完全正面的人物，或也應該含有負面的價值？

3. 雖然爾玲面對了少數的對手，但在她的故事裡並無真正的壞人，就如默多克模型裡典型的女性英雄旅程。如果P. G. & E. 是由一位真實的人物所代表，爾玲的故事會更強烈嗎？或者還是以保留大企業組織作為一個看不見的、威脅人的幽靈更為有效？

女性英雄旅程一覽表

階段	範例／《永不妥協》中的原型
與女性特質分離	爾玲失去她的臨時保母並找工作
與男性特質認同	爾玲的新老闆，艾德
考驗之路	爾玲接手P. G. & E.的案子
成功幻象的益處	爾玲「平衡」工作與家庭生活的成功
強勢女人能說不	爾玲勇敢地面對喬治和艾德
入會與降身為女神	爾玲與唐娜認同
渴望再度與女性連結	爾玲愛上喬治
醫治母親／女兒的分裂	爾玲以P. G. & E.的和解費「醫治」唐娜
找尋有慈心的內在男人	喬治展示阿尼瑪原型的特質
超越二元性	在職場上成功，同時在家庭中也完滿

第 *5* 部分

{艾爾弗列德・阿德勒}
Alfred Adler

Chapter 12

自卑感情結

　　艾爾弗列德‧阿德勒和容格一樣，曾是佛洛伊德的同事，當他的理論開始與原始大師們的詮釋分歧時，也被佛洛伊德內在圈子的心理學家們所排斥。確切地說，阿德勒提出兩種觀念，被認為是顛覆了正統的理論。首先，阿德勒相信自卑感這深層的感情，以及為了這種情感一種補償的需要，都是主要的精神官能衝突的根源，而非來自基本的衝動。其次，阿德勒相信在兄弟姊妹間從父母那兒獲取愛和注意力的衝突，常是一種比介於父子間對抗的戀母情結更大的潛意識動機力量。因為阿德勒以自卑感情結取代戀母情結，及將兄弟鬩牆（Sibling Rivalry）的爭鬥理論置於戀母情結的父子對抗理論之上，作為主要的精神官能衝突來源，他就被佛洛伊德列為不受歡迎的人物。然而，阿德勒繼續成為一位在分析領域裡極具影響力與重要性的理論家，而且他的自卑感情結理論和兄弟鬩牆對抗理論，也變成了與「大師們」所建構之同等風行的理論。

自卑感情結

根據阿德勒所說：「我們都有自卑感的經驗，因為我們都發現自己處在一種不足的狀況中」。我們是透過**補償**來處理我們的自卑感，那是一種自然要在其他領域中成功的傾向，以彌補我們在較差的領域中的缺乏。正如一位盲人會以超強的聽力來彌補他視力的缺乏，一個人會以發展他生命中令他感到優越的領域，來彌補他的自卑感情結。結果，對自卑感情結本能性的反應，「將總會是一種朝向優越感的補償動作」。

哈馬提亞（悲劇性弱點）

在神話結構中一種常見的英雄角色元素，就是「哈馬提亞」，是英雄必須克服的悲劇性缺陷。「阿奇里斯的腳跟」（希臘神話人物，除腳踝外，渾身刀槍不入）一詞，就意謂著阿奇里斯的哈馬提亞，即他身上唯一脆弱的部分，因為當他站在神祕的斯提克斯河中時，他的腳跟是被覆蓋著的。古典英雄中最常見的哈馬提亞就是傲慢，即通常會使英雄受折磨的巨大力量和半神地位的驕傲、自大與自負等。

哈馬提亞就是自卑感情結的根源，是英雄必須要克服的根本弱點、缺陷或瑕疵。在電影中，自卑感情結通常被描繪為一個角色克服了極大的個人困境，為了獲得在特定領域中的優越感。在《鋼琴師》（Shine, 1996）中，一個男人（傑佛瑞‧羅許飾）努力成為一位偉大的鋼琴師，儘管他有嚴重的精神疾病。在另一部類似的故事《美麗境界》（A Beautiful Mind, 2001）裡，一個男人（羅素‧克洛飾）克服了嚴重的心理疾病，而成為一位諾貝爾數學獎得主。而在《我的左腳》（My Left Foot, 1989）中，一個男人（丹尼爾‧戴‧路易斯飾）克服了嚴重的腦性麻痺，而成為了一位偉大的作家。在所有這些故事中，英雄們以極大的主動性和決心，聚焦於他們可以成功的領域，而彌補了他們的缺陷。此外，這些角色是被一種在他們已經選擇的領域裡感到優越的需要所推動。

優越感情結

　　自然的，極端的自卑感將產生對優越感極端的反應。這些極端的反應稱爲「**過度補償**」。雖然補償是處理自卑心理疾病正常的方法，但過度補償的行爲卻是病態的和適應不良的。持續性的和籠統地過度補償作用會導致「**優越感情結**」（Superiority Complex），那是一種人格錯亂，個體會表現出一種病態的需要，去控制和羞辱他身邊的人。當然，阿道夫・希特勒在種族和基因上感到優於他人的需要，以及他想要掌控、羞辱和滅絕被他認爲是劣等人之病態的慾望，可以被看作是一個優越感作祟最糟糕的例子，他的瘋狂刺激並占有了一整個世代。

　　在一個阿德勒的分析裡提到，希特勒的過度補償行爲是一種對嚴重自卑感情結極端的反應。我們簡單瀏覽一下希特勒的個人自傳，配合一些關於第一次世界大戰後德國面臨之極端貧窮、不景氣、失業、混亂和普遍羞辱的歷史背景，似乎能夠支持阿德勒的詮釋，納粹運動可以說是一種個人與集體自卑感情結雙重的極端反應。藉著**揭露**過度補償行爲背後的**自卑感情結**，我們可以爲一位有優越感情結的角色（通常是個壞人）增添許多的深度。當這點能夠達成時，壞人就不會只是個單面向的人物了。觀眾了解了爲什麼壞人是邪惡的，而且對他的角色會感到同情以及恨惡。

　　在《不速之客》（One Hour Photo, 2002）裡，西（羅賓・威廉飾）是一位非典型的壞人──一位沒有安全感的怪人，他對一個家庭危險的執迷變得扭曲和暴力。但是當他行爲的根源被揭露出來時，我們了解到他執迷於加給那個家庭父親的痛苦，實際上是他報復自己父親的過度補償作用，因他的父親曾虐待並折磨他。藉著揭露壞人裡面這個層面的自卑感，他的角色就有了深度，而且觀眾心中衝突的層次也會被提升。嫌惡與鄙視的感覺現在就與憐憫和同情揉合，壞人變成了一位受苦的靈魂，同時也是一位折磨人的虐待狂。

超級壞人

　　在超級英雄電影中的「超級壞人」，通常是畸形的、突變的角色，他被自己的殘障折磨，同時又被一種主宰他人的需要所驅動。在《蝙蝠俠》裡的

小丑（傑克・尼克遜飾）、《蜘蛛人》裡的綠・葛布林（威廉・達佛飾），和《迪克崔西》（Dick Tracy, 1990）裡的大男孩柯普里斯（艾爾・帕西諾飾）等，都是「怪胎」。他們身體的變形代表了他們強烈的自卑感情結，他們隨之而來的優越感情結是由過度補償作用所驅使。藉著主宰、控制和毀滅他人，超級壞人消除了他的羞恥感、憤怒和對自己的嫌惡感。雖然超級壞人是過度補償作用，以及優越感情結極端的例子，這些驅動力和衝突在所有角色中都是很常見的動機。它們運用在英雄（特別是悲劇英雄）、對手、配角或甚至是導師的角色動機裡，可以是同樣有效的方法。例如，以一種精神變態式的要求勝利來驅策他的選手的教練，乃是為了彌補他自己失敗的選手生涯，這是一種在導師角色中優越感情結原型的範例。

童年幻想（Childhood Fantasies）

根據阿德勒理論，所有小孩都會以某種方式，經歷一種自卑感。小孩中自卑感情結的共通性，是由於小孩本身的渺小、柔弱、缺乏經驗、無力和對成人完全的依賴，所造成的一種自然結果。兒童有一種比平常人更高的慾望，想要看他們可以領會的關於英雄的故事，就是英雄克服自卑感。電影中兒童英雄（Child Hero）的公式特別能引起兒童的想像力，迪士尼的「公主系列」就是直接向小女孩行銷的節目，她們很自然地對這種公主英雄公式有迴響。而向小男孩行銷的電影，則常讓我們想起在希臘和中世紀傳統中的古典男性英雄，像在《大力士》（Hercules, 1997）和《石中劍》（The Sword in the Stone, 1963）的英雄一樣。小女孩的公主幻想和小男孩的超級英雄幻想是和存在於所有人裡面天生的「**優越感目標**」有關，但是在小孩的心目中顯得特別的強烈，這是因為他們生理、智力和社會劣勢之自然狀態所致。

迪士尼奧秘

藉著捕捉兒童的想像力，你就抓住了兒童的心。迪士尼（Disney）公司已經建立了一個王國，因為他們了解而且利用了這個事實，即在成人所控制的世界裡，小孩感到特別的無力和沮喪。藉著提供一個精心設計的，象徵了童年

的心理考驗和苦難的英雄公式，迪士尼取得了這個最易受影響的年紀的忠實客戶。迪士尼粉絲對所有迪士尼產品所感受到的愛慕和親切，是在童年時期創造出來的，所以迪士尼品牌本身就變成了寶貴的童年記憶，而且也成了個人認同裡的一部分。個體與迪士尼商標的連結，這種純淨性和被標記為「童年」的心中理想主義狀態，使他們成了一生的客戶，他們會付出很高的代價，來重新捕捉他們兒時所感受到的純潔與年輕。而且，因為父母透過他們自己的孩子們，再次經歷了他們所珍愛的童年記憶，父母們將大排長龍地買票，為了將他們自己的童年想像，灌輸到他們自己的小孩身上。

兒童英雄的衝突

在童年最大的、也最普遍的衝突就是**無力感**。兒童是身形嬌小而屏弱的，成人控制了他們存在的每一個層面。兒童無法控制他們在哪裡生活、要做什麼、能見何人，與該如何使用他們的時間。小孩所做的每個動作都在大人的監督和控制之下，「去刷牙！」、「吃青菜！」、「去睡覺！」、「穿一件毛衣！」、「去做功課！」、「整理你的床鋪！」、「上學去！」、「關掉電視！」等，這些都是外在強加並充滿在小孩生活中不可避免的事物，給他們的獨立性和個體性留下極少的空間，當然更少有冒險、危險或興奮的事了。因此，當辛巴被他的壞叔叔剝奪掉他獅子的自尊，而且必須克服他自己的無力感，以推翻他的叔叔時，小孩們都能夠領會《獅子王》（The Lion King, 1994）裡小辛巴的衝突。

雖然無力感是兒童英雄衝突的要素，但許多成人英雄在他們故事中一些關鍵時刻，也會有面對無力感的時候。在《法櫃奇兵》（Raiders of the Lost Ark, 1981）中，一個戲劇性的段落裡，當約櫃（聖經中代表神見證的櫃，裡面存放法版、亞倫的杖和嗎哪）被發現時，印第安那‧瓊斯（哈里遜‧福特飾）被綁在一根柱子上。在《帝國大反擊》（The Empire Strikes Back）裡，路可被銬上枷鎖，相當無力，而他最親密的伙伴漢‧梭羅也被冷凍在碳塊中。讓英雄（特別是那些角色中最活躍的成員）在關鍵時刻變得無力，會使情節增加許多的張力。

孤兒英雄

　　兒童英雄公式開始於一位小孩突然從氣勢凌人的父母或其他成人的權威人物之存在狀態下被解放。這公式開始於一個基本的「**願望滿足**」，兒童英雄自由了，而且獨立是甜蜜的。《木偶奇遇記》（Pinocchio, 1940）的皮諾丘從他的世界中跑出來，成了一位演員。《小飛象》（Dumbo, 1941）的丹寶得以在亂七八糟的馬戲團世界裡享受他自己的生命。《森林王子》（The Jungle Book, 1967）裡的摩葛利，從不認識他的父母，像一隻叢林裡的動物，生來就是自由的。在《獅子王》裡的辛巴，離開了他父母關照的眼神，而進入令人興奮的森林去經歷生命。《石中劍》裡的亞瑟、《埃及王子》（The Prince of Egypt, 1998）裡的摩西、《綠野仙蹤》裡的陶樂絲，以及哈利波特、灰姑娘和白雪公主等，都是孤兒英雄。

　　變成一位孤兒的童年幻想，表達了各種的願望。對某些兒童來說，它是用來處罰他們父母之殘酷的潛意識願望。對其他兒童而言，它表達了一種從占有慾的和主宰的父母手中得到自由的願望。而且對其他兒童而言，夢想成為孤兒也代表了一種想要獲得一個獨立的身分，完全從他們父母的身分中脫離出來的慾望。很多時候，在這些故事裡的兒童英雄是由他們的代理父母養大，像灰姑娘和白雪公主的公主英雄，就是在邪惡的繼母撫養下長大，而睡美人則是由她的仙女母親養大。其他的英雄——《星際大戰》裡的路可，以及亞瑟、耶穌、摩西、塞魯士、伯爾修斯、赫丘力士等，都是由代理父母所養大，因為他們的父母都是貴族，或甚至是神性的人物。表現在故事裡這些兒童英雄之童年的幻想，是一種尋求雄偉與輝煌身分的慾望，它超越了兒童真實父母之無聊與平庸的身分。

　　在從他們父母的束縛中解放之後，兒童英雄學到了他們最重要的功課，首先就是：他們愛他們的父母，並且想念他們的家。發展的第一階段就是了解到家是愛之所在，母親和父親專斷的管制只是他們表達愛與關心的方法。在這個點上目標就很清楚了，英雄必須找到回家之路並努力回家。但回家只是戰鬥的一半，雖然兒童英雄獲得自由和獨立的希望得到了滿足，慾望也得到消解，但兒童希望獲得**權力感**和**自決感**的慾望，仍需要被處理。

角色倒錯（Role Reversal）

在小孩真實的生活裡，母親和父親是冠軍，他們是為了拯救房舍與家園，外出和這世界的龍戰鬥的人。成人是保護者，而小孩是無防衛力的受害者。但在小孩幻想的生活裡，兒童是被充分賦予權力和力量的。在他們的世界裡，兒童必須斬殺巨龍、打敗女巫、征服黑武士，或毀滅壞人。在他們的世界裡，父母反而是無能力的、無助的，以及是完全脆弱的，唯有兒童英雄能夠從某種死亡和毀滅中拯救無能力的父母。兒童英雄拯救他的雙親（以及／或者世界）的主題，在迪士尼電影中是無所不在的。皮諾丘的旅程完成了，是在他拯救了蓋匹頭的時候。辛巴保住了牠獅子的自尊，以及拯救了整個叢林王國脫離邪惡叔叔的暴政。而在《小鬼大間諜》系列電影（Spy Kids, 2001、2002、2003）中，兒童英雄在每部片子中，都拯救了他們的父母和／或世界。

拯救婚姻（Marriage Saving）

一個小孩的世界在視角上是相當狹小的，父母的婚姻與兒童和父母的關係——家庭單位的黏著劑——對兒童而言，就像是整個宇宙。在像《天生一對》（The Parent Trap, 1961 & 1998）的電影中，當家庭單位被重新建立後，兒童的世界也就被拯救了。與其拯救世界或他們父母的生命，兒童英雄拯救的是他們父母的婚姻，在兒童的觀點裡，這等同於拯救了整個世界。

動物英雄

兒童都非常喜歡想像性的卡通——將人類的特質投射於動物身上，或甚至是無生命的物體。因此，給兒童的電影和故事通常是講述動物英雄（Animal Heroes）的卡通，像是在《小鹿斑比》（Bambi, 1942）、《小飛象》、《森林王子》、《小姐與流氓》（Lady and the Tramp, 1955）、《101忠狗》（101 Dalmatians, 1961 & 1996）、《獅子王》等，和不計其數的其他影片。兒童也喜歡將他們自己投射在幻想的角色身上，例如《怪獸電力公司》（Monsters, Inc., 2001）中的怪獸；他們甚至能認同於一個無生命的物件，例如《玩具總動員》（Toy Story, 1995）中的玩具，或《美女與野獸》（Beauty and the Beast, 1999）和《小麵包機歷險記》（The Brave Little Toaster, 1987）裡的

電器設備和家具。在一個兒童的想像中,需要有那特別的**對不信的懸置**(Suspension of Disbelief),這使他們能向一位在現實世界裡幾乎不可能存在的角色認同,對他們而言,這是極有趣味和美妙的事。幾乎任何事都可以發生!當動物、物件或怪物象徵了兒童拯救了成人的世界,此勝利是能在心理上提供他們不同程度回饋的。

皮諾丘

　　迪士尼對古典皮諾丘故事的詮釋,已經成為美國人心中一個永恆的標的。那部電影很成功地描繪了兒童英雄的公式,因為那位英雄具有一個所有兒童都能認同的追求。所有兒童都有這個感覺,就是它們並不完全是「真實的」,因為在他們世界裡的成人,不斷地限制他們的自由,只因他們「只是小孩」。兒童幻想有一天能長大,而能擁有他們想要的的所有自由,就是皮諾丘尋求要變成「真正的男孩」所象徵的。皮諾丘的故事開始於他與「父親」蓋匹頭(創造他的工匠)的分離,他隨即的目標就是要與他的父親團圓並整合,但是要達成變成一個真正的男孩這終極的目標,他必須再與他的精神母親——藍仙女(給他生命的女神)連結。

　　皮諾丘的導師是一個會講話的動物——吉迷你蟋蟀。在許多迪士尼的電影中,英雄的**動物導師**(Animal Mentor)也必須克服一種自卑感情結。七矮人必須克服他們的矮小和對邪惡皇后的恐懼,方能保護白雪公主。會說話的老鼠也必須克服他們的渺小和對壞貓的畏懼,以保護灰姑娘。在《美女與野獸》中,蠟燭和其他家用物件必須克服他們微小的身軀,以對抗入侵的暴民並保護城堡。而木須,那位會說話的龍,也必須克服他的嬌小,以協助木蘭拯救皇帝。在《木偶奇遇記》裡,吉迷你克服了他的自我懷疑和渺小,藉著幫助他的英雄並加入他對抗巨鯨蒙斯處的戰役。

　　正如坎伯模型裡的英雄藉著回家而完成他的旅程一樣,兒童英雄通常也是藉著與他們的父母團圓並回到家中,來完成他們的旅程。在結束的時候,皮諾丘和吉迷你救了蓋匹頭,皮諾丘因為他的勇敢和毅力而得到獎賞,他被藍仙女救活,而且成功地轉變成一位真正的男孩。然而,我們知道,不論皮諾丘是真實的或木頭的,他真正的勝利是來自他與他有愛心的和有犧牲奉獻精神的父親團圓。

第|十二|章

摘要

● 所有英雄都必須克服一些事情，若不是在他們自己身上，就是在他們的環境中。在這個例子裡，哈馬提亞、或自卑感情結，是每位英雄角色的基本部分，而補償則是英雄動機的基本元素。

● 極端的自卑感也許會導致過度補償作用——一種適應不良的表達優越感之方法的需要，而這又是一種優越感情結的顯現。

● 超級壞人，他們有不正常的需要，去控制別人和周邊的世界，這是很明顯的優越感情結的例子。

● 你可以為一個壞人的角色加深許多的深度，藉著揭露那隱藏在他優越感情結之根源的自卑感情結。

● 兒童電影，特別是迪士尼的電影，傾向於處理童年幻想，以及特別針對童年的心理需要。

● 兒童對超級英雄的幻想，是與他們的優越感目標有關，那是兒童處理他們很自然會有的自卑感的方法，而那自卑感是來自他們只是由大人所管理的世界裡一個小小之人的緣故。

● 無力感是兒童英雄公式中的主要衝突。

● 當成人英雄在他們故事中的關鍵時刻變得無力，故事就增加了一個很重要的張力元素。

● 兒童英雄常被安排為孤兒，這無所不在的情節公式，提供了一個願望實現的元素，使兒童得到完全的自由和獨立性，它也提供了一個很清晰的目標——再度與父母結合的原型。

● 角色倒錯，就是兒童英雄必須拯救他們的父母，這在兒童中是相當受歡迎的，因為兒童可以扮演有能力的保護者的角色，而父母反而扮演了無防衛力的受害

者角色。

● 動物英雄在兒童電影中是相當普遍的，因為小孩特別容易向卡通和動物角色認同，而且輕而易舉地就將他們自己投射在那些角色上。

● 在大多數的兒童電影中最終的目標，就是與心愛的父母團圓。

第|十二|章
習 題

1. 請從電影中找出五位超級英雄，並分析他們的自卑感情結。

2. 請問這些超級英雄如何補償他們的自卑感情緒？

3. 請從電影中找出五位超級壞人，並揭露他們優越感情結背後的自卑感情緒。

4. 請問這些超級壞人如何補償他們的自卑感情緒？

5. 請在你的五位超級英雄身上找出哈馬提亞——弱點或重要缺陷。

6. 請找出五位兒童英雄，並分析他們主要的目標和動機。請問這些主題能否以某種方式和無力感的議題掛勾？

7. 列出所有神話、傳奇和電影中你能想到的偉大英雄，請問在這些英雄中，有多少人是孤兒，或在嬰兒或童年時期就與父母分離的？

8. 請找出十部電影，其訴求對象是兒童，並且牽涉了角色倒錯的情節。

9. 請找出十部電影，其訴求對象是兒童，其中主要角色有動物英雄或動物角色的。

10. 請分析下列的電影，並說明它的情節與本章所描述的兒童英雄公式之關係：《獅子王》、《仙履奇緣》（Cinderella）、《埃及王子》、《白雪公主》（Snow White）、《花木蘭》（Mulan）、《大力士》、《玩具總動員》、《小飛象》、《石中劍》和《小麵包機歷險記》。

在你的劇本中處理自卑感情結

1. 請問你的英雄的哈馬提亞，或自卑感情結為何？你的英雄必須補償些什麼？

2. 在你的劇本中有無一個角色擁有優越感情結？如果有，請問你如何為他增加深度，藉著揭露他或她過度補償行為背後的自卑感情結？

3. 請問加一場其中你的英雄必須要處理無力感的戲，能否為你的故事增加張力？

兒童英雄公式一覽表

元素	功能	範例
無力感	建立改變的需要，以及獨立和力量的需要	陶樂絲在《綠野仙蹤》第一幕裡的衝突
願望實現	經歷一種興奮的冒險 沒有父母的控制	皮諾丘加入馬戲團 皮諾丘在「歡樂島」
孤兒英雄	脫離父母的自由 一種再與父母連結的需要	皮諾丘、哈利波特、陶樂絲、亞瑟、灰姑娘
角色倒錯	變得有力量與強壯	《小鬼大間諜》裡的小孩間諜
婚姻／父母的拯救	復活或保存核心家庭單位	《天生一對》 《小鬼大間諜》
動物英雄	兒童喜歡想像和認同的角色	《小飛象》、《森林王子》裡的配角
動物導師	沒有威脅的、不控制人的、善體人意的和智慧的導師人物	《木偶奇遇記》裡的吉迷你 《花木蘭》裡的木須
與父母團圓（Reuniting with the Parents）	作為一位完全發展的英雄而回到旅程的第一個階段	《木偶奇遇記》和《綠野仙蹤》裡最後的段落

Chapter

13

兄弟鬩牆

　　佛洛伊德說到需要從父母而來的愛和認同的主要動機時，主要談論的是戀母情結的對抗。而阿德勒，則從另一方面來說，所談的是兄弟鬩牆。在神話和傳奇中的兄弟鬩牆，是一種原型主題和神話戲劇結構裡無所不在的對抗和衝突的起源。對抗也是在英雄故事裡一種常見的主題。偉大的英雄常會有偉大的對手或「反對者」（Nemeses），超人有列克斯‧魯塞，蝙蝠俠有小丑，蜘蛛人有綠‧葛布林，福爾摩斯有默里亞蒂教授，甚至神自己也有撒旦——是最大的、也是最有能力的天使。雖然本章中對抗情節的要素，將會以兄弟鬩牆主題的原型來描述，但相同的元素可以在任何對抗的情節中看見，不論這對抗者是否為兄弟姊妹。

圖12
兄弟鬩牆：《天倫夢覺》（1955）裡的
阿潤（理查·大瓦羅斯飾）和凱爾（詹
姆士·狄恩飾）。

天倫夢覺

在西方神話中，兄弟鬩牆的原型主題，可以用亞當的兩個兒子，該隱和亞
伯的聖經故事為具體的表徵。聖經創世紀四章十六節，說到該隱如何殺了他
的弟弟亞伯的故事，結果被神驅逐：於是該隱「在耶和華的面前離開，去住
在伊甸東邊挪得之地。」在該隱和亞伯之間的對抗，並不是為了亞當或夏娃
的愛，而是為了神的愛——原型的父親。因此，該隱和亞伯最適合被看成是
原型的兄弟，而非親生的兄弟，他們不斷地在較量，以爭取父母角色的愛。
約翰·史坦貝克重新引用該隱和亞伯的故事在他的小說《天倫夢覺》（East
of Eden）中，而後被伊力·卡山拍成電影。在電影中，凱爾（詹姆士·狄恩
飾）和阿潤（理查·大瓦羅斯飾）是一對在對抗中的兄弟，為了爭取他們父親
亞當（雷蒙·馬賽飾）的愛。

乖小孩／壞小孩的二元性

凱爾是這位「壞」兒子，而阿潤是這位「好」兒子，正如該隱是壞的，而
亞伯是好的一樣。在乖小孩和壞小孩之間明確的二元性，是自我中假面／影
子之二元性的象徵。以更廣義的層面來說，它是在所有人裡面、在世界中和在
自然界本身裡，一種好與壞之衝突的象徵。在電影中，乖小孩／壞小孩的二元
性，常以好人／壞人二分法來概括敘述。英雄是超級的好，而他的敵人，則是

無條件地壞。

在《天倫夢覺》中，壞是和人們天生的性觀念與自私和自大的知識有關。而好則是和另外一些人天生的良善裡之純潔與天真的理想主義有關。就此意義而言，凱爾和他的母親是「壞的」，而阿潤和他的父親則是「好的」。當凱爾遇見他的母親，並了解到她離開他的父親的理由，是為了要照自己方式生活。他對母親新的領悟，也鞏固了他對自己的認識，因而使他更為堅強。但是當阿潤被凱爾強迫去見他的母親時，他對母親的認識則摧毀了他。他無法領會一位母親會拋棄自己的家庭，而去經營一家妓院。最後，還是阿潤，這位好的兒子，被逐出伊甸，因為阿潤看世界的觀點是根據聖經，而非現實。

父母偏袒

兒女間對抗與衝突的根源主要是來自父母的愛，一個小孩會看自己是好的，並看別人是壞的，因為父母偏愛其中一個小孩，而不愛另一個小孩。小孩就會思考，「如果父親愛我，我一定是好的」；或相反地，「父親不愛我，所以我一定是壞的」。兒童就把他們自己投射在乖小孩和壞小孩的角色上，並且在他們接下來的一生中，明顯地演出那些角色。他們為許多事較勁，但衝突的根源，仍然是他們對父母的愛的嫉妒。

很多時候，在偏袒上的衝突是挺複雜的，母親喜歡一個小孩，爸爸又喜歡另一個小孩。在這樣的情形裡，母親和父親上一輩之間的衝突，就延伸到他們孩子的身上，孩子們就會演出兄弟鬩牆的衝突。在《天倫夢覺》裡，凱爾不被他的父親喜愛，很容易在壞小孩這角色的名目下被激怒。在發現了他的母親後，壞小孩的觀念就不那麼困擾他了，因為他看見自己比較像他的母親，因此比較為她所喜愛。他的母親幫助凱爾接受他本來的自己，這認識促使他與父親「和好」——在電影中他的中心訴求。

對手／導師的對調

雖然父母是主要的導師人物，但在父母與子女間有一種解不開的連結，這連結也創造了在原型的對手和導師人物間的關聯。其結果是，我們常會看見之

前的對手，後來轉變為朋友／或導師的主題。這個主題重現了真實生活裡常見的情形，當父母過世、離開或缺席之後，一位大哥哥或姊姊取代了父母，成為導師的地位，這個主題在五部《洛基》的電影裡，有很全面的表現。

A. 在《洛基》（Rocky, 1976）中，洛基（席維斯特·史塔龍飾）被他的導師（教練）米奇（伯爵斯·米蘭德斯飾）啟發，去面對他的敵手阿波羅（卡爾·威瑟飾）。

B. 在《洛基II》（1979）中，洛基打敗了他的對手。

C. 在《洛基III》（1982）中，洛基導師的死亡預示了一個新的對手──克拉柏·蘭（T先生）的產生──殺死米奇的人。阿波羅，洛基的前任對手，現在反成為洛基新的導師。

D. 在《洛基IV》（1985）中，在阿波羅退休後復出的比賽中，洛基變成了阿波羅的導師。（在這個點上，前任的對手都變成了彼此的導師。）阿波羅的死亡，現在也預示了一位新的對手的產生──伊凡·錐構（鐸夫·郎竺倫飾）──殺死阿波羅的人。而阿波羅前任的導師巴克（東尼·波頓飾），成了洛基新的導師。

E. 在《洛基V》（1990）中，洛基變成了一位年輕打者湯米的導師，他很快就離開了洛基，並找到一位新導師──篤克──他是洛基和阿波羅兩人的前任導師。洛基發現他自己，在導師面是處於與篤克對立的狀態，另外在打者面又與湯米對立。

在《洛基》電影中的角色轉換，代表了對手與導師原型可以互換的流動性。在導師和對手角色間的連結要素，就是基本上他們都具有相同的功能──即他們啟發了英雄去競爭，並邁向成功。

愛情的對抗

電影中另一項典型的兄弟鬩牆的對抗，就是搶奪一位共同愛人的愛情對抗（Romantic Rivalry）。在《天倫夢覺》裡，凱爾和阿潤為了搶奪阿不拉（茱麗·哈里斯飾）的愛而爭競。愛情對抗是指女性愛的對象的主要衝突，因為──雖然她愛那位溫柔又仁慈的好兒子──但她同時也被那位性感又陰鬱的壞

男孩所吸引。

認同的需要

在兄弟鬩牆的對抗中，其驅動的力量乃是爲爭奪父母的愛、注意力和認同的需求。在電影中，在兄弟姊妹間不同層面的心理衝突，常是透過以取得一個**外在目標**（External Goal）的對抗來呈現。這個可見的目標，就是對抗之外表的顯現，而這衝突潛在推動的力量，就是意圖爭取父母認同的內在對抗。在外顯的目標之故事中，有一個常見的要素就是**道德衝突**，所演出的就是乖小孩／壞小孩的主題。

在《天倫夢覺》裡，凱爾想要賺錢幫助他的父親從經商失敗中復原。他認爲這麼做，就能贏得他父親的認同，而至終能成爲他偏愛的兒子。凱爾想出一個利用戰爭能快速牟取暴利的計畫，同時，阿潤則公開表明戰爭是不道德的信念，當然任何人想要從戰爭牟利也是不道德的。在兄弟間面對戰爭倫理的事上，獲取金錢的外在目標，被染上了一層淡淡的道德衝突的色彩。

在一場關鍵的場景裡，凱爾用他所賺取的錢令他父親吃驚，這位父親拒絕了凱爾的禮物，正如神拒絕了該隱的祭物。在同一個場景裡，父親對阿潤的禮物感到狂喜——就是他和阿不拉將要結婚的消息。父親拒絕凱爾的禮物，並接受阿潤的禮物，導致凱爾殺了阿潤，正如神拒絕了該隱的祭物，並接受亞伯的祭物，導致該隱在嫉妒之下殺了亞伯一樣。這兩個故事都環繞在小孩急切的需要獲得父母的愛與認同。

《日正當中》

在金・維多導演的西部片《日正當中》（Duel in the Sun）裡，兄弟鬩牆是發生在傑西（約瑟夫・寇頓飾）和劉特（葛雷葛萊・畢克飾）之間，兄弟之間的對抗，是存在於上述所有六個層面之中。

1. 傑西是那位好兒子——仁慈、溫和、文明和品行端正；而劉特則是那位壞兒子——殘忍、暴力、凶惡且品行不良。
2. 傑西是母親（麗莉安・吉許飾）的最愛，劉特則是父親（里歐奈・巴

力摩爾飾）的最愛。

3. 其中有針對珀爾（詹妮佛・瓊斯飾）的愛情對抗，她是一位傑西和劉特都喜愛的混血女孩。

4. 裡面也有對父親之愛的心理動力的對抗，他們都想要得到父親的敬重與認同。

5. 而外在目標的對抗是一場政治的衝突，即是否在他們家園的土地上建造鐵路。

6. 道德衝突牽涉了鐵路之爭和兄弟與珀爾的關係兩個層面，傑西贊同修建鐵路——認為那是好的事情，能有助於德州的發展。劉特則反對修建鐵路，因為那與他父親想要控制大塊面積土地之帝國主義式的企圖相衝突。而且，傑西以尊重、仁慈和禮貌對待珀爾；而劉特則殘酷地對待珀爾，他與她在一起只為了滿足性需求，但拒絕給她任何超過肉體關係的事物，因為她只是個混血兒。

第|十三|章

摘要

● 兄弟鬩牆的古典主題，如聖經中成為典範的該隱和亞伯的故事，而且在艾爾弗列德‧阿德勒的理論中有透徹的分析，提供了電影中一個無所不在的對抗情節的模型。

● 乖小孩／壞小孩的二元性，是對抗公式中最根本的部分。其中一個小孩或角色是好人，而另一個則是壞人，這個二分法和英雄／反對者的二元性是類似的，其中每一個偉大的英雄背後，都會有一個同樣偉大的壞人。

● 在古典兄弟鬩牆的主題裡，一個小孩常會被一個父母偏愛，甚過其他的小孩。當母親喜歡一個小孩，而父親喜歡另一個小孩時，這偏袒的元素是能製造一些相當複雜巧妙的衝突的。

● 對手的角色在本質上與導師的角色是類似的——因為兩個角色都提供了英雄成功的動機。很多時候，一個對手能發展成為一位導師，反之亦然，因為這兩個人物的功能是息息相關的。

● 對抗公式的另一個重要內容，就是針對一位共同愛人的愛情對抗。

● 最後，大多數的對抗也集中在外在的目標上，例如贏得大的競賽、贏得選戰、贏得大的賽跑等。

● 許多時候，在獲得外在目標的競賽中，會有一個道德的元素牽涉在其中，其中乖小孩／壞小孩二元性就被表現出來。例如，乖小孩想要贏得選舉，以拯救小鎮，同時壞小孩也想要贏得選舉，如此他便能將小鎮出售給邪惡的探油集團。

1. 請找出三部電影，其中有古典兄弟鬩牆的主題——兄弟和／或姊妹彼此衝突。

2. 在這些電影中的對抗，是否含有本章所描述的情節元素？

3. 請找出三部電影，其中兄弟鬩牆的主題表現得較不明顯——對手不是兄弟姊妹，對手不在爭奪父母或情人的愛，對手不是好人或壞人等等。

4. 請問這些電影中的對抗，是否仍然保有本章中所描述的某些或大部分的情節要素？

5. 請分析下列電影中的對抗：《姊妹情仇》（Whatever Happened to Baby Jane）、《罪與慾》（Crime and Misdemeanors）、《天才一族》（The Royal Tennenbaums）。

6. 請問你有兄弟姊妹嗎？請分析你與自己的兄弟姊妹的關係，並看看你能否從中找到任何對抗的元素。請想想看，這些對抗的元素曾經如何影響了你自己人生故事裡的目標和動機。

在你的劇本中處理兄弟鬩牆

1. 大多數英雄都會以某種程度地經歷對抗，不論對手是否是兄弟姊妹，或甚至是電影中的主要人物與否。在《原野奇俠》（Shane）中，英雄在一開始就面對一個對手——酒吧中一位難纏的牛仔。與次要對手的打鬥，埋下了片尾與威爾遜——主要對手大對決的伏筆。對抗對英雄而言，是一場表演，一個證明他的力量、智慧、技巧或勇氣的機會。請問你劇本中至少有一場，英雄會與一個對手對

抗嗎？

2. 為了愛情對象的對抗，是無所不在的故事線，即使在不完全是愛情電影中也是如此。愛情對抗能為愛情元素的主題增加張力和衝突，請問你的英雄在追求他愛人的事上，是否有一個對手？

3. 在對手間的衝突常有一種道德的要素，在《原野奇俠》中，英雄為著好的農場主人而戰，而他的對手威爾遜卻為著壞的牛場巨頭而戰，請問你的英雄和他的對手間的道德衝突為何？

兄弟鬩牆一覽表

元素	描述	《天倫夢覺》中的範例
乖小孩／壞小孩的二元性	一位小孩扮演乖小孩，而另一位則扮演壞小孩	阿潤是乖小孩 凱爾是壞小孩
父母偏袒	一位父母偏愛其中一個小孩，甚於其他小孩。或者，一個小孩是母親的最愛，而另一個小孩則是父親的最愛	阿潤是父親的最愛 凱爾視自己為母親的翻版
愛情對抗	兄弟姊妹間爭奪同一個愛人的愛情對抗	凱爾和阿潤爭奪阿不拉的愛
認同的需要	潛藏的對抗來自對父母或其中一位的認同的需要	凱爾對父親認同的需要，導致他對阿潤的嫉妒和憤怒
外在的目標	有一種對抗是要取得外在的目標	凱爾想幫助父親從經商失敗中復原
道德衝突	在乖小孩／壞小孩主題中的道德衝突	凱爾從戰爭中牟利與阿潤對戰爭的道德譴責

Chapter 14

生活方式

　　阿德勒優越感動能的理論，很多是受惠於**弗里德里希·尼采**（1844-1900），一位哲學家，他的原創性並具煽動性的觀念，啓發並影響了歐洲整個世代的知識分子，包括佛洛伊德、容格、艾瑞克森和大部分其他偉大的心理分析的理論家們。阿德勒使用尼采**「權力意志」**的觀念，來形容優越感的主要動能是人性中一種宇宙性的目標。像尼采一樣，阿德勒視優越感動能為一種天生要求完美的衝動，它有它假想觀念的結束點，而不是一個真正可以取得的目標。「關於人美妙的事情，」尼采寫到，「就是他是一個橋梁，一個達到超人的橋梁！」從一種進化的觀點來看，個別的人無法獲得真正的完美。然而，進化提供了每一個人類追求完美的動能，優越感的目標激發人類追求更高的高度，和使每個活著的人能成為一個「橋梁」，以走向人類發展的下一個進化階段。

超人和弱者

雖然古代希臘偏愛皇親貴族的古典英雄，或神聖的家族——生來就有極大能力和命定榮耀的人——但**猶太基督教**傳統卻擁護真正的弱者。正如尼采所指出，希臘和羅馬是第一個和第二個帝國——他們的神話被構成像他們的文化一樣，那時他們正成為強大的帝國。希臘、羅馬高貴的貴族、權力和對神聖命運的信念，可以令一個文化想要征服和主宰其他民族。而猶太基督教傳統則是產生自奴隸社會，他們看重人性價值、服侍神，以及相信死後有賞賜，以回報他生前的貧窮和順服。尼采相信一個征服者的**優等民族**，有一個根基於主人**道德**的神話是很自然的事——其中強者和有能力者理應得到勝利。相反的，一個**奴隸民族**擁有根基於**奴隸道德**的神話，也是很自然的事——其中柔順的應該繼承土地。因此，希臘、羅馬的英雄是一種「半神人」，一個超人，而猶太基督教英雄則可被稱為「下等人」，一個弱者。

超人和下等人的戰爭，不僅是個人勝過個人自卑感的一個象徵，更是猶太基督教倫理勝過古代希臘和羅馬主人民族倫理的歷史性勝利象徵，而且也是更近期勝過納粹「超越一切」的勝利象徵。像《洛基》的電影，就以清楚描述的打鬥場景，討論了介於超人和弱者間的神話性衝突。在《洛基》中，典型的猶太基督教弱者必須面對在技術上卓越的冠軍，一位很適切地取名為希臘神祇的名字「阿波羅」的選手。二次大戰的電影，也是藉著呈現猶太基督教的盟邦與雅利安納粹間的對抗，來討論超人與弱者的衝突。羅馬和聖經的史詩呈現的衝突，是古代的猶太人和基督徒們對抗他們的帝國主義領袖——古代的埃及人、羅馬人和希臘人等。在其他的電影中，超人和弱者間的衝突，則是英雄所經歷的一種內在的奮鬥。

超級英雄

電影中超級英雄的角色，代表了古典的和猶太／基督徒角色特徵的一種奇特組合。超級英雄典型地會呈現出優越感和自卑感兩種情結，他們是超人和弱者所組成的一個英雄。然而，超級英雄的人格分裂會很自然地被分配在他的兩種身分中。在他的凡人身分裡，克拉克‧肯特是溫文有禮、謙遜、害羞、笨

拙、沒安全感和沒影響力的；但在有麻煩的時候，他就變身為超人，是一位「鐵人」，比地上所有的人都要優越。類似地，彼得·帕克是矮小、柔弱、毫不起眼的年輕小伙子，但當他變成蜘蛛人時，他就超越了所有人。觀眾們，特別是兒童們，很容易與現代超級英雄們認同，因為他們代表了觀眾可以感受到的，在他們自己性格裡相同且對立的二元性，當我們陷在自卑感和缺乏感（我們內在的克拉克·肯特）的奮鬥中時，我們優越感的夢（我們內在的超人）就會鼓勵我們去做偉大的事情。

生活方式

在阿德勒後期的理論中一個中心的主題，就是他所提出不同「生活方式」的模型，那是人們在他們努力取得優越感時會使用的。受到尼采「權力意志」理論的啟發，阿德勒之衝突生活方式的理論，為電影角色中，個人內心裡的精神官能衝突（內在衝突），以及介於角色間，就是人際間的衝突（外在衝突），提供了一個模型。阿德勒將它們分為四種基本的生活方式——除了一個以外，所有都是「錯誤的」。

1. **統治型態**——個人想要優於他人並主宰他人的衝動。
2. **接受型態**——個人從別處取得，以及依賴別人，而非供應別人和自己。
3. **逃避型態**——個人躲避和避免挑戰、責任與義務等。
4. **對社會有益型態**——個人參與社會建設性的活動。

「對社會有益型態」是唯一一種非「錯誤的」型態，因為優越感的衝動是導向自我和社會的改良，而非自私的追求。儘管有這些型態的存在，但阿德勒的理論並不像佛洛伊德理論是悲觀的或決定論的。阿德勒是一位人道主義者，他的理論支持「創造性的自我」的觀念，即個體能透過他自己「意志」的力量，調整、或甚至是轉變他的生活方式，來改變和建立他自己的人格。電影英雄也是「創造性的自我」，透過電影的過程，他們的角色總是有了某些的發展。很多時候，角色藉著從一種錯誤的型態發展成為對社會有益的型態中而展示了個人的成長。

一種個人內心裡和人際間衝突的模型

　　許多電影描述這種生活方式型態為人際間的衝突，在一部有古典英雄的電影中，英雄通常在開始時是一位完全發展並品行端正的人。在這些故事中，英雄是對社會有益的型態，他所招募的盟友，在尚未加入英雄和成為對社會有益之前，則是逃避型態，而壞人是統治型態，壞人的好友則是接受型態。這個公式對於「一群英雄」的電影而言，像是黑澤明的《七武士》（Seven Samurai），是一個標準的模型。其中流浪武士（對社會有益型態），組織了一群散漫的武士（逃避型態），為了要打敗貪婪的歹徒（接受型態），以及他們邪惡的領袖（統治型態）。

　　另一些電影形容生活模式為個人內心裡的衝突，電影中反英雄的角色通常一開始是屬於接受類型——一個非法之徒或自私自利的槍手。然後，當他遇見一個冒險的召喚，去拯救小鎮，他就成了典型的逃避類型，並且拒絕召喚。但是他終究變成對社會有益的類型，藉著接受了召喚和毀滅了邪惡的壞人——通常是統治類型的具體化身。在黑澤明《大鏢客》（Yojimbo）中的英雄，是一位浪人武士，正想找個僱傭劍客的工作賺點錢（接受類型）。剛開始時，他避免幫助窮困的鎮民（逃避類型），但最後他奉獻自己，為了拯救小鎮之故（對社會有益的類型），殺掉統治小鎮邪惡幫派的首領（統治類型）。

《萬夫莫敵》

　　克雷薩斯（勞倫斯・奧利維亞飾）在《萬夫莫敵》（Spartacus）中是一位殘忍的貴族，是統治類型的具體化身。他對待奴隸和周邊的屬民，像在他個人享樂的遊戲中的玩具一樣。對克雷薩斯而言，奴隸並非人類，他們只是物件，目的就是為了滿足他變態的和虐待狂式的胃口，以及在性和心理上的控制慾。巴提爾特斯影響了貴族的態度，他在階級上大大超過了他的奴隸和僕人，但他的地位是一位中產階級商店的主人，他批發買進有價值的貨品，然後再賣給統治階級。巴提爾特斯爭奪和自私的本性，在他遇見克雷薩斯和他的貴族朋友們的一個場景中是很明顯的，他馬上丟掉他所有的驕傲與偽裝，並向克雷薩斯卑躬屈膝，滿足他所有的需要。巴提爾特斯甚至將他最寶貴的私人物

品，標緻的法里尼亞（尚·西蒙斯飾），賣給克雷薩斯，以滿足參議員的性需求。更有甚者，巴提爾特斯不理他較好的判斷，而屈服於克雷薩斯的命令，讓一位武士戰死在武士學院裡。他無法拒絕克雷薩斯，因爲他的類型總是可以被一袋金子收買，讓在訓練中的武士在自己家鄉打鬥致死，這是被踐踏的奴隸們所忍無可忍的事。這打鬥導致了一個叛變，以及奴隸全面的反抗，都肇因於克雷薩斯對權力的慾望和巴提爾特斯對金子的慾望。

在第一幕中的武士學院裡，仍是一位奴隸的斯巴達克斯，扮演了逃避類型的角色。他非常清楚的知道他在世界中的位置，甚至也嚐過處罰的苦藥丸滋味。在影片開頭的段落裡，斯巴達克斯被拴在一個石頭上要被太陽曬死，作爲攻擊守衛的處罰，而當時他是爲了保護一名奴隸。他幾乎無法逃避他的命運，直到巴提爾特斯以折扣價將他買下，而巴提爾特斯只是出外進行一次購物大血拼。斯巴達克斯原不打算再爲任何人申冤，但當他被一位奴隸殉道的勇氣激勵，以及當他心愛的法里尼亞被他殘酷的主人從他身邊被帶走而令他義憤填膺時，斯巴達克斯終於克服了他的逃避方式。藉著發起和領導史上最偉大的奴隸反抗運動，斯巴達克斯表現了那標示著對社會有益的類型之領導力和社會利益。甚至在死後，斯巴達克斯持續發揮他對社會的益處，他的傳奇如燈塔般的站立，而且成爲各地奴隸階級的啓示。

《聖袍千秋》

聖經的史詩《聖袍千秋》（The Robe, 1953），描述一個在阿德勒所有四種的生活方式中都有進展的角色。崔布安·馬謝勒斯·加利歐（李察·波頓飾）是一位羅馬貴族，一個統治階級菁英的成員，擁有奴隸並控制其他的國家，如他自我宣稱的是「世界的主人」。加利歐開始時是古典希臘羅馬英雄的樣板，但是在這部宗教意味濃厚的電影中，加利歐必須克服他的優越感情結，以成爲猶太基督教的英雄。在第一幕中，加利歐就是統治類型的典範，他自己的優越感情結使他進入一場奴隸競標的比賽，在其中他用頭撞了卡力古拉，他是羅馬帝國皇位的當然繼承人。加利歐就被差派爲委任官員，與羅馬軍隊被送到偏遠的猶大地區的哨所，作爲對他的處罰。

加利歐個人轉變的旅程，就在他將耶穌釘十字架之後展開。加利歐對於毀

滅了那麼一位純潔和神聖之人的罪惡感，實際上是保持在耶穌的袍子中的。那罪惡感開始成為一個詛咒，幾乎令加利歐瘋狂。他試圖逃避咒詛而離開猶大，回到羅馬。加利歐在他這個階段旅程的逃避，代表了逃避類型的生活方式。然而，加利歐的瘋狂跟隨著他到了羅馬。皇帝的占卜者斷定加利歐是中了一個耶穌的咒詛，就是被他處決的「魔法師」。提伯利亞斯皇帝於是給了加利歐一個委任，要他回到猶大去找到並毀掉耶穌的袍子。在做這件事的時候，加利歐也必須找到煽動性的新基督徒運動的領袖，如此他們所有的人才能被掃除。皇帝的委任再一次地改變了加利歐，使他成為接受類型。

與其統治別人或逃避責任，加利歐的生活方式現在完全地集中在接受一些東西，為了滿足一種個人的需要，而犧牲別人的利益。雖然現在他只是一個統治階級的僕人，但是一個送信男孩，帶來了皇帝的命令，加利歐開始為自己而活，他生命中唯一的目的就是拿取。

加利歐回到猶大並找到了袍子，但是聖袍和它所代表的罪，再一次地改變了加利歐，把他轉變成一個對社會有益的類型。罪惡感和聖袍間象徵性的關係，說明了在羅馬和基督徒的道德準則間之重要差異。羅馬民族的倫理是基於驕傲以及主宰性、高貴和力量的理想，而猶太基督教的倫理則是基於當然的罪和社會責任與謙卑的理想，特別是與社會最低階層的人——窮人、跛腳的、被奴役的，以及被壓迫的有關。以尼采的話來說，驕傲是在主人道德背後的心理力量，而罪是在奴隸道德背後的心理力量。在成為基督徒之後，加利歐放棄了他原有驕傲的方式，而擁抱基督徒謙卑之罪的觀念。

在第三幕裡，加利歐展示了他新發現的對社會之益處。他與他原來羅馬的盟友對抗，為了拯救他以前的奴隸（維克特・馬圖爾飾），他是一位基督徒。在他生活方式的逆轉，最後一場的戲劇性展示中，加利歐無私地犧牲了他自己的生命，為了拯救他在影片開頭時因為驕傲、狂妄和優越感所買的奴隸。加利歐的殉道具有雙重的重要性，因為他——一位羅馬貴族——為了一位卑微的奴隸而犧牲了他的性命。加利歐的自我犧牲也是對基督徒的理想一種實際的仿效，就是由耶穌自己所表現出來的典範。藉著自願為了社會上最窮的人犧牲自己，加利歐展示了他完全地認同耶穌作為一位導師，以及他完全獻身於基督徒的理想的作為。

第|十四|章

摘 要

● 取自尼朵的哲學，阿德勒衝突生活方式的理論，為內在與外在衝突都提供了一個模型，這個理論描述了根基於生活方式的四種不同的人格類型——是人們表達他們對於優越感衝動的方式。

● 統治類型力求感覺有主宰力和優於他人。

● 接受類型從別人處取得東西，或依賴他們以滿足自己所需。

● 逃避類型從他的責任中逃跑，並且避免義務和責任。

● 而對社會有益的類型則投入無私的、對社會有益的活動。

● 有些電影將這些生活方式描寫為人際間的衝突，例如，英雄是對社會有益的類型，他不願意幫忙的朋友或同伴是逃避類型，壞人是統治類型，而壞人的朋友則是接受類型。

● 也有些電影將這些生活方式描寫為個人內在的衝突，例如，反英雄角色通常在開始時是接受類型，然後當他被召喚要冒險，但他拒絕那個召喚時，他又具體表現出逃避的類型。然而，最終他變成對社會有益的類型，藉著接受那個召喚，並毀滅了邪惡的壞人，就是典型統治類型的具體化身。

第|十四|章

習 題

1. 運用你的電影知識，請找出五部電影的角色，具體表現接受類型的生活方式。

2. 請找出五部電影的角色，具體表現逃避類型的生活方式。

3. 請找出五部電影的角色，具體表現統治類型的生活方式。

4. 請找出五部電影的角色，具體表現對社會有益的生活方式。

5. 請找出並分析一部影片，其中有本章所描述之人際間四種不同的角色
類型的衝突。

6. 請找出並分析一部影片，其中有本章所描述之個人內在的衝突——即
角色中的內在衝突，使他從一種生活方式類型，轉變成另一種生活方
式的類型。請你看看能否找到一部影片，其中主角的發展經過本章所
描寫的所有四種生活方式的類型。

在你的劇本中處理阿德勒的生活方式類型

1. 請問你會將你劇本中的英雄描述為一位希臘羅馬英雄（一位超人），
或一位猶太基督教英雄（一位弱者）？為什麼，或為何不是？

2. 你的英雄發展成一位對社會更有益處的人嗎？如果沒有，你認為這
種的角色發展能為你的劇本增添一些什麼嗎？

3. 請以阿德勒生活方式的類型，分析電影中英雄的角色發展，像是
《蜘蛛人》（Spider-Man, 2002）、《衝鋒飛車隊2》（Mad Max
2: The Road Warrior, 1981），以及《奇幻城市》（The Fisher King,
1991）等影片。

阿德勒的生活方式一覽表

生活方式	角色特徵	範例
統治類型	需要感覺有主宰力或優於他人	在《萬夫莫敵》中的克雷薩斯
接受類型	取之於別人或依賴他人	在《萬夫莫敵》中的巴提爾特斯
逃避類型	逃避或規避責任和義務	在叛變以前的斯巴達克斯
		《蜘蛛人》第一幕裡的彼得
對社會有益類型	參與社會有益的活動	在叛變以後的斯巴達克斯
		在《聖袍千秋》第三幕裡的加利歐

第 6 部分

{羅洛・梅}
Rollo May

Chapter
15

存在的衝突

　　羅洛・梅是一位具有很強的神學和存在主義哲學背景
的心理分析師,梅看見在心理分析和存在主義之間有一種連
結,並了解到精神的焦慮通常直接與存在主義者所稱的「憂
慮」、或存在的絕望(Existential Despair)有關。他於是成
為一位在存在主義心理分析方面的領袖,將焦慮定義為與存
在主義有關的疾病,是超越純粹個人範圍的疾病。焦慮是一
種存在的衝突(Existential Conflict),就是當一個人在世界
中不得其所而有的攪擾感覺。這種衝突來自於一個人相信他
在宇宙中的存在必定是有目的或意義的,但發覺他在自己的
生命中,一點也感受不到目的或意義。

球賽的隱喻（Ballgame Metaphor）

存在意義的衝突通常可以用**觀眾**和**球員**間的衝突來比喻，在一場棒球比賽中，會有極大焦慮的時刻，比如像和局的第九局。球員的焦慮是巨大的，但他可以做些事情，如打球、丟球、接球等。而觀眾的焦慮也是大的，但他不能做任何事，除了拍手或喊叫之外，而那些動作根本上對比賽一點影響都沒有。因此，觀眾的焦慮甚至比球員的焦慮還大，因為觀眾的精神能量無法被轉換成有意義的行動。羅洛・梅指出，存在的衝突就很類似於觀眾的焦慮，當我們感到生命從我們身邊經過，事情在我們身邊發生，而我們無法控制他們，我們就會感到焦慮。根據梅的想法是，問題在於我們是以觀眾的角度來看我們自己的生命，而不是以球員的角度來看。就是說，我們與其在自己的存在中採取主動的姿態，反而是被動地站在一邊，讓別的力量來決定我們生命裡的身分、命運和目的。

雖然真實生命裡存在的衝突是很細緻而複雜的，但電影中存在的衝突則是很簡單的。英雄是困惑的、焦慮的、沮喪的或忐忑不安的，因為他感到自己的生命是無用的、無意義的或荒謬的。但藉著找到一個特定的目的或目標可以追尋（外在目標），英雄就能界定和創造他自己生存的意義。他負面的焦慮就被轉換成能推動他旅程的正面力量。英雄原本是觀眾，但結束時，他不僅是球員，而且是他自己生命球賽中的冠軍。

自覺意識

梅對現代焦慮問題的解決方案就是自覺意識，即變得逐漸了解一個人自己困境的過程，然後著手去克服它。存在的精神官能病患必須改變他的觀點，從觀眾的角色（Spectator Role）變成球員的角色。一旦他的觀點改變了，他對自己的感覺會改變，他的行為會改變，還有他的生命也會改變。他將會克服他生命中意義的空洞，以一種個人可以認同的方式來界定意義，然後創造有意義的目標，在他之前無意義的生命中提供意義。對梅而言，這個過程主要是由自我分析、反省和頓悟而達成。在電影中，自覺意識典型地被描述為外在力量和內在角色發展間交互反應的組合。

自覺意識的階段

在《男人的自我追尋》（Man's Search for Himself, 1953）這本經典的書中，梅描述了自覺意識的四個階段：

1. 無知——「在自我意識誕生以前」。
2. 反叛——「試圖爭取自由，建立一些內在力量」。
3. 平凡的自覺意識——「一個健康的人格狀態」。
4. 創造性的自覺意識（Creative Self-Consciousness）——「狂喜……走出了自我」。

梅的最後階段不是指生物的狀態，而是一種短暫的超越經驗的片刻，其中一個人超越了對自我純主觀的看法，而能從客觀的觀點去看他自己，就像一個外在的、全知的觀察者正檢視他自己的生命，並對他自己的存在提供新的見識和意義。

角色發展中自覺意識的階段

雖然梅提出了關於生命不同階段的模型，但這模型也能和電影中角色發展的階段關聯起來。

1. 無知——英雄是**未發展的**、無知的，或對他內心裡或外在世界的任何問題都不關心的。
2. 反叛——因一個外在世界的問題引發了一種對存在衝突的理解，而導致自省和**靈魂探索**。
3. 平凡的自覺意識——英雄投入一個有意義的、重要的**外在目標**，並踏上旅程以完成這個目標。
4. 創造性的自覺意識——英雄的旅程在一次內在的理解時達到高潮，就是對自己的**頓悟**。

在階段的電影版本裡，有一種從內在衝突到外在目標的意識能量不斷的交換。在第一階段中，意識能量是停止活動的。在第二階段中，一個外在的問題啟動了一個內在的衝突。在第三個階段中，內在衝突被外化為一個特定的目標。在第四階段中，接近於，或等同於某種成就，即由外在目標導致一種內在

意識能量的流動，促使英雄了解了他自己角色的重要元素。梅將這最重要的超驗的經驗，說成是古典心理學的名詞「狂喜」。但對我們的目的而言，古典戲劇中「頓悟」這詞則比較適切。在頓悟的最後階段中，英雄已經完成他外在的目標——但更重要的是——他也已經發現了他在宇宙中真實的身分和特殊的目的。

第一階段：無知

在英雄發展的第一階段裡，他天真無邪，不捲入任何內在或外在的衝突。然而英雄的缺乏參與，並不代表他不知道衝突的存在。在《星際大戰》中，路可開始時是住在遙遠的沙漠星球上一位天真的男孩。雖然他知道在銀河系裡，介於邪惡帝國和反叛者之間有外在的衝突，但他並不參與其中。而且雖然他隱約感受到深處逐漸加強之煩躁不安和不耐的感覺，但他的內在衝突尚未達到沸點。在你的劇本中，你的英雄角色的第一階段，就是接下來所有要發生之事的基礎。即使你的英雄尚未成為一位冒險者，他也應該要準備好展開他的旅程——不管他知道與否。在此階段中，你的主角是一位等待中的英雄——一位新興的英雄——他只需要一個外在的啟動，使他能引發在他裡面的英雄本色。

第二階段：反叛

在第二階段中，外在世界中發生了一些事，而把英雄從他存在之休眠狀態裡喚醒。**外在目標**對英雄而言是一個信號，就是他並沒有活出他的潛力來——他在世界中有一個目的，但他並沒有達成。英雄經歷了全面之觀眾的焦慮，他對球場上的衝突無置足之地感到沮喪，因為他不能做任何事。在這個階段英雄的內在衝突，就是反抗那正使他陷入停滯的力量，並使他變成球場上實際戰鬥中積極參與的球員。

無知的死亡

很多時候，無知階段的結束，可以從英雄生命中一位天真人物的死亡斷定。在《星際大戰》中，路可的姑姑和姑父被帝國的衝鋒隊員所殺，這些無辜

的旁觀者在帝國與反叛者間的外在衝突中，變成了受害者。路可現在沒有選擇了——他必須成爲比賽中一位積極的球員，他的姑姑和姑父是使他退後的最後原因。在路可的故事裡，這兩位無辜者的死亡（Death of the Innocent），代表了他自己無知的死亡。相同的情節公式也用在《英雄本色》、《神鬼戰士》和許多其他電影中，作爲一種刺激英雄採取行動的方法，同時也切斷他與起初無知的世界情感上的聯繫。

仇恨的力量

　　無辜者的死亡，也給英雄提供了一個重要的角色動機元素。作爲心理的動機來說，**復仇**也許是最強的動機。電影所需要的就是在第一幕裡的一場，在其中有一位角色遭受極大的不公，使觀眾能在整部片中，能一直認同，並保持與受苦的、被仇恨推動的英雄同步。觀眾將等候最後復仇行動的時刻，因爲君子報仇、十年不晚。對許多英雄而言，像是懷爾特・爾普，復仇是一個推動的力量，而非唯一的動機。爾普接受了墓碑鎮警長的職位，好爲他死去的弟弟報仇。但在他接受警長的職位後，他就開始關心要爲綱紀敗壞的小鎮帶來秩序。而對另一些英雄而言，復仇仍是主要的動機。在《就地正法》（Death Wish, 1974）中，英雄（查理士・布朗遜飾）的妻子被殺了，而他的女兒又遭歹徒強暴，他復仇的心理需要是如此的強烈，以致驅使他展開一場狂暴的殺戮行動，進行私人的復仇，這場行動不僅推展至第二和第三幕中，甚至也延續到之後的四部續集中。

惡魔

　　復仇的慾望給了英雄一個起始的任務和目的，雖然這個目的是黑暗且自私的，它卻是很有活力的動機，特別是在英雄故事的早期階段。但當復仇動機成了英雄單一的執迷，問題就產生了。也許可以用不健康的執迷如「**被惡魔上身**」來形容——「惡魔」就是吞噬它所占據之人靈魂的內在怪獸。在《搜索者》（The Searchers, 1956）中，伊甸（約翰・韋恩飾）最初是想拯救他的姪女，她在一次卡曼其族人（北美印地安之一族）搶劫他家的行動中被擄走。後

圖13
惡魔上身：《搜索者》（1956）中，伊
甸（約翰·韋恩飾）和他的姪女（娜塔
麗·伍德飾）。

來他拯救姪女的動機，逐漸地被一種惡魔似的侵占所取代──他的復仇是為了
自己要對抗卡曼其族人，以及要殺了他姪女的黑暗慾望，因為在與卡曼其族人
多年生活後，她已經變成他們族人其中的一員了。

　　如果英雄的叛逆是由一種黑暗主題如復仇、憤怒、毀滅或恨意所激發，他
就必須在某個點上要克服那惡魔的（Daemonic）侵占，而變成獻身於「支持
社會的」或非自我中心的目的。雖然路可最初是因為想為他姑姑與姑父之死報
仇，但他很快就將自己獻身於拯救遇險少女（利亞公主）的行動，以及最後與
打敗帝國的義舉結盟。而雖然伊甸想要殺了他的姪女（娜塔麗·伍德飾），就
在一次頓悟中，他克服了他黑暗的鬼迷心竅。

第三階段：平凡的自覺意識

　　在第三階段的發展中（通常是劇本的第二幕），照著約瑟夫·坎伯的說
法，英雄進入了「完全的冒險生涯」，他不再為心不甘、情不願所困，英雄在
戰鬥場上是完全活躍的，而且全心投入他手中的任務。存在的衝突對英雄而言
不再是個問題，因為他界定自己存在的目的，是要完成他正追尋的目標。這個
發展的階段，典型地會以一次**情感宣洩**而達到頂點，就是在達到外在目標時
所發生的情感張力和焦慮的釋放。

　　若情感宣洩是與在第一幕裡殺死無辜者的壞人之死同時發生，其效果會顯
得更加戲劇性。就在情感宣洩的時刻中，英雄復仇成功，而且達成他旅程中一

直追尋的目標。但是當外在衝突解決的時候，他內在的衝突仍須被解決。也就是說，內在衝突會再度浮出，成為情感宣洩和外在衝突解決了的直接結果。一旦英雄達成了他的目標，問題就變成：「我現在生命的目的是什麼？」英雄可以如何界定他生命的意義？因為到目前為止在他一路所追求的，為他界定生命意義的目標已經不存在了。

第四階段：創造性自覺意識

電影中常見的認同失落主題，特別是在無所不在的**失憶症**（Amnesia）故事中，代表了英雄在找尋他真正的身分認同。在《神鬼認證》（The Bourne Identity, 2002）、《意亂情迷》（Spellbound, 1945）、《記憶拼圖》（Memento, 2000）和《天使心》（Angel Heart, 1987）裡的英雄們，都在找尋他們真實的身分。他們**頓悟**的片刻，就發生於他們了解了自己是誰的時候。在本質上，所有英雄的內在旅程都是完全相同的——他們都在找尋他們真實的身分。路可的旅程開始於為他的姑姑和姑父報仇，和拯救利亞公主的外在目標，但是在路可拯救了公主之後，他經歷了一個個人的頓悟，是關於他真實身分的。路可了解他命定要成為像他父親一樣偉大的傑戴武士。雖然他最初的目標達成了，路可再度將自己獻身於反抗帝國之更大的目標——讓他的角色被可以持續一生之久的重要性和意義給充滿。

衝突的解決為結局

再次獻身於新的目標和英雄認識到他真實的身分，在英雄的發展中是重要的元素。這些問題必須處理，以作為影片**結局**的一部分——在劇本結束時，「解開」所有的情節線。如果劇本中所有不同的情節線都沒有解決，那麼，情感的張力在電影結束時將會持續存在，且觀眾將會經歷一種深處的不適或不滿足感。與英雄有關的情節線是最重要的，雖然故事最終結束於事物的解決，但角色在影片結束後理應繼續活著。因此，解決的功能是要為故事收尾，而結局的功能是要為**角色發展**的問題收尾。這是藉著讓觀眾看到，角色已經改變，而且從那時起，他的生命將會不同了。

雖然故事的解決回答了一些問題，如「發生了什麼事？」——但結局則回答了這個問題，「接下來發生了什麼事？」除非你的英雄在結束時死了（以古典神話的模式），否則你劇本中的結局應該處理英雄新的認同，和他新的使命，或再次獻身於英雄式的、有意義的`。

　　很多時候，到了影片結束的時候，攔阻事物解決的力道是如此巨大，以致完整的結局可以用一種粗略的方式來表達。結局常常只是一個最後場景、一位角色、或旁白來講說故事，類似以下的效果：「所以壞人死了，小鎮被拯救了，而英雄和女子從此過著快樂的日子……。」觀眾願意接受幾乎任何電影結局的事實，不能成為一個懶惰的理由。你在第一幕裡應投注的心力和思想，在結局也應如此。

第|十五|章

摘 要

● 根據羅洛‧梅的理論，「存在的焦慮」唯一的治療，就是個人對自己意志、慾望和決心的覺醒，他稱之為自覺。

● 自覺意識的第一階段就是「無知」，在電影中，這個階段是由主角對有意義的行動不感興趣或不願參與來表現。

● 在這個階段中，主角是一位「新興的英雄」。他在心理上已預備好要以更有意義的方式去經歷生命，他只是需要一個朝著正確方向的推力。

● 自覺意識的第二階段就是「反叛」，主角理解他自己的存在衝突，而且有動機想要做些事去改變它。

● 反叛的階段常是由一個外在的目標或問題所啟動。

● 很多時候，無知的死亡，如一位心愛的人之死，就是促發英雄踏上旅程的關鍵。

● 英雄常被復仇的動機所驅動，這個毀滅性的動機是一種黑暗的執迷，與梅所說的「魔鬼上身」類似。很典型地，英雄在解決故事之前，必須先自我驅魔，除掉心中的魔障。

● 自覺意識的第三階段就是「平凡的自覺意識」──英雄獻身於他的目標，並積極地追尋。

● 第三階段常會結束於一個「情感宣洩」，是在目標達到時，一種焦慮和精神官能情感的釋放，壞人被毀滅了，或英雄以某種方式完成了他的目標。

● 自覺意識的第四階段就是清楚的時刻，或是「頓悟」，梅稱之為「創造性的自覺意識」。英雄了解了他自己和他的身分，不只與他獻身的目標有關，而且是作為一種更深的了解他自己角色的功能。

● 理想上來說，故事的解決引向一個「結局」，其中故事裡所有的張力和英雄的角色，都獲得解決。雖然故事的解決回答了這個問題，「發生了什麼事？」——而結局則回答了這個問題，「接下來發生了什麼事？」

第|十五|章
習題

1. 請找出十位電影英雄，他們是「復仇的力量」——被一種惡魔上身式的執迷所驅動，去殺害或毀滅。

2. 請問這些復仇的英雄們如何驅趕他們的心魔？

3. 請分析你的每個例子，並決定當惡魔被驅走的時刻，是否就是英雄獲得情感宣洩的同樣時刻？

4. 請利用本章所描述自覺意識的四個階段模型，分析你所喜愛的五部電影中的英雄角色發展。

5. 請利用本章所描述自覺意識的四個階段模型，分析下列電影中的英雄角色發展：《英雄本色》（Braveheart）、《衝鋒飛車隊》（Mad Max）、《駭客任務》（The Matrix）、《魔戒首部曲：魔戒現身》（Lord of the Rings: The Fellowship of the Ring）和《傳奇》（Legend）。

6. 請找出五位電影英雄，他主要的衝突是認同失落的問題。

7. 續上題，這每一位的角色是如何獲得頓悟的？

8. 請以存在主義的觀點，分析電影《記憶拼圖》，請特別留意在英雄認同感失落、他頓悟的時刻，以及惡魔上身之間細緻的交互影響。

在你劇本中處理存在的衝突

1. 第一幕中的謀殺或無辜愛人的死亡，對英雄是一種原型的主題。它提供了復仇不可或缺的動機，它也切斷了英雄與家園的情感連結。請問你的英雄在你劇本的第一幕裡，以何種方式去經歷一個實際的無知的死亡，或象徵性的無知的死亡？

2. 在第二幕裡的英雄常常「被惡魔侵占」——被黑暗的復仇、憎恨、憤怒或毀滅等執迷所驅動。作為英雄發展的一部分，他必須克服他自己的惡魔侵占。請問你的英雄克服了他的內在惡魔了嗎，像《星際大戰：絕地大反攻》中的路可？或者他仍被惡魔占據，像《緊急追捕令》電影系列中的哈利‧卡拉翰？

3. 電影結束時一個常見的問題是結束得過分快速，缺乏完整的解決與結局。觀眾除了需要知道故事如何結束之外，也要知道電影結束後會發生什麼事。現在你的英雄已經完成他的旅程，請問他的生命有何不同？他是否獻身於一個新的使命？還是他再次獻身於相同的目標，但是在更高的層次上？你用什麼方式讓我們知道，英雄在他的旅程中已經改變，而且已經變成一位更好的人？

存在的衝突一覽表

階段	情節設計	《星際大戰》中的範例
無知	新興的英雄	路可之渴慕離開他的家園星球
反叛	無知的死亡 惡魔上身	路可的姑姑和姑父被害 路可想要復仇的衝動
平凡的自覺意識	無私的內在目標 情感宣洩	拯救利亞公主和打敗維德 毀滅死星
創造性的自覺意識	頓悟 結局	路可了解他作為傑戴的身分 路可再度獻身於反叛的目標

Chapter 16

自戀時代的原型

　　在梅的後期著作中，他改進了他的理論，而且集中討論「自戀」的問題，作為現代特有的存在主義的疾病。他宣稱二十世紀的後半是「自戀的時代」（Age of Narcissism），是一種自我中心的時代，起源於具強烈個人主義、獨立性和孤立主義的美國神話（American Myth）。理想的美國英雄（American Hero）是不需要任何人的，過著遺世而獨立的生活，而且照著自己的價值而生存。梅聲稱這些自戀的角色特徵，導致了個人的隔離、遠距化、孤獨、暴力、貪婪和沮喪──就是存在的絕望，常以毒品和酗酒的自我對待來表現。自戀時代的原型就是美國獨立性和個人主義之理想的產物，也是在好萊塢電影中所描述的美國英雄身上根深蒂固的品質，而美國電影又是當代美國神話最主要的媒介。

美國英雄

　　美國原型英雄最為人所知的，是存在於古典美國神話的場景——西部荒野的背景之中，但他也能出現在許多其他的場景中。在戰爭的時期，美國英雄穿上軍服。當西部片退流行之時，美國英雄的馬就換成了警車，而他的寬邊牛仔帽就換成了警察帽。喬治‧盧卡斯甚至將傳統美國英雄移植到外太空的背景裡，但不論他是在偷竊牛群或風馳電掣地急駛於星際的蟲洞間，美國英雄都有相同普遍的原型特徵。他們是強健而富有魅力的、很固執、暴力，也很專一。他們不見得會遵守規矩（事實上，他們常打破規矩），但不論何種情況，美國英雄有他們自己會堅守的**榮譽準則**（Code of Honor）。而且雖然美國英雄也許會氣勢凌人、無知、粗魯和魯莽——他們很少從打鬥中逃亡，並可以因為他們的勇敢、正義和決心而被信任。簡而言之，美國英雄一點都不完美，但是他是一種當情況惡化，你希望他會出現在你四周的人。最重要的是，他是能讓電影好看的那種角色。

牛仔英雄

　　雖然約翰‧韋恩將是永遠的牛仔之王，但這相同的牛仔英雄類型，幾乎被所有在西部片黃金時代工作的演員所扮演。亨利‧方達、葛雷葛萊‧畢克、查爾燉‧黑斯頓、泰隆‧泡爾、詹姆斯‧史都華、賈利‧古伯、克拉克‧蓋伯、馬龍‧白蘭度、洛克‧霍德生、亞倫‧賴德、寇克‧道格拉斯、伯特‧蘭卡斯特、蒙特迦瑪利‧克里夫特、保羅‧紐曼，和威廉‧霍頓等，只是一些常常走馬上任，表演牛仔之主要角色的明星名字。牛仔英雄常是獨來獨往的男人，他們是強健而富有魅力的個人主義者，他不需要任何事物，除了一匹馬、一把槍和一個開放的牧場以外。不論他們是在當警長、治安官和遊俠，去維護法律，或當亡命之徒、搶劫犯和偷馬賊，去破壞法律——他們都根據他們自己的榮譽準則，獨立並驕傲地活著。

孤獨的十字軍戰士

　　在《日正當中》（High Noon, 1952）裡，賈利‧古伯扮演一位剛要退休的

警長，而同時一位殘暴的罪犯也剛剛回到城內。正當關鍵的時刻，所有文明社會的代表們，都證明他們沒有能力抵抗歹徒。他的朋友們、法官、牧師、他的副手、他的妻子（葛萊絲‧凱利飾），甚至他的導師，前任警長（隆‧小錢尼飾），都告訴威爾要離開小鎮，避開危險，而非去面對它。在孤獨的十字軍戰士（Lone Crusader）的世界裡，只有堅持維護他榮譽準則之勇敢的人，方能為混亂的世界帶來正義與秩序。孤獨的十字軍英雄，典型地是由以他為模範的孤獨遊俠和牛仔英雄所代表，而他們也會出現在城市之中。

叛逆的警察

當西部片類型在1960和1970年代的受歡迎程度開始衰落時，牛仔英雄開始出現在大城市中，約翰‧韋恩收起他的馬刺，在《無所遁形》（Brannigan, 1975）和《盜毒》（Mc. Q., 1974）中扮演警察的角色，而其他牛仔英雄，像在《警網鐵金剛》（Bullitt, 1968）的史提夫‧麥昆和《鐵石殺手》（The Stone Killer, 1973）的查理士‧布朗遜，在片中也如法泡製。克林‧伊斯威特將他超暴力的孤獨流浪假面，帶進警察類型，像緊急追捕令系列的電影中：如《緊急追捕令》（Dirty Harry, 1971）、《緊急搜捕令》（Magnum Force, 1973）、《全面追捕令》（The Enforcer, 1976）、《撥雲見日》（Sudden Impact, 1983）和《賭彩黑名單》（The Dead Pool, 1988）等片。他也出現在同樣類型的警察英雄電影中，如《交叉射擊》（The Gauntlet, 1977）、《黑色手銬》（Tightrope, 1984）、《義薄雲天》（City Heat, 1984）和《血型拼圖》（Blood Work, 2002）等片。

雖然警察是站在法律這一邊，但他仍是一位法外之徒，因為他總是為了抓到他的犯人而打破所有規則。觀眾一直被提醒，典型地是透過他暴怒的警局主管經常性的斥責，因為英雄是一位叛逆的警察，不遵守適當方法與程序。叛逆警察原型分別在以下電影中的角色成為典型：1980和1990年代《致命武器》系列中的梅爾‧吉卜遜、《比佛利山超級警探》三部曲裡的艾迪‧墨菲和《終極警探》系列電影中的布魯斯‧威利。就像西部片的英雄一樣，叛逆的警察是一位暴烈的獨行其是者，他完全照著自己的榮譽準則做事。這個原型

甚至引發了一齣受歡迎的電視諷刺劇，《辛普森家庭》，其中描寫了「麥克貝恩」超暴烈的性格。叛逆警察電影製成諷刺劇如此成熟的事實，也許意謂著這個類型已經變得陳腐老套和不新鮮了。目前在叛逆警察類型的傑出競爭者有馮・迪索和馬克・華柏格，但除非有新的電影出現，重新界定和活化這個類型，像《虎豹小霸王》（Butch Cassidy and the Sundance Kid, 1969）、《日落黃沙》（The Wild Bunch, 1969），以及《殺無赦》（Unforgiven）等片活化了西部片，否則叛逆警察原型也許就會很自然地消失。

歹徒英雄

法外之徒英雄可以生活在城市中，也可以生活在荒野的西部。詹姆斯・卡格尼在蕭條時代古典電影中典型化了歹徒英雄，像是《地獄之門》（The Doorway to Hell, 1930）、《人民公敵》（The Public Enemy, 1931）、《地獄市長》（The Mayor of Hell, 1933）和《大眾情人》（Lady Killer, 1933）等片。雖然警匪片拍攝於1930年代前（最知名的是由陶德・布朗寧所拍），但法外之徒對蕭條年代的觀眾而言，變成了一個特別有趣的角色，他們無法逃避他們的貧窮，以及夢想透過偷竊而快速致富的處境。西部片的法外之徒通常會在片尾走向夕陽，而歹徒通常會得到他的報應。歹徒的命運是他環境的產物——大城市——在那裡人無處可躲。他被城市和他所陷害的人給困住了，那種被困住的感覺、被邪惡所環繞和被黑暗綑綁，以及有不祥預感的命運，就是黑色電影的要素。

刑警偵探

正如卡格尼典型化了黑色電影的歹徒，韓弗瑞・鮑嘉也典型化了刑警這角色，像在約翰・休斯頓所導《梟巢喋血戰》（The Maltese Falcon, 1941）中的山姆・史沛德，和在霍爾・霍克斯所導《夜長夢多》（The Big Sleep, 1946）裡的菲利浦・馬羅。刑警是一個窮困但令人尊敬的偵探，他以自己的方式來打擊罪惡。因為他不是一位警察，他並不需要配合警察的規定程序。就像牛仔一樣，他用他自己的規則來玩他的遊戲。更有甚者，刑警是眾多被驅逐者之中

的一位，他不是一位警察，也不是一個罪犯，他走在好人與壞人之間。很多時候，會被兩方面的人威脅和打擊——就爲了一天賺幾塊錢，外加可報帳的費用。

好警察、壞警察

警察身處在危險的境遇裡，被罪惡和腐敗環繞著，他們持續處在一種可能被腐敗感染的危險中，而那腐化正是他們發誓要抵抗的對象。在某些電影中，警察英雄最壞的敵人就是他的同伴，或甚至是他們自己。在《衝突》（Serpico, 1973）和《警察帝國》（Cop Land, 1997）中，好警察變成深陷於一個所有人都腐化了的系統中，那警察英雄必須克服他們的誘惑，免於加入他們的同事，而接受賄賂。他們的衝突是很激烈的，因爲爲了尊重他們的職守，他們必須背叛與他穿同樣制服的人，而且打破不成文的「沈默的藍色代碼」。《爆裂警官》（Bad Lieutenant, 1992）將這個結構做了更進一步的發展，警察英雄一開始就完全是腐化的，他的挑戰就是設法救贖自我，以及爲他所有的壞行徑尋求赦免。

瘋狂的科學家

自戀（Narcissism）時代的最後一種原型，就是二十世紀對科學發現的執迷的產物。瘋狂的科學家在《卡里加利博士的小屋》（The Cabinet of Dr. Caligari, 1920）、《大都會》（Metropolis, 1927）、《隱形人》（The Invisible Man, 1933），和許多版本與重拍的《化身博士》（Dr. Jekyll and Mr. Hyde）與《科學怪人》（Frankenstein）等片中有許多的描述。他是一位**孤立的天才**（Isolated Genius）——如此投入他的工作，以致他將人當機器使用——忽略了他們原有的人性。瘋狂的科學家（Mad Scientist）自戀式的投入於他狂熱的科學實驗裡，導致他將自己孤立在他知性的宇宙中。很多時候，瘋狂的科學家正在策劃一個惡毒的計畫，要毀滅或征服世界，象徵著他想要控制所有的人和事。自戀類型的角色所犯最大的錯誤，就是他讓自己與人和與自己的情感疏離，因爲他的心思太單一地投入在他自我中心的計畫上。結果他的工作是相當

圖14
瘋狂科學家：約翰‧巴利摩爾於《化身
博士》（1920）中

自戀的——以無神的信念，極端浮誇的企圖創造生命，其傲慢程度正像他們自己一樣，都要遭受天譴。

瑪麗‧伍史東克夫特‧雪莉的全名小說《弗蘭肯斯坦：現代普羅米修斯》暗示了她英雄角色的自戀特質，以及她透過現代科學對自然秩序之邪惡的顛覆。這位瘋狂的科學家有一種古典的優越感情結，他將自己視為超人，並將他人看成次人類。因而，瘋狂的科學家原型裡的優越感情結被提升到一種「上帝情結」的層次，他將自己卓越的智力理性化，作為做以下事物的理由；忽略社會習俗、將人們當物件使用，以及創造或操縱生命，而不考慮他自己和別人會面對的危險後果。

孤立的天才

《時光機器》（The Time Machine, 2002）裡的哈迪根博士是一位科學家，當他的未婚妻艾瑪（西耶娜‧吉勒瑞飾）死時，他就變成一位孤立的天才。他在時光旅行上瘋狂的實驗，是一種急迫的意圖，為了能尋回艾瑪。哈迪根博士的尋求是每位孤立的天才尋求的象徵。這個原型的挑戰是要變成非孤立化——再度將愛整合在他的生命中，並使他自己再度與外在的世界連結。在《科學怪人》（Frankenstein, 1931）中，弗蘭肯斯坦博士（寇林‧克萊弗飾）只有在他的怪物幾乎殺了他和他的未婚妻時，才領悟到他的方式是錯誤的。在《變形博士》（Altered States, 1980）中的傑瑟普博士（威廉‧赫特

飾），在他發狂的實驗後，幾乎把他們兩人都變成了退化的靈長類動物，他也只能對他太太說聲我愛你。而《美麗境界》（A Beautiful Mind, 2001）裡的納許博士（羅素・克洛飾），則是不斷地危及他的婚姻，因為他自我中心地執迷於他的數學理論。在所有這些電影中，只有在瘋狂科學家冷酷的、客觀的工作反過來對抗自己時，他們才會產生自覺和頓悟，而且他們必須在愛與科學間做出抉擇。

存在的逆轉

瘋狂科學家原型代表了特殊的美國人一種工作狂的傾向，和對外在目標不健康的執迷。他具體表現了自戀的原型，因為他被惡魔侵占——他的狂野自我想要扮演上帝，並向世界證明他是多麼聰明和有能力。這種英雄類型所教導的道德是，一個完整的人格需要愛與工作的平衡（「lieben und arbeiten」——愛與勞動）。那位孤立的天才必須了解，他的工作雖然重要，但不是他存在的中心。孤立天才的角色發展，是透過存在的逆轉（Existential Reversal）而達成的。與其為了工作而犧牲他的個人關係。反之，他必須為著他所愛的人而犧牲他的工作。最常發生的是，這個頓悟和發展的高峰，只有在瘋狂科學家的創造物發狂了，並幾乎要毀了他自己以及他所愛的人的邊緣時刻產生。在電影的高潮時刻，瘋狂科學家通常必須摧毀他所愛（儘管令人發狂）的創造物，為了要拯救他所愛的女人的性命。

弗蘭肯斯坦怪物（科學怪人）

瘋狂科學家和他的創造物之間的關係，象徵了父親與兒子的關係。更有甚者，它象徵了神、終極創造者原型（Creator Archetype），與神的創造物——人類之間的關係。從這個意義來說，瘋狂科學家電影代表了自戀時代的最高議題：人否定神的存在，而喜愛科學和理性。在二十世紀的上半，瘋狂科學家的創造物，怪獸，代表了一般人對科技和現代人逐漸以科學取代了神這令人不安的認識之基本恐懼。結果，瘋狂科學家的創造物是有同情心的生物，他們代表了不幸的人類，漂浮在無神的世界裡。

在《卡里加利博士的小屋》中的僵屍、《大都會》中的工人們、《亡魂島》（The Island of Lost Souls, 1933）中莫里博士突變的生物，以及《科學怪人》中的怪物，都是由不負責任的創造者所發明之**被剝削的機器人**。牠們代表了後工業時代被剝削群眾的焦慮、牠們對統治階級的憎恨、牠們對科學和現代科技的不信任，以及牠們被壓抑的憤怒——最終會以集體的憤怒崛起，將牠們的創造者和牠們自己一同毀滅。瘋狂科學家能夠避免引起災難命運之唯一的方法，就是要認知到它們自戀式的錯誤，放棄他們危險的計畫，而能將他們自己投身於改善人類關係的努力上，而非在科學的執迷上。

創造者原型

存在主義的問題在電影中可說不勝枚舉——特別是在科幻電影和恐怖片中——其中人們扮演了上帝，並創造人類。在卡爾·容格「工作的解答」的論文中，討論了神與人之間交互的關係，其中說到：「與受造物的遭遇，改變了創造者。」不論這對於工作和上帝是否真實，透過遭遇而使角色改變的觀念，是在神話和電影中一種原型的主題，特別是在科幻類型電影中。瘋狂科學家扮演上帝，行為像上帝，相信自己是一位上帝，也照著自己的形象創造了一個人而成為了上帝。然而，那個他所創造的生物，是他自我影子的投射——是他的自戀和社會孤立的一個活見證。當瘋狂科學家遇見他的影子，當創造者遇見受造物，頓悟就產生了，而瘋狂科學家終於看見他自己的錯誤。藉著摧毀他所造的生物，瘋狂科學家清除了他自己的自戀狂和傲慢，孤立的天才就能重新與社會結合，他就再度地變成了人類。

自願的羔羊

自戀英雄的發展必須在一次角色逆轉中解決，就是他願意為別人犧牲。將集體至於個人之上，英雄拒絕了他的個人主義和獨立性，而將自己完全奉獻於全體的需要之上。所以，當沈恩在結束時孤獨地騎馬離去，藉著犧牲他追求新生活的夢想，而去幫助農場的居民，他展示了他奉獻在全體之事上的行徑。像在《英雄本色》中的華勒斯和在《神鬼戰士》中的麥克希莫斯等神話英雄，在

他們最後階段的旅程中，都是自願的羔羊（Willing Lamb），因他們為了他們人民的自由而犧牲了自己的性命。

實際的犧牲主題是常藉由英雄的導師而表現出來的，在《星際大戰》中，歐比萬放下他的光劍，而自願死在達斯·維德的手上，這甚至成為路可更大的啟示。導師最終的犧牲，激勵了英雄能放棄自己的需要，完全為了別人而犧牲自己。英雄不一定需要死才能展現最終英雄犧牲的品質——他只需要受到別人犧牲的激勵——然後將他自己放在危險的情況裡，以維護神聖的事業。如此，每位英雄的旅程都是一種典型英雄之角色轉換的故事，例如摩西、耶穌和亞瑟的故事……他們都是為了激勵別人，而犧牲自己的英雄和導師。

第 十六 章

摘 要

● 羅洛・梅稱二十世紀的美國為「自戀的時代」，他是指大部分自戀的美國英雄原型，他們表現了強烈的獨立性、強健而富有魅力的個人主義和大膽的孤立主義。

● 美國英雄原型大部分出現在美國神話的風景裡──電影銀幕──特別是在西部片中。

● 牛仔英雄是一位孤獨的十字軍戰士，他遵循他個人的榮譽準則，通常會使用極端的暴力。

● 電影中叛逆的警察原型，代表了移植入都市背景中的傳統美國英雄。

● 黑色電影中的歹徒英雄和刑警偵探，也是在都市背景中的傳統美國反英雄。

● 瘋狂科學家原型是一位孤立的天才，他必須再度與社會整合，才能救贖他自己。

● 瘋狂科學家是自戀時代中一種特別能引起迴響的原型，因為他狂妄地扮演上帝，進一步地推動他極端的實驗，他從他所愛的人中孤立出來，進入那以自我為中心的工作狂薄霧裡，以及他狂人般的計畫中，令他自己和周邊無辜的人都處於危險之中。

● 瘋狂科學家不幸的創造物，是現代人一個悲慘的象徵。那生物是由一位不負責任的主人所操縱的被剝削的機器人。

● 被造生物的困境象徵了在後工業時代中被剝削群眾的異化，以及在一個科技的年代裡，漸漸喪失信心的社會幻滅。

● 在瘋狂科學家故事的解決部分裡，創造者遇見並整合了他的創造物，象徵性地將群眾與主人聯合，以及將凡人的與不死的結合在一起。

第|十六|章
習題

1. 利用你的電影知識，請找出五位電影角色，代表了牛仔英雄的類型。

2. 請找出五位電影角色，代表了叛逆的警察類型。

3. 請找出四位電影角色，代表了歹徒英雄的類型。

4. 請找出三位電影角色，代表了刑警偵探的類型。

5. 請找出五位電影角色，代表了瘋狂科學家的類型。

6. 請問你的瘋狂科學家的故事如何解決？他們有無以某種方式和他們瘋狂的創造物整合？

 在你的劇本中處理現代原型

1. 你會將你劇本中的英雄界定為美國英雄嗎？為什麼，或為什麼不會？

2. 你的英雄描繪了自戀的哪些元素？請問這些自戀角色的元素，在你英雄的角色中代表了力量或弱點？如果他們代表了弱點，請問你的英雄在劇本中的某個點，有無克服他的自戀情況？

3. 對一個自戀角色的反叛，也是電影中一種原型的主題。例如，《搜索者》（The Searchers）裡的伊甸（約翰‧韋恩飾），是一位原型的自戀者──一位孤獨如十字軍戰士的牛仔英雄。馬丁（傑弗瑞‧杭特飾）是他的年輕隨從，總是被伊甸自戀式的控制所激怒。在你的劇本中，有無一位角色足以被稱為自戀式的英雄、壞人、導師、愛的對象、或配角？如果沒有，請想想看你如何能在你劇本中上述之一的角色中，增加一種自戀的元素？然後在相對的角色中，增加一種背叛的元素，以創造衝突。

現代原型一覽表

原型	情節設計與角色	範例
美國英雄	獨立的個人主義者	《亂世佳人》（Gone With the Wind）裡的絲卡莉·歐哈拉
牛仔英雄	擁有自己榮譽準則的流浪武士	《原野奇俠》（Shane）裡的主角 《搜索者》裡的伊甸
孤獨的十字軍戰士	一位獨自抵抗邪惡與腐敗的暴烈之士	《日正當中》的馬歇爾·肯恩 《岸上風雲》（On the Waterfront）裡的泰瑞·摩利
叛逆的警察	想成為一位好的警察而破壞警察的規則	《致命武器》（Lethal Weapon）裡的瑞格警官 《緊急追捕令》裡的卡拉翰檢察官
歹徒	大城市中法外之徒，一位反英雄	《疤面煞星》（Scarface）裡的東尼
刑警偵探	兩份叛逆警察，一份歹徒英雄	《鼻巢喋血戰》與《夜長夢多》裡的韓弗瑞·鮑嘉
對立的警察	不願收賄的，以及不願屈從於壞警察的好警察	《衝突》裡的主角 《警察帝國》裡的海夫林警長 《城市王子》（Prince of the City）裡的丹尼爾·西羅
瘋狂科學家／創造者	扮演上帝並創造危險生物的孤立天才	《科學怪人》裡的主角 《化身博士》裡的主角
怪獸／被造生物	由一位不負責任的創造者所創造的被剝削的機器人	《大都會》裡的工人們 《亡魂島》裡的突變人

結　論

「任何人以原始的影像說話的，是以千種聲音來說話的；他迷惑並震懾，同時，他提出了一種想法，就是他正在從偶然和飄忽即逝之中尋找表達，使之進入永恆的領域。

那就是偉大的藝術和它對我們影響的奧秘。

那創造性的過程……是由一種在潛意識裡原型的影像的啟動所組成，

然後再精心雕製和形塑該影像，成為完成的作品。

藉著給它形狀，藝術家將它轉化成現代的語言，

並使它能讓我們可能找到，歸回我們最深處生命泉源的道路。」

～卡爾·古斯塔·容格
「原型心理學與詩學之關係」（1992）

正如任何創造性的努力一樣，電影劇本寫作大部分上是一種潛意識的過程。我們的故事意念和角色是從哪裡來的呢？他們來自我們內心裡……潛意識記憶、情感和經驗的黑暗幽深之處，在意識層面我們也許只能領會到部分而已。有些作家和藝術家相信，一種對影像製作和說故事背後潛意識功能理性的認識，會對創造性的過程造成傷害。筆者對此看法表示強烈反對！

就個人而言，我已經發現在創造性行為的背後，一個全面的知識和對心理學原則的理解，曾大大地幫助我，並在我曾寫過的每句話上，提供我指引、結構、意念和支持。本書所論及的心理學理論，對我的工作和我的生活，都是寶貴的活水井，而我只希望我在前面章節中所鋪陳的觀念，也能提供給你某種啟示。本書中所談到的每個理論，在你劇本中，都能提供某種不同的方法，去創造衝突、情節結構和角色發展，這就是我的意圖。有句諺語說：「剝貓皮有很多種方法」，這與電影編劇特別有關聯──因這領域是被公式化的情節、陳腐的角色類型、老套的對白，和陳舊的、陳腔濫調的故事等所困擾的領域。我精心編撰本書，乃是藉著提供許多在電影編劇上不同的心理觀點，以幫助你可採取多種的方法來寫你的作品。作為一位編劇，你的調色盤越是寬廣，你在創作中的自由度也就越大。

就某種意義來說，結構和創意在劇本創作過程中，是互補和相對的要素。雖然你需要結構去組織你對於角色和情節的想法，使之成為首尾一貫的故事，但太多的結構卻會扼殺你的創意，關閉原創之門或獨特的角色與情節。這就是為什麼，你作為一位編劇，接下來（照著約瑟夫・坎伯的話）：「在以往沒有門的地方將會有門打開」。本書，我希望，將能提供你不只一扇，而是許多扇門，在電影編劇上的創意之門。

　　值得一提的是，本書中沒有一個理論是劇本中僵硬的樣板，提供給衝突、情節結構、或角色發展的。這是因為那樣的一個樣板——給電影的「餅乾切割器」——是不存在的。是的，結構是有公式的，建立角色類型和情節線亦然，但僅是擠出公式和類型，將無法快速帶你達成目標。電影編劇是一個創造性的過程，而且為了達到在此領域甚至是最低限度的成功，你必須提供製片新的、有創意的、原始的和獨特的故事和角色。因此，雖然本書提供了大多數主要電影類型中可看見的，給結構、情節線和角色類型基本公式的心理分析，然而這分析是為了要加強你了解這些元素的能力，以作為創造原創性的和獨特的故事與角色的一個跳板。如果你對電影編劇的創造性過程沒有興趣，那麼對於編劇的心理元素更深層的了解，也將無法助你一臂之力。

　　作為最後的一個想法，我想要對我被問過多次的一個問題，提出一個答案：「對於我現在正在寫的劇本，我應該採取哪種心理學的方法，去處理我劇本中特定的角色和故事？」作為一位發展心理學家，在我早期的作品中我學習到，對任何關於個人心理學或人類發展的問題的基本答案，就是上面所問問題相同的基本答案。不幸的是，那不是非常令人滿意的答案，那答案就是：「要看情況」。要編寫你的角色和故事的最佳方法，是根據於你正在寫的角色和故事而定。每位角色都是一個個體，正如每個人都是一個個體一樣。而且每個故事都是獨特的，正如每個人的生命故事也是獨一的。我無法告訴你那個方法是最佳的，因為角色和故事是多不勝數的，而只有你知道那野獸真實的性情。

　　我憶起一句建築的格言：「形式跟隨功能」。你處理正在編寫的角色和情節的方法，是完全根據於他們在你特定的故事中的功能。如果你採用一種理論或形式在你的角色和情節上，而沒有小心地把他們放在你故事適合的功能中，那麼這故事將無法呈現它應有的強度。本書的目的就是要提供你多種

的、具心理影響力的和扣人心弦的形式以及認識，並運用這些形式來創造一個故事，能產生你所期望的功能。最後，故事是在你的裡面，而本書中心理學大師的理論僅是工具，能幫助你揭露你自己和你隱藏在心靈中的故事。

圖 {圖片說明} 片

作者感謝以下圖片所有權人，在公平使用原則之下，提供本書許多單張電影圖像，作為評論、批評和學術研究使用。圖片所有權人並無對本書提出認可或贊助的要求。

第一章
《哈洛與慕德》：1971年派拉蒙電影公司

第二章
《星際大戰》：1977年二十世紀福斯電影公司

第三章
《大國民》：1941年華納家庭錄影帶公司
《驚魂記》：1960年環球電影公司

第四章
《搜索者》：1956年華納兄弟電影公司

第七章
《生之慾》：1952年標準收藏電影公司

第八章
《發亮的馬鞍》：1974年華納兄弟電影公司

第十三章
《天倫夢覺》：1955年華納家庭錄影帶公司

第十五章
《搜索者》：1956年華納兄弟電影公司

第十六章
《化身博士》：1920年高登發行公司

編劇：Lewis Carroll（小說）以及Winston Hibler。

演員：Kathryn Beaumont（聲音）、Ed Wynn（聲音）、Richard Haydn（聲音）。

● **愛麗斯**（Alice）（1990）　056, 146

導演：Woody Allen。

編劇：Woody Allen（劇本）。

演員：Joe Mantegna、Mia Farrow、William Hurt。

● **國王人馬**（All the King's Man）（1949）　133

導演：Robert Rossen。

編劇：Robert Rossen以及Robert Penn Warren（小說）。

演員：Broderick Crawford、John Ireland、Joanne Dru、John Derek。

奧斯卡金像獎：Broderick Crawford（最佳男主角）、Mercedes McCambridge（最佳女配角）。

● **變形博士**（Altered States）（1980）　228

導演：Ken Russell。

編劇：Paddy Chayefsky（小說）以及Paddy Chayefsky。

演員：William Hurt、Blair Brown、Bob Balaban。

● **美國心玫瑰情**（American Beauty）（1999）　037, 057, 065, 066, 069, 075, 102, 108

導演：Sam Mendes。

編劇：Alan Ball（劇本）。

演員：Kevin Spacey、Annette Bening、Thora Birch、Wes Bentley、Mena Suvari、Peter Gallagher、Allison Janney、Chris Cooper、Scott Bakula。

奧斯卡金像獎：Kevin Spacey（最佳男主角）、Conrad L. Hall（最佳攝影）、Sam Mendes（最佳導演）、Bruce Cohen以及Dan Jinks（最佳影片）、Alan Ball（最佳編劇，為電影編寫之最佳劇本）。

● **美國派**（American Pie）（1999）　044, 048, 062, 095

導演：Paul Weitz與Chris Weitz。

編劇：Adam Herz（劇本）。

演員：Jason Biggs以及Chris Klein。

● 天使心（Angel Heart）（1987）　217
　導演：Alan Parker。
　編劇：William Hjortsberg（小說）與Alan Parker。
　演員：Mickey Rourke、Robert De Niro、Lisa Bonet、Charlotte Rampling。

● 動物屋（Animal House）（1978）　095
　導演：John Landis。
　編劇：Harold Ramis（劇本）、Douglas Kenney（劇本），以及Chris Miller（劇本）。
　演員：John Belushi、Tim Matheson、Tom Hulce、Stephen Furst、Mark Metcalf。

● 安妮霍爾（Annie Hall）（1977）　058
　導演：Woody Allen。
　編劇：Woody Allen與Marshall Brickman。
　演員：Woody Allen、Diane Keaton、Tony Roberts、Carol Kane、Paul Simon、Shelley Duvall。
　奧斯卡金像獎：Diane Keaton（最佳女主角）、Woody Allen（最佳導演）、Charles H. Joffe（最佳影片）、Woody Allen與Marshall Brickman（最佳編劇，為電影編寫之最佳劇本）。

● 我不笨所以我有話說（Babe）（1995）
　導演：Chris Noonan。
　編劇：Dick King-Smith（小說）、George Miller（劇本）以及Chris Noonan（劇本）。
　演員：Christine Cavanaugh（聲音）、James Cromwell以及Miriam Margolyes（聲音）。

● 嬰兒炸彈（Baby Boom）（1987）　169
　導演：Charles Shyer。
　編劇：Nancy Meyers（劇本）與Charles Shyer（劇本）。
　演員：Diane Keaton、Sam Shepard、Harold Ramis。

● 回到未來（Back to the Future）（1985）　134, 140
　導演：Robert Zemeckis。

編劇：Robert Zemeckis（劇本）以及Bob Gale（劇本）。

演員：Michael J. Fox、Christopher Lloyd、Lea Thompson、Crispin Glover、Thomas F. Wilson、Claudia Wells、Marc McClure。

● 玉女奇男（The Bad and the Beautiful）（1952）　061, 066

導演：Vincente Minnelli。

編劇：George Bradshaw（故事），以及Charles Schnee。

演員：Lana Turner、Kirk Douglas、Walter Pidgeon、Dick Powell。

奧斯卡金像獎：Gloria Grahame（最佳女配角）、Charles Schnee（最佳編劇）。

● 爆裂警官（Bad Lieutenant）（1992）　227

導演：Abel Ferrara。

編劇：Abel Ferrara與Zoë Lund。

演員：Harvey Keitel、Brian McElroy、Frankie Acciarito。

● 少棒闖天下（The Bad News Bears）（1979）　085, 089, 101

導演：Norman Abbott、William Asher、Bruce Bilson、Jeffrey Ganz、Lowell Ganz、Jeffrey Hayden、Alan Myerson、Gene Nelson。

編劇：Bill Lancaster（人物）。

演員：Jack Warden、Catherine Hicks、Phillip R. Allen。

● 小鹿斑比（Bambi）（1942）　185

導演：David Hand。

編劇：Felix Salten（小說）、Larry Morey（故事改編）、Perce Pearce（故事指導）。

演員：Hardie Albright（聲音）、Stan Alexander（聲音）。

● 第六感追緝令（Basic Instinct）（1992）　123, 161

導演：Paul Verhoeven。

編劇：Joe Eszterhas。

演員：Michael Douglas與Sharon Stone。

● 美麗境界（A Beautiful Mind）（2001）　086, 180, 229

導演：Ron Howard。

編劇：Sylvia Nasar（原著）及Akiva Goldsman（劇本）。

演員：Pussell Crowe、Ed Harris、Jennifer Connelly、Christopher Plummer。

奧斯卡金像獎：Jennifer Connelly（最佳女配角）、Ron Howard（最佳導演）、Brian Grazer與Ron Howard（最佳影片）、Akiva Coldsman（最佳編劇、最佳改編劇本）。

● 美女與野獸（Beauty and the Beast）（1991）　185, 186

導演：Gary Trousdale及Kirk Wise。

編劇：Roger Allers（故事）及Kelly Asbury（故事）。

演員：Paige O'Hara（聲音）、Robby Benson（聲音）、Richard White（聲音）。

● 飛進未來（Big）（1988）　010

導演：Penny Marshall。

編劇：Gary Ross（劇本）及Anne Spielberg（劇本）。

演員：Tom Hanks、Elizabeth Perkins、Robert Loggia。

● 大寒（The Big Chill）（1983）　055, 065, 066

導演：Lawrence Kasean。

編劇：Barbara Benedek及Lawrence Kasdan。

演員：Tom Berenger、Glenn Close、Jeff Goldblum、William Hurt、Kevin Kline、Mary Kay Place、Meg Tilly。

● 謀殺綠腳趾（The Big Lebowski）（1998）　071, 075

導演：Joel Coen。

編劇：Ethan Coen（劇本）及Joel Coen（劇本）。

演員：Jeff Bridges、John Goodman、Julianne Moore、Steve Buscemi。

● 夜長夢多（The Big Sleep）（1946）　226, 234

導演：Howard Hawks。

編劇：Raymond Chandler（小說）、William Faulkner（劇本）、Leigh Brackett（劇本）及Jules Furthman（劇本）。

演員：Humphrey Bogart、Lauren Bacall、John Ridgely。

編劇：John D. MacDonald（小說《執刑者》）、James R. Webb（早期電影劇本）、Wesley Strick（劇本）。

演員：Robert De Niro、Nick Nolte、Jessica Lange、Juliette Lewis、Joe Don Baker、Robert Mitchum、Gregory Peck。

● **基德船長**（Captain Kidd）（1945）　034, 035

導演：Rowland V. Lee。

編劇：Robert N. Lee（故事）及Norman Reilly Raine。

演員：Charles Laughton、Randolph Scott、Barbara Britton。

● **北非諜影**（Casablanca）（1942）　033, 135

導演：Michael Curtiz。

編劇：Murray Burnett（劇本）、Joan Alison（劇本）、Julius J. Epstein、Philip G. Epstein、Howard Koch。

演員：Humphrey Bogart、Ingrid Bergman、Paul Henreid、Claude Rains。

奧斯卡金像獎：Michael Curtiz（最佳導演）、Hal B. Wallis（最佳影片）、Julius J. Epstein、Philip G. Epstein與Howard Koch（最佳編劇）。

● **命運交錯**（Changing Lanes）（2002）　134

導演：Roger Michell。

編劇：Chap Taylor（故事）、Chap Taylor（劇本）及Michael Tolkin（劇本）。

演員：Ben Affleck、Samuel L. Jackson、Kim Staunton、Toni Collette、Sydney Pollack。

● **霹靂嬌娃**（Charlie's Angels）（2000）　042, 165

導演：McG.。

編劇：Ivan Goff（電視影集）與Ben Roberts（電視影集）、Ryan Rowe（編寫）、Ed Solomon（編寫）及John August（編寫）。

演員：Cameron Diaz、Drew Barrymore、Lucy Liu、Bill Murray、Sam Rockwell、Kelly Lynch、Tim Curry、Crispin Glover、Luke Wilson、John Forsythe、Matt LeBlanc、Tom Green、L. L. Cool J、Sean Whalen。

● **唐人街**（Chinatown）（1974）　013, 080, 117, 118

導演：Roman Polanski。

編劇：Robert Towne。

演員：Jack Nicholson、Faye Dunaway、John Huston。

奧斯卡金像獎：Best Writing（最佳原著劇本獎）。

● **小氣財神**（A Christmas Carol）（1938） 084, 087, 089

導演：Edwin L. Marin。

編劇：Charles Dickens（短篇故事）及Hugo Butler（劇本）。

演員：Reginald Owen、Gene Lockhart、Kathleen Lockhart。

● **仙履奇緣**（Cinderella）（1950） 074, 120, 188

導演：Clyde Geronimi、Wilfred Jackson、Hamilton Luske。

編劇：Ken Anderson及Homer Brightman。

演員：Ilene Woods、Eleanor Audley、Verna Felton。

● **大國民**（Citizen Kane）（1941） 032, 033, 241

導演：Orson Welles。

編劇：Herman J. Mankiewicz及Orson Welles。

演員：Orson Welles、Joseph Cotten、Dorothy Comingore、Agnes Moorehead。

奧斯卡金像獎：Herman J. Mankiewicz及Orson Welles（最佳原著劇本）。

● **義薄雲天**（City Heat）（1984） 225

導演：Richard Benjamin。

編劇：Blake Edwards（故事）（飾演Sam Q. Brown）、Blake Edwards（飾演Sam Q. Brown）及Joseph Stinson（飾演Joseph C. Stinson）。

演員：Clint Eastwood、Burt Reynolds、Jane Alexander。

● **魔繭**（Cocoon）（1985） 055

導演：Ron Howard。

編劇：Tom Benedek及David Saperstein（小說）、Don Ameche、Wilford Brimley、Hume Cronyn、Brian Dennehy。

奧斯卡金像獎：Don Ameche（最佳男配角）。

● **警察帝國**（Cop Land）（1997） 227, 234

導演：James Mangold。

編劇：James Mangold（編寫）。

演員：Sylvester Stallone、Harvey Keitel、Ray Liotta、Robert De Niro、Peter Berg、Janeane Garofalo、Robert Patrick、Michael Rapaport、Annabella Sciorra。

● **罪與慾**（Crime and Misdemeanors）（1989）　028, 198,

導演：Woody Allen。

編劇：Woody Allen（編寫）。

演員：Bill Bernstein、Martin Landau、Claire Bloom。

● **推動情人的床**（The Crush）（1993）　043

導演：Alan Shapiro。

編劇：Alan Shapiro。

演員：Alicia Silverstone、Cary Elwes。

● **冒牌總統**（Dave）（1993）　068

導演：Ivan Reitman。

編劇：Cary Ross（編寫）。

演員：Kevin Kline、Sigourney Weaver、Frank Langella。

● **春風化雨**（Dead Poets Society）（1989）　102

導演：Peter Weir。

編劇：Tom Schulman（編寫）。

演員：Robin Williams、Robert Sean Leonard、Ethan Hawke、Josh Charles。

奧斯卡金像獎：Tom Schulman（最佳編劇，為電影編寫之最佳劇本）。

● **賭彩黑名單**（The Dead Pool）（1988）　225

導演：Buddy Van Horn。

編劇：Harry Julian Fink（人物）、Rita M. Fink（人物）（飾演R.M. Fink）、Steve Sharon（故事）、Durk Pearson（故事）、Sandy Shakiocus（故事）（飾演 Sandy Shaw）、Steve Sharon（劇本）。

演員：Clint Eastwood、Patricia Clarkson、Liam Neeson。

● **就地正法**（Death Wish）（1974）　014, 117, 135, 215

導演：Michael Winner。

編劇：Brian Garfield（小說）與Wendell Mayes。

演員：Charles Bronson、Hope Lange、Vincent Gardenia。

● **魔鬼兵團**（The Devil's Brigade）（1968）　086

導演：Andrew V. McLaglen。

編劇：Robert H. Adleman（小說）、William Roberts、George Walton（小說）。

演員：William Holden、Cliff Robertson、Vince Edwards。

● **迪克崔西**（Dick Tracy）（1990）　182

導演：Warren Beatty。

編劇：Chester Gould（《迪克崔西》片中連環漫畫裡的角色）、Jim Cash（編寫）及Jack Epps Jr.（編寫）。

演員：Warren Beatty、Charlie Korsmo、Michael Donovan O'Donnell。

● **終極警探**（Die Hard）（1988）　018, 225

導演：John McTiernan。

編劇：Roderick Thorp（原著小說《沒有天長地久》）、Jeb Stuart（劇本）及Steven E. de Souza（劇本）。

演員：Bruce Willis、Alan Rickman、Bonnie Bedelia。

奧斯卡金像獎：Frank J. Urioste及John F. Link（最佳剪接）。

● **決死突擊隊**（The Dirty Dozen）（1967）　085, 101, 108

導演：Robert Aldrich。

編劇：E. M. Nathanson（小說）、Nunnally Johnson、Lukas Heller。

演員：Lee Marvin、Ernest Borgnine、Charles Bronson、Jim Brown。

● **緊急追捕令**（Dirty Harry）（1971）　039, 117, 221, 225, 234

導演：Don Siegel。

編劇：Harry Julian Fink（故事）及Rita M. Fink（故事）。

演員：Clint Eastwood、Harry Guardino、Reni Santoni。

● **地獄之門**（The Doorway to Hell）（1930）　226

導演：Archie Mayo。

編劇：Rowland Brown（故事）及George Rosener。

演員：Lew Ayres、Charles Judels、Dorothy Mathews。

● **奇愛博士**（Dr. Strangelove）（1964）　062, 066
導演：Stanley Kubrich。
編劇：Peter George（小說）及Stanley Kubrick（劇本）。
演員：Peter Sellers、George G. Scott、Sterling Hayden。

● **吸血鬼**（Dracula）（1931）　016, 018, 019, 029, 034, 037, 042, 071, 116, 126, 130, 148
導演：Tod Browning。
編劇：John L. Balderston（故事）、Hamilton Deane（故事）、Bram Stoker（小說）。
演員：Bela Lugosi、Helen Chandler。

● **迷幻牛郎**（Drugstore Cowboy）（1989）　025, 029
導演：Gus Van Sant。
編劇：James Fogle（小說）、Gus Van Sant（劇本）（飾演Gus Van Sant Jr.）及Daniel Yost（劇本）。
演員：Matt Dillon、Kelly Lynch、James LeGros、Heather Graham。

● **太陽浴血記**（Duel in the Sun）（1946）　014
導演：King Vidor及Otto Brower。
編劇：Niven Busch（小說）、Oliver H. P. Garrett（改編）。
演員：Jennifer Jones、Joseph Cotten、Gregory Peck、Lionel Barrymore。

● **小飛象**（Dumbo）（1941）　184, 185, 188, 189
導演：Ben Sharpsteen。
編劇：Helen Aberson（原著）、Otto Englander（故事）。
演員：Herman Bing（聲音）、Billy Bletcher（聲音）。

● **天倫夢覺**（East of Eden）（1955）　120, 121, 132, 146, 192, 193, 194, 195, 199, 241
導演：Elia Kazan。
編劇：Paul Osborn。

演員：Julie Harris、James Dean、Raymond Massey、Burl Ives、Richard Davalos、Jo Van Fleet。

奧斯卡金像獎：Jo Van Fleet（最佳女配角）。

● **俠客義傳**（El Dorado）（1966）　035
導演：Howard Hawks。
編劇：Harry Brown（小說）及Leigh Brackett（劇本）。
演員：John Wayne、Robert Mitchum、James Caan。

● **象人**（The Elephant Man）（1980）　086, 161
導演：David Lynch。
編劇：Sir Frederick Treves（原著《象人與其他的回憶錄》）、Ashley Montagu（原著）、Christopher De Vore（劇本）及Eric Bergren（劇本）。
演員：Anthony Hopkins、John Hurt、Anne Bancroft、John Gielgud。

● **全面追捕令**（The Enforcer）（1976）　225
導演：James Fargo。
編劇：Harry Julian Fink（人物）、Rita M. Fink（人物）（飾演R. M. Fink）、Gail Morgan Hickman（故事）、S. W. Schurr（故事）、Stirling Silliphant（劇本）、Dean Riesner（劇本）。
演員：Clint Eastwood、Tyne Daly、Harry Guardino。

● **永不妥協**（Erin Brockovich）（2000）　042, 165, 166, 168, 170, 174, 175
導演：Steven Soderbergh。
編劇：Susannah Grant（編寫）。
演員：Julia Roberts、David Brisbin、Albert Finney。
奧斯卡金像獎：Julia Roberts（最佳女主角）。

● **亞特蘭翠大逃亡**（Escape From Alcatraz）（1979）　017
導演：Don Siegel。
編劇：J. Campbell Bruce（小說）、Richard Tuggle。
演員：Clint Eastwood、Patrick McGoohan。

● **神劍**（Excaliber）（1981） 040, 124, 130, 147, 152, 161
　導演：John Boorman。
　編劇：Thomas Malory（原著《Le Morte d'Arthur》）、Rospo Pallenberg（改編）、
　　　　Rospo Pallenberg（劇本）及John Boorman（劇本）。
　演員：Nigel Terry、Helen Mirren、Nicholas Clay。

● **登龍一夢**（A Face in the Crowd）（1957） 133
　導演：Elia Kazan。
　編劇：Budd Schulberg。
　演員：Andy Griffith、Patricia Neal、Anthony Franciosa、Walter Matthau。

● **城市英雄**（Falling Down）（1993） 057, 066
　導演：Joel Schumacher。
　編劇：Ebbe Roe Smith（編寫）。
　演員：Michael Douglas、Robert Duvall、Barbara Hershey。

● **致命的吸引力**（Fatal Attraction）（1987） 123, 130
　導演：Adrian Lyne。
　編劇：James Dearden（較早的劇本）及Nicholas Meyer。
　演員：Michael Douglas、Glenn Close、Anne Archer。

● **屋頂上的提琴手**（Fiddler on the Roof）（1971） 011, 014
　導演：Norman Jewison。
　編劇：Sholom Aleichem（原著《泰夫耶的女兒們》作者）、Joseph Stein（音樂劇本
　　　　與電影劇本）。
　演員：Topol、Norma Crane、Leonard Frey。

● **心靈訪客**（Finding Forrester）（2000） 060, 066
　導演：Gus Van Sant。
　編劇：Mike Rich（編寫）。
　演員：Sean Connery、Rob Brown、F. Murray Abraham、Anna Paquin、Busta
　　　　Rhymes。

● **閣樓裡的春天**（Flower in the Attic）（1987）　　120
　　導演：Jeffrey Bloom。
　　編劇：Virginia C. Andrews（小說）及Jeffrey Bloom。
　　演員：Louise Fletcher、Victoria Tennant、Kristy Swanson。

● **科學怪人**（Frankenstein）（1931）　　071, 227, 228, 229, 230, 234
　　導演：James Whale。
　　編劇：Mary Shelley（小說）、Peggy Webling（劇本）。
　　演員：Colin Clive、Mae Clarke、John Boles。

● **怪誕星期五**（Freaky Friday）（1976）　　010, 014
　　導演：Gary Nelson。
　　編劇：Mary Rodgers（小說）。
　　演員：Barbara Harris、Jodie Foster、John Astin、Patsy Kelly、Dick Van Patten。

● **辣媽辣妹**（Freaky Friday）（2003）　　010
　　導演：Mark S. Waters。
　　編劇：Mary Rodgers（小說）、Heather Hach（劇本）及Leslie Dixon（劇本）。
　　演員：Jamie Lee Curtis、Lindsay Lohan、Mark Harmon、Harold Gould、Chad Michael
　　　　　Murray、Stephen Tobolowsky、Christina Vidal。

● **霹靂神探**（The French Connection）（1971）　　117
　　導演：William Friedkin。
　　編劇：Robin Moore（小說）及Ernest Tidyman（劇本）。
　　演員：Gene Hackman、Fernando Rey、Roy Scheider。
　　奧斯卡金像獎：Gene Hackman（最佳男主角）、William Friedkin（最佳導演）、
　　　　　Ernest Tidyman（改編自其他媒體之最佳劇本）。

● **黑色星期五**（Friday the 13th）（1980）　　009, 115, 124
　　導演：Sean S. Cunningham。
　　編劇：Victor Miller。
　　演員：Betsy Palmer及Adrienne King。

William Nicholson（劇本）。

演員：Russell Crowe、Joaquin Phoenix及Richard Harris。

奧斯卡金像獎：Russell Crowe（最佳男主角）、Dauglas Wick, David Franzoni & Branko Lusting（最佳影片）。

● **教父**（The Godfather）（1972）　024

導演：Francis Ford Coppola。

編劇：Francis Ford Coppola及Mario Puzo（小說作者）。

演員：Marlon Brando、Al Pacino、James Caan、Richard S. Castellano及Robert Duvall。

奧斯卡金像獎：Marlon Brando（最佳男主角）、Albert S. Ruddy（最佳影片）、Mario Puzo及Francis Ford Coppola（改編自其他媒體之最佳劇本）。

● **亂世佳人**（Gone with the Wind）（1939）　006, 014, 174, 234

導演：Victor Fleming。

編劇：Margaret Mitchell（小說）及Sidney Howard。

演員：Thomas Mitchell、Barbara O'Neil、Vivien Leigh。

奧斯卡金像獎：Vivien Leigh（最佳女主角）、Hattie McDaniel（最佳女配角）、Victor Fleming（最佳導演）、Hal C. Kern、James E. Newcom（最佳剪接）、Sidney Howard（最佳編劇）。

● **萬世師表**（Goodbye Mr. Chips）（1969）　102

導演：Herbert Ross。

編劇：James Hilton（小說）及Terence Rattigan（劇本）。

演員：George Baker、Peter O'Toole、Petula Clark。

● **四海好傢伙**（Goodfellas）（1990）　034, 048

導演：Martin Scorsese。

編劇：Nicholas Pileggi（原著《自作聰明的人》）、Nicholas Pileggi（劇本）及 Martin Scorsese（劇本）。

演員：Robert De Niro、Ray Liotta、Joe Pesci、Lorraine Bracco、Paul Sorvino。

奧斯卡金像獎：Joe Pesci（最佳男配角）。

● 謎霧莊園（Gosford Park）（2001）　051, 066
　導演：Robert Altman。
　編劇：Robert Altman（構想）、Bob Balaban（構想）、Julian Fellowes（編著）。
　演員：Maggie Smith、Michael Gambon、Kristin Scott Thomas、Camilla Rutherford、
　　　　Charles Dance。
　奧斯卡金像獎：Julian Fellowes（最佳電影劇本）。

● 畢業生（The Graduate）（1967）　005, 006, 007, 013, 102
　導演：Mike Nichols。
　編劇：Charles Webb（小說）、Calder Willingham（劇本）、Buck Henry（劇本）。
　演員：Anne Bancroft、Dustin Hoffman、Katharine Ross。
　奧斯卡金像獎：Mike Nichols（最佳導演）。

● 第三集中營（The Great Escape）（1963）　017
　導演：John Sturges。
　編劇：Paul Brickhill（原著）、James Clavell（劇本）。
　演員：Steve McQueen、James Garner、Richard Attenborough、Charles Bronson、
　　　　Donald Pleasence、James Coburn。

● 萬世流芳（The Greatest Story Ever Told）（1965）　124, 130
　導演：George Stevens及David Lean。
　編劇：James Lee Barrett及Henry Denker。
　演員：Max von Sydow、Michael Anderson Jr.、Carroll Baker。

● 玫瑰舞后（Gupsy）（1962）　059, 066
　導演：Mervyn LeRoy。
　編劇：Arthur Laurents、Gypsy Rose Lee、Leonard Spigelgass。
　演員：Rosalind Russell、Natalie Wood、Karl Malden。

● 月光光心慌慌（Halloween）（1978）　009, 115, 124
　導演：John Carpenter。
　編劇：John Carpenter及Debra Hill。
　演員：Donald Pleasence及Jamie Lee Curtis。

● 人魔（Hannibal）（2001）　017, 115, 167, 171, 172
　　導演：Ridley Scott。
　　編劇：Thomas Harris（小說《人魔》）、David Mamet（劇本）及Steven Zaillian（劇本）。
　　演員：Anthony Hopkins、Julianne Moore、Giancarlo Giannini、Gary Oldman、Ray Liotta、Frankie Faison、Francesca Neri。

● 哈洛與慕德（Harold & Maude）（1971）　006, 007, 089, 241
　　導演：Hal Ashby。
　　編劇：Colin Higgins。
　　演員：Ruth Gordon、Bud Cort。

● 各懷鬼胎（The Heist）（2001）　023
　　導演：David Mamet。
　　編劇：David Mamet（編寫）。
　　演員：Gene Hackman、Alan Bilzerian、Richard L. Freidman、Danny DeVito。

● 大力士（Hercules）（1997）　054, 182, 188
　　導演：Ron Clements及John Musker。
　　編劇：Ron Clements及Barry Johnson（故事）。
　　演員：Tate Donovan（聲音）、Joshua Keaton（聲音）、Roger Bart（聲音）。

● 日正當中（High Noon）（1952）　053, 195, 224, 234
　　導演：Fred Zinnemann。
　　編劇：John W. Cunningham（故事）、Carl Foreman（劇本）。
　　演員：Gary Cooper、Thomas Mitchell、Lloyd Bridges、Katy Jurado、Grace Kelly。
　　奧斯卡金像獎：Gary Cooper（最佳男主角）、Elmo Williams、Harry W. Gerstad（最佳剪接）。

● 小鬼當家（Home Alone）（1990）　010
　　導演：Chris Columbus。
　　編劇：John Hughes（編寫）。
　　演員：Macaulay Culkin、Joe Pesci、Daniel Stern。

演員：Claude Rains、Gloria Stuart、William Harrigan。

● **亡魂島**（The Island of Lost Souls）（1933） 229, 234
導演：Erle C. Kenton。
編劇：H. G. Wells、Waldemar Young及Philip Wylie。
演員：Charles Laughton、Richard Arlen、Leila Hyams。

● **愛在紐約**（It Could Happen to You）（1994） 068
導演：Andrew Bergman。
編劇：Jane Aderson（編寫）。
演員：Nicolas Cage、Bridget Fonda、Rosie Perez、Wendell Pierce、Isaac Hayes。

● **一夜風流**（It Happened One Night）（1934） 051, 097, 098, 099, 100, 107, 108
導演：Frank Capra。
編劇：Samuel Hopkins Adams（故事）及Robert Riskin。
演員：Clark Gable、Claudette Colbert、Walter Connolly。
奧斯卡金像獎：Clark Gable（最佳男主角）、Claudette Colbert（最佳女主角）、
　　　　　Frank Capra（最佳導演）、Robert Riskin（最佳改編劇本）。

● **風雲人物**（It's a Wonderful Life）（1946） 028
導演：Frank Capra。
編劇：Philip Van Doren Stern、Frances Goodrich、Albert Hackett及Frank Capra。
演員：James Stewart、Donna Reed、Lionel Barrymore。

● **大白鯊**（Jaws）（1975） 052, 053, 066
導演：Steven Spielberg。
編劇：Peter Benchley（小說作者）及Carl Gottlieb。
演員：Roy Scheider、Robert Shaw、Richard Dreyfuss、Lorraine Gary、Murray
　　　Hamilton。

● **征服情海**（Jerry Maguire）（1996） 006, 020
導演：Cameron Crowe。
編劇：Cameron Crowe。
演員：Tom Cruise、Cuba Gooding Jr.、Renée Zellweger。

奧斯卡金像獎：Cuba Gooding Jr.（最佳男配角）。

● **蕩寇誌**（Jesse James）（1939）　038
導演：Henry King及Irving Cummings。
編劇：Nunnally Johnson（劇本）。
演員：Tyrone Power、Henry Fonda、Nancy Kelly、Randolph Scott。

● **森林王子**（The Jungle Book）（1967）　184, 185, 189
導演：Wolfgang Reitherman。
編劇：Rudyard Kipling（小說）及Larry Clemmons。
演員：Phil Harris、Sebastian Cabot、Louis Prima。

● **侏儸紀公園**（Jurrassic Park）（1993）　039
導演：Steven Spielberg。
編劇：Michael Crichton（小說）、Michael Crichton（劇本）及David Koepp（劇本）。
演員：Sam Neill、Laura Dern、Jeff Goldblum、Richard Attenborough。

● **小子難纏**（The Karate Kid）（1984）　006, 085, 101, 108
導演：John G. Avildsen。
編劇：Robert Mark Kamen。
演員：Ralph Macchio、Pat Morita、Elisabeth Shue。

● **追殺比爾**（Kill Bill）（2003）　165
導演：Quentin Tarantino。
編劇：Quentin Tarantino (character The Bride)（飾演Q）、Uma Thurman (character The Bride)（飾演U）、Quentin Tarantino（編寫）。
演員：Uma Thurman、David Carradine、Lucy Liu、Daryl Hannah、Vivica A. Fox、Michael Madsen。

● **喜劇之王**（The King of Comedy）（1983）　071, 075
導演：Martin Scorsese。
編劇：Paul D. Zimmerman。
演員：Robert De Niro、Jerry Lewis、Diahnne Abbott、Sandra Bernhard。

演員：Marco Leonardi、Lumi Cavazos、Regina Torné。

● **獅子王**（The Lion King）（1994）　161, 183, 184, 185, 188
導演：Roger Allers及Rob Minkoff。
編劇：Irene Mecchi（編寫）及Jonathan Roberts（編寫）。
演員：Matthew Broderick（聲音）、Joseph Williams（聲音）、Jonathan Taylor
Thomas（聲音）。

● **小公主**（The Little Princess）（1939）　052, 066
導演：Walter Lang及William A. Seiter。
編劇：Frances Hodgson Burnett（小說）、Ethel Hill、Walter Ferris。
演員：Shirley Temple、Richard Greene、Anita Louise。

● **一樹梨花壓海棠**（Lolita）（1962）　044, 062
導演：Stanley Kubrick。
編劇：Wladimir Nabokov（小說）及Vladimir Nabokov。
演員：James Mason、Shelley Winters、Sue Lyon。

● **魔戒首部曲：魔戒現身**（The Lord of the Rings: Fellowship of the Ring）
（2001）　120, 130, 133, 220
導演：Peter Jackson。
編劇：J. R. R. Tolkien（魔戒小說）、Frances Walsh（劇本）（名為法蘭・沃煦）、
Philippa Boyens（劇本）及Peter Jackson（劇本）。
演員：Elijah Wood、Ian McKellen、Viggo Mortensen、Liv Tyler、Sean Astin、Cate
Blanchett、John Rhys-Davies、Billy Boyd、Dominic Monaghan、Orlando
Bloom、Christopher Lee、Hugo Weaving、Sean Bean。

● **失去的週末**（The Lost Weekend）（1945）　034, 066
導演：Billy Wilder。
編劇：Charles R. Jackson（小說）、Charles Brackett（劇本）及Billy Wilder（劇
本）。
演員：Ray Milland、Jane Wyman、Phillip Terry、Howard Da Silva。
奧斯卡金像獎：Ray Milland、Billy Wilder（最佳導演）、Charles Brackett及Billy
Wilder（最佳編劇、劇本）。

● 愛與死（Love and Death）（1975）　004, 008, 014, 058
　　導演：Woody Allen。
　　編劇：Woody Allen。
　　演員：Woody Allen、Diane Keaton、Georges Adet。

● 豪勇七蛟龍（The Magnificent Seven）（1960）　086
　　導演：John Sturges。
　　編劇：William Roberts及Walter Newman。
　　演員：Yul Brynner、Eli Wallach、Steve McQueen。

● 緊急搜捕令（Magnum Force）（1973）　225
　　導演：Ted Post。
　　編劇：Harry Julian Fink、Rita M. Fink（飾演R. M. Fink）、John Milius（故事）、
　　　　　John Milius（劇本）及Michael Cimino（劇本）。
　　演員：Clint Eastwood、Hal Holbrook、Mitch Ryan、David Soul、Tim Matheson。

● 黑潮（Malcolm X）（1992）　094, 095, 108
　　導演：Directed by Spike Lee。
　　編劇：Alex Haley及Malcolm X（原著）、Arnold Perl（劇本）及Spike Lee（劇本）。
　　演員：Denzel Washington、Angela Bassett、Albert Hall、Al Freeman Jr.、Delroy
　　　　　Lindo、Spike Lee、Theresa Randle。

● 梟巢喋血戰（The Maltese Falcon）（1941）　226, 234
　　導演：John Huston。
　　編劇：Dashiell Hammett（小說）及John Huston（劇本）。
　　演員：Humphrey Bogart、Mary Astor、Gladys George、Peter Lorre。

● 曼哈頓（Manhattan）（1979）　056, 058, 066
　　導演：Woody Allen。
　　編劇：Woody Allen及Marshall Brickman。
　　演員：Woody Allen、Diane Keaton、Michael Murphy、Mariel Hemingway、Meryl
　　　　　Streep、Anne Byrne Hoffman、Karen Ludwig。

演員：Joan Crawford、Jack Carson、Zachary Scott。
奧斯卡金像獎：Joan Crawford（最佳女主角）。

● **戰慄遊戲**（Misery）（1990）　010
導演：Rob Reiner。
編劇：Stephen King（小說）及William Goldman（劇本）。
演員：James Caan、Kathy Bates、Richard Farnsworth、。
奧斯卡金像獎：Kathy Bates（最佳女主角）。

● **親愛的媽咪**（Mommie Dearest）（1981）　010, 120
導演：Frank Perry。
編劇：Christina Crawford（原著）及Robert Getchell。
演員：Faye Dunaway、Diana Scarwid、Steve Forrest。

● **怪獸電力公司**（Monsters Inc.）（2001）　185
導演：Peter Docter及David Silverman。
編劇：Robert L. Baird及Jill Culton（故事）。
演員：John Goodman（聲音）、Billy Crystal（聲音）、Mary Gibbs（聲音）、Steve
　　　Buscemi（聲音）、James Coburn（聲音）、Jennifer Tilly（聲音）。

● **天蛾人**（The Mothman Prophecies）（2002）　082
導演：Mark Pellington。
編劇：John A. Keel（小說）及Richard Hatem（劇本）。
演員：Richard Gere、David Eigenberg、Bob Tracey、Ron Emanuel、Debra Messing。

● **富貴浮雲**（Mr. Deeds Goes to Town）（1936）　068, 075, 125
導演：Frank Capra。
編劇：Clarence Budington Kelland（故事）及Robert Riskin。
演員：Gary Cooper、Jean Arthur、George Bancroft。
奧斯卡金像獎：Frank Capra（最佳導演）。

● **史密斯遊美京**（Mr. Smith Goes to Washington）（1939）　133
導演：Frank Capra。
編劇：Lewis R. Foster（故事）及Sidney Buchman（劇本）。

演員：Jean Arthur、James Stewart、Claude Rains。

奧斯卡金像獎：Lewis R. Foster（最佳編劇）。

● **木乃伊**（The Mummy）（1932）　071, 103, 104

導演：Karl Freund。

編劇：Nina Wilcox Putnam（故事）、Richard Schayer（故事）及John L. Balderston。

演員：Boris Karloff、Zita Johann、David Manners。

● **叛艦喋血記**（Mutiny on the Bounty）（1935）　038

導演：Frank Lloyd。

編劇：Charles Nordhoff（小說）、James Norman Hall（小說）、Talbot Jennings、Jules Furthman、Carey Wilson。

演員：Charles Laughton、Clark Gable、Franchot Tone。

● **俠骨柔情**（My Darling Clementine）（1946）　057

導演：John Ford。

編劇：Samuel G. Engel、Sam Hellman（故事）、Stuart N. Lake、Winston Miller。

演員：Henry Fonda、Linda Darnell、Victor Mature、Cathy Downs、Walter Brennan。

● **我的左腳**（My Left Foot）（1989）　086, 180

導演：Jim Sheridan。

編劇：Christy Brown（原著）、Shane Connaughton及Jim Sheridan。

演員：Daniel Day-Lewis、Brenda Fricker、Alison Whelan。

奧斯卡金像獎：Daniel Day-Lewis（最佳男主角）、Brenda Fricker（最佳女配角）。

● **情深到來生**（My Life）（1993）　103, 108

導演：Bruce Joel Rubin。

編劇：Bruce Joel Rubin（編寫）。

演員：Michael Keaton、Nicole Kidman、Bradley Whitford、Queen Latifah、Michael Constantine。

● **天生好手**（The Natural）（1984）　020, 069, 075

導演：Barry Levinson。

編劇：Bernard Malamud（小說）、Roger Towne、Phil Dusenberry。

演員：Robert Redford、Robert Duvall、Glenn Close、Kim Basinger、Wilford Brimley、Barbara Hershey、Robert Prosky、Richard Farnsworth。

● 獵人之夜（The Night of the Hunter）（1955）　010
　導演：Charles Laughton。
　編劇：James Agee及Davis Grubb（小說）。
　演員：Robert Mitchum、Shelley Winters、Lillian Gish。

● 半夜鬼上床（A Nightmare On Elm Street）（1984）　052, 069, 124, 128
　導演：Wes Craven。
　編劇：Wes Craven（劇本）。
　演員：John Saxon、Ronee Blakley、Heather Langenkamp。

● 北西北（North by Northwest）（1959）　145
　導演：Alfred Hitchcock。
　編劇：Ernest Lehman。
　演員：Cary Grant、Eva Marie Saint、James Mason。

● 瞞天過海（Ocean's Eleven）（2001）　008
　導演：Steven Soderbergh。
　編劇：George Clayton Johnson（故事1960）、Jack Golden Russell（故事1960）、Harry Brown（劇本1960）、Charles Lederer（劇本1960）、Ted Griffin（劇本）。
　演員：George Clooney、Cecelia Ann Birt、Paul L. Nolan。

● 單身公寓（The Odd Coulpe）（1968）　036
　導演：Gene Saks。
　編劇：Neil Simon。
　演員：Jack Lemmon、Walter Matthau、John Fiedler。

● 人心（Of Human Hearts）（1938）　033, 037, 040, 059, 066, 125, 131, 155, 186, 238, 239
　導演：Clarence Brown。
　編劇：Honore Morrow（故事）、Bradbury Foote（劇本）。

演員：Walter Huston、James Stewart。

● **軍官與紳士**（An Officer and a Gentleman）（1982）　126
導演：Taylor Hackford。
編劇：Douglas Day Stewart。
演員：Richard Gere、Debra Winger、David Keith、Robert Loggia、Lisa Blount、Lisa Eilbacher、Louis Gossett Jr.。
奧斯卡金像獎：Louis Gossett Jr.（最佳男配角）。

● **不速之客**（One Hour Photo）（2002）　093, 108, 181
導演：Mark Romanek。
編劇：Mark Romanek（編寫）。
演員：Robin Williams、Connie Nielsen、Michael Vartan、Dylan Smith、Erin Daniels。

● **凡夫俗子**（Ordinary people）（1980）　065, 085, 087, 089
導演：Robert Redford。
編劇：Judith Guest（小說）、Alvin Sargent。
演員：Donald Sutherland、Judd Hirsch、Timothy Hutton、M. Emmet Walsh、Elizabeth McGovern。
奧斯卡金像獎：Timothy Hutton（最佳男配角）、Robert Redford（最佳導演）、Ronald L. Schwary（最佳影片）、Alvin Sargent（最佳編劇）。

● **惡魔島**（Papillon）（1973）　017
導演：Franklin J. Schaffner。
編劇：Henri Charrière（小說）、Dalton Trumbo及Lorenzo Semple Jr.。
演員：Steve McQueen及Dustin Hoffman。

● **小紅娘**（The Parent Trap）（1961）
導演：David Swift。
編劇：Erich Kästner（原著）及David Swift。
演員：Hayley Mills、Maureen O'Hara、Brian Keith。

● **天生一對**（The Parent Trap）（1998）　108, 185, 189
導演：Nancy Meyers。

編劇：Erich Kästner、David Swift（劇本）、Nancy Meyers（劇本）及Charles Shyer（劇本）。

演員：Lindsay Lohan、Dennis Quaid、Natasha Richardson。

● **決戰時刻**（The Patriot）（2000）　　038, 135

導演：Roland Emmerich。

編劇：Robert Rodat（劇本）。

演員：Mel Gibson、Heath Ledger、Joely Richardson、Jason Isaacs、Chris Cooper。

● **人生冒險記**（Pee Wee's Big Adventure）（1985）　　070

導演：Tim Burton。

編劇：Phil Hartman、Paul Reubens、Michael Varhol。

演員：Paul Reubens、Elizabeth Daily、Mark Holton。

● **木偶奇遇記**（Pinocchio）（1940）　　120, 161, 184, 186, 189

導演：Hamilton Luske及Ben Sharpsteen。

編劇：Aurelius Battaglia（故事）及Carlo Collodi（小說）。

演員：Mel Blanc（聲音）、Don Brodie（聲音）。

● **一路順風**（Planes, Trains & Automobiles）（1987）　　055

導演：John Hughes。

編劇：John Hughes。

演員：Steve Martin、John Candy、Laila Robins、Michael McKean、Kevin Bacon、Dylan Baker。

● **慾海潮**（Poison Ivy）（1992）　　043, 048

導演：Katt Shea。

編劇：Melissa Goddard（故事）、Andy Ruben（劇本）及Katt Shea（劇本）（飾演Katt Shea Ruben）。

演員：Sara Gilbert、Drew Barrymore、Tom Skerritt、Cheryl Ladd。

● **鬼哭神號**（Potergeist）（1982）　　052, 071

導演：Tobe Hooper及Steven Spielberg。

編劇：Steven Spielberg（故事）、Steven Spielberg（劇本）、Michael Grais（劇本）

及Mark Victor（劇本）。
演員：JoBeth Williams、Craig T. Nelson、Beatrice Straight。

● 反斗星（Porky's）（1982）　044, 062, 095
導演：Bob Clark。
編劇：Bob Clark。
演員：Dan Monahan及Mark Herrier。

● 埃及王子（The Prince of Egypt）（1998）　184, 188
導演：Brenda Chapman及Steve Hickner。
編劇：Ken Harsha（故事）及Carole Holliday（改編故事）。
演員：Val Kilmer（聲音）、Ralph Fiennes（聲音）、Michelle Pfeiffer（聲音）、
　　　Sandra Bullock（聲音）、Jeff Goldblum（聲音）、Danny Glover（聲音）、
　　　Patrick Stewart（聲音）、Helen Mirren（聲音）、Steve Martin（聲音）、
　　　Martin Short（聲音）。

● 驚魂記（Psycho）（1960）　011, 013, 041, 116, 241
導演：Alfred Hitchcock。
編劇：Robert Bloch（小說）、Joseph Stefano（劇本）。
演員：Anthony Perkins、Vera Miles、John Gavin、Martin Balsam。

● 人民公敵（The Public Enemy）（1931）　226
導演：William A. Wellman。
編劇：Kubec Glasmon、John Bright、Harvey F. Thew（改編）（飾演Harvey
　　　Thew）。
演員：James Cagney、Edward Woods、Jean Harlow。

● 蓬門今始為君開（The Quiet Man）（1952）　056, 066, 135
導演：John Ford。
編劇：Frank S. Nugent及Maurice Walsh（故事）。
演員：John Wayne、Maureen O'Hara、Barry Fitzgerald、Ward Bond、Victor
　　　McLaglen。
奧斯卡金像獎：John Ford（最佳導演）。

● 蠻牛（Raging Bull）（1980）　054
　　導演：Martin Scorsese。
　　編劇：Jake LaMotta（原著）及Joseph Carter（原著）。
　　演員：Robert De Niro、Cathy Moriarty、Joe Pesci。
　　奧斯卡金像獎：Robert De Niro（最佳男主角）。

● 法櫃奇兵（Raiders of the Lost Ark）（1981）　081, 161, 183
　　導演：Steven Spielberg。
　　編劇：George Lucas（故事）、Philip Kaufman（故事）及Lawrence Kasdan。
　　演員：Harrison Ford、Karen Allen、Paul Freeman、Ronald Lacey、John Phys-Davies、
　　　　　Denholm Elliott、Alfred Molina、Wolf Kahler。

● 養子不教誰之過（Rebel Without a Cause）（1955）　014, 094, 095, 108
　　導演：Nicholas Ray。
　　編劇：Nicholas Ray（故事）、Irving Shulman（改編）及Stewart Stern（劇本）。
　　演員：James Dean、Natalie Wood及Sal Mineo。

● 紅河谷（Red River）（1948）　028
　　導演：Howard Hawks及Arthur Rosson。
　　編劇：Borden Chase（劇本）、Borden Chase、Charles Schnee（劇本）。
　　演員：John Wayne、Montgomery Clift、Joanne Dru、Walter Brennan。

● 長日將盡（The Remains of the Day）（1993）　051, 066
　　導演：James Ivory。
　　編劇：Kazuo Ishiguro（小說）及Ruth Prawer Jhabvala（劇本）。
　　演員：Anthony Hopkins、Emma Thompson、James Fox、Christopher Reeve、Peter
　　　　　Vaughan、Hugh Grant。

● 赤膽屠龍（Rio Bravo）（1959）　035
　　導演：Howard Hawks。
　　編劇：Leigh Brackett、Jules Furthman、B. H. McCampbell（故事）。
　　演員：John Wayne、Dean Martin、Ricky Nelson、Angie Dickinson、Walter Brennan。

編劇：Diane Thomas。

演員：Michael Douglas、Kathleen Turner、Danny DeVito、Zack Norman、Alfonso Arau。

● **失嬰記**（Rosemary's Baby）（1968）　010, 052, 053, 069, 075

導演：Roman Polanski。

編劇：Ira Levin（小說）及Roman Polanski（劇本）。

演員：Mia Farrow、John Cassavetes、Ruth Gordon。

奧斯卡金像獎：Ruth Gordon。

● **天才一族**（The Royal Tennenbaums）（2001）　092, 093, 108, 137, 140, 198

導演：Wes Anderosn。

編劇：Wes Anderson（編寫）及Owen Wilson（編寫）。

演員：Gene Hackman、Anjelica Huston、Gwyneth Paltrow、Ben Stiller、Luke Wilson、Owen Wilson、Danny Glover、Bill Murray、Alec Baldwin、Seymour Cassel。

● **疤面煞星**（Scarface）（1983）　023, 029, 234

導演：Brian De Palma。

編劇：Oliver Stone。

演員：Al Pacino、Steven Bauer、Michelle Pfeiffer、Mary Elizabeth Mastrantonio及Robert Loggia。

● **辛德勒的名單**（Schindler's List）（1993）　133

導演：Steven Spielberg。

編劇：Thomas Keneally（原著）及Steven Zaillian（劇本）。

演員：Liam Neeson、Ben Kingsley、Ralph Fiennes、Caroline Goodall、Jonathan Sagall、Embeth Davidtz。

奧斯卡金像獎：Steven Spielberg（最佳導演）、Steven Zaillian（最佳編劇）。

● **鬼計神偷**（The Score）（2001）　023

導演：Frank Oz及Robert De Niro。

編劇：Daniel E. Taylor（故事）、Kario Salem（故事）（劇本）、Lem Bobbs（劇本）及Scott Marshall Smith。

演員：Robert De Niro、Edward Norton、Marlon Brando、Angela Bassett。

● **奔騰年代**（Seabiscuit）（2003）　006
導演：Gary Ross。
編劇：Laura Hillenbrand（原著）及Gary Ross（劇本）。
演員：Tobey Maguire、David McCullough、Jeff Bridges、Paul Vincent O'Connor、
　　　Chris Cooper。

● **搜索者**（The Searchers）（1956）　060, 215, 216, 233, 234, 241
導演：John Ford。
編劇：Alan Le May（小說）及Frank S. Nugent（劇本）。
演員：John Wayne、Jeffrey Hunter、Vera Miles。

● **約克軍曹**（Sergeant York）（1941）　054
導演：Howard Hawks。。
編劇：Harry Chandlee及Abem Finkel。
演員：Gary Cooper、Walter Brennan、Joan Leslie。
奧斯卡金像獎：Gary Cooper（最佳男主角）。

● **衝突**（Serpico）（1973）　227, 234
導演：Sidney Lumet。
編劇：Peter Maas（原著）、Waldo Salt、Norman Wexler。
演員：Al Pacino、John Randolph、Jack Kehoe。

● **七武士**（Seven Samurai）（1954）　204
導演：Akira Kurosawa。
編劇：Shinobu Hashimoto及Akira Kurosawa。
演員：Takashi Shimura。

● **原野奇俠**（Shane）（1953）　022, 029, 039, 060, 066, 115, 119, 133, 198, 199, 234
導演：George Stevens。
編劇：Jack Schaefer（故事）及A. B. Guthrie, Jr.。
演員：Alan Ladd、Jean Arthur、Van Heflin、Jack Palance、Ben Johnson。
奧斯卡金像獎：Loyal Griggs（最佳攝影，顏色）。

編劇：Howard Fast（小說）及Dalton Trumbo。

演員：Kirk Douglas、Laurence Olivier、Jean Simmons、Charles Laughton、Peter Ustinov、John Gavin。

奧斯卡金像獎：Peter Ustinov（最佳男主角）。

● **意亂情迷**（Spellbound）（1945）　217

導演：Alfred Hitchcock。

編劇：Angus MacPhail（改編）及Ben Hecht（劇本）。

演員：Ingrid Bergman、Gregory Peck、Michael Chekhov。

奧斯卡金像獎：Miklós Rózsa（最佳音樂）。

● **蜘蛛人**（Spider-Man）（2002）　024, 029, 116, 130, 182, 191, 203, 208

導演：Sam Raimi。

編劇：Stan Lee（漫畫）、Steve Ditko（漫畫）、David Koepp（劇本）。

演員：Tobey Maguire、Willem Dafoe、Kirsten Dunst、James Franco、Cliff Robertson、Rosemary Harris。

● **小鬼大間諜**（Spy Kids）（2001）　039, 185, 189

導演：Robert Rodriguez。

編劇：Robert Rodriguez（編寫）。

演員：Antonio Banderas、Carla Gugino、Alexa Vega、Daryl Sabara、Alan Cumming、Tony Shalhoub、Teri Hatcher、Cheech Marin、Robert Patrick、Danny Trejo。

● **小鬼大間諜2：惡夢島**（Spy Kids 2: Island of Lost Dreams）（2002）

導演：Robert Rodriguez。

編劇：Robert Rodriguez。

演員：Antonio Banderas、Carla Gugino、Alexa Vega、Daryl Sabara、Alan Cumming、Tony Shalhoub、Cheech Marin、Danny Trejo、Steve Buscemi。

● **小鬼大間諜3**（Spy Kids 3-D: Game Over）（2003）

導演：Robert Rodriguez。

編劇：Robert Rodriguez。

演員：Antonio Banderas、Carla Gugino、Alexa Vega、Daryl Sabara、Ricardo Montalban、Holland Taylor、Sylvester Stallone。

● 星際大戰：曙光乍現（Star Wars）（1977）

導演：George Lucas。

編劇：George Lucas。

演員：Mark Hamill、Harrison Ford、Carrie Fisher、Peter Cushing、Alec Guinness。

● 星際大戰首部曲：威脅潛伏（Star Wars: Episode I - The Phantom Menace）
（1999） 040

導演：George Lucas。

編劇：George Lucas。

演員：Liam Neeson、Ewan McGregor、Natalie Portman、Jake Lloyd。

● 星際大戰二部曲：複製人全面進攻（Star Wars: Episode II - Attack of the Clones）（2002） 040

導演：George Lucas。

編劇：George Lucas（故事）（劇本）。

演員：Ewan McGregor、Natalie Portman、Hayden Christensen、Christopher Lee、Samuel L. Jackson。

● 星際大戰五部曲：帝國大反擊（Star Wars: Episode V - The Empire Strikes Back）（1980） 096

導演：Irvin Kershner。

編劇：George Lucas（故事）、Leigh Brackett、Lawrence Kasdan。

演員：Mark Hamill、Harrison Ford、Carrie Fisher、Billy Dee Williams。

● 星際大戰六部曲：絕地大反攻（Star Wars: Episode VI - Return of the Jedi）
（1983） 034

導演：Richard Marquand。

編劇：George Lucas（故事）及Lawrence Kasdan。

演員：Mark Hamill、Harrison Ford、Carrie Fisher、Billy Dee Williams。

● 鐵石殺手（The Stone Killer）（1973） 225

導演：Michael Winner。

編劇：John Gardner（原著）及Gerald Wilson。

演員：Charles Bronson、Martin Balsam、Jack Colvin。

● 三樓神祕客（Stranger on the Third Floor）（1940）　070

導演：Boris Ingster。

編劇：Frank Partos。

演員：Peter Lorre、John McGuire、Margaret Tallichet。

● 大丈夫（Straw Dogs）（1971）　037, 048, 116

導演：Sam Peckinpah。

編劇：Gordon Williams（小說《圍困深溝農場》）（以戈登・M.・威廉斯爲名）、
　　　David Zelag Goodman及Sam Peckinpah。

演員：Dustin Hoffman、Susan George、Peter Vaughan。

● 撥雲見日（Sudden Impact）（1983）　225

導演：Clint Eastwood。

編劇：Harry Julian Fink、Rita M. Fink（飾演R. M. Fink）、Charles B. Pierce（故
　　　事）、Earl E. Smith（故事）、Joseph Stinson。

演員：Clint Eastwood、Sondra Locke、Pat Hingle。

● 超人（Superman）（1978）　017, 024, 054, 055, 066, 092, 130, 168, 171, 172, 191,
201, 202, 203, 208, 228

導演：Richard Donner。

編劇：Jerry Siegel（漫畫）及Joe Shuster（漫畫）。

演員：Marlon Brando、Gene Hackman、Christopher Reeve、Glenn Ford。

奧斯卡金像獎：Stuart Baird（最佳剪接）。

● 超人續集（Superman II）（1980）

導演：Richard Lester、Richard Donner。

編劇：Jerry Siegel（人物）及Joe Shuster（人物）。

演員：Gene Hackman、Christopher Reeve。

● 深閨疑雲（Suspicion）（1941）　010

導演：Alfred Hitchcock。

編劇：Anthony Berkeley（飾演Francis Iles）、Samson Raphaelson、Joan Harrison、
　　　Alma Reville。

演員：Gary Grant、Joan Fontaine、Cedric Hardwicke。

奧斯卡金像獎：Joan Fontaine（最佳女主角）。

● **池畔謀殺案**（Swimming Pool）（2003）　　044
導演：François Ozon。
編劇：François Ozon（劇本）及Emmanuèle Bernheim。
演員：Charlotte Rampling、Ludivine Sagnier、Charles Dance。

● **石中劍**（The Sword in the Stone）（1963）　　040, 182, 184, 188
導演：Wolfgang Reitherman。
編劇：Bill Peet及T. H. White（原著）。
演員：Karl Swenson（聲音）、Rickie Sorensen（聲音）、Sebastian Cabot（聲音）。

● **誘惑我小媽**（Tadpole）（2002）　　006, 014
導演：Gary Winick。
編劇：Heather McGowan（故事）、Niels Mueller（故事）、Gary Winick（故事）、
　　　Heather McGowan（編寫）、Niels Mueller（編寫）。
演員：Sigourney Weaver、Kate Mara、John Ritter。

● **魔鬼終結者二**（Terminator 2）（1991）　　126
導演：James Cameron。
編劇：James Cameron（編寫）及William Wisher Jr.（編寫）。
演員：Arnold Schwarzenegger、Linda Hamilton、Edward Furlong、Robert Patrick。

● **哈拉瑪莉**（There is Something About Mary）（1998）　　062, 066, 133
導演：Bobby Farrelly及Peter Farrelly。
編劇：Ed Decter（故事）（劇本）、John J. Strauss（故事）（劇本）、Peter Farrelly
　　　（劇本）及Bobby Farrelly（劇本）。
演員：Cameron Diaz、Matt Dillon、Ben Stiller、Lee Evans。

● **黑色手銬**（Tightrope）（1984）　　225
導演：Richard Tuggle。
編劇：Richard Tuggle。
演員：Clint Eastwood、Geneviève Bujold、Dan Hedaya、Alison Eastwood。

● 殺無赦（Unforgiven）（1992）　119, 226
導演：Clint Eastwood。
編劇：David Webb Peoples（劇本）。
演員：Clint Eastwood、Gene Hackman、Morgan Freeman、Richard Harris。
奧斯卡金像獎：Gene Hackman（最佳男配角）、Clint Eastwood（最佳導演）。

● 迷魂記（Vertigo）（1958）
導演：Alfred Hitchcock。
編劇：Pierre Boileau（小說）及Thomas Narcejac（小說）、Samuel A. Taylor及Alec Coppel。
演員：James Stewart及Kim Novak。

● 華爾街（Wall Street）（1987）　126, 130
導演：Oliver Stone。
編劇：Stanley Weiser及Oliver Stone（編寫）。
演員：Charlie Sheen、Tamara Tunie、Franklin Cover、James Karen、Michael Douglas。
奧斯卡金像獎：Michael Douglas（最佳男主角）。

● 白熱（White Heat）（1949）　013
導演：Raoul Walsh。
編劇：Virginia Kellogg（故事）、Ivan Goff及Ben Roberts。
演員：James Cagney、Virginia Mayo、Edmond O'Brien。

● 日落黃沙（The Wild Bunch）（1969）　226
導演：Sam Peckinpah。
編劇：Walon Green（故事）、Roy N. Sickner（故事）、Walon Green（劇本）及Sam Peckinpah（劇本）。
演員：William Holden、Ernest Borgnine、Robert Ryan、Edmond O'Brien。

● 飛車黨（The Wild One）（1953）　014, 095
導演：László Benedek。
編劇：John Paxton及Frank Rooney（小說）。
演員：Marlon Brando、Mary Murphy、Robert Keith、Lee Marvin。

● 狼人（The Wolf Man）（1941） 034, 037, 048, 071, 126, 130
導演：George Waggner。
編劇：Curt Siodmak。
演員：Claude Rains、Warren William、Ralph Bellamy。

● 上班女郎（Working Girl）（1988） 042, 169, 174
導演：Mike Nichols。
編劇：Kevin Wade（編寫）。
演員：Harrison Ford、Sigourney Weaver、Melanie Griffith、Alec Baldwin、Joan
　　　Cusack。

● 大鏢客（Yojimbo）（1961） 204
導演：Akira Kurosawa。
編劇：Ryuzo Kikushima及Akira Kurosawa。
演員：Toshirô Mifune。

● 摯友親鄰（Your Friends & Neighbors）（1998） 94, 108
導演：Neil LaBute。
編劇：Neil LaBute（編寫）。
演員：Amy Brenneman、Aaron Eckhart、Catherine Keener、Nastassja Kinski、Jason
　　　Patric、Ben Stiller。

書 {參考書目} 目

Adler, Alfred. (1927). *The Practice and Theory of Individual Psychology*. NewYork: Harcourt, Brace and World.

Adler, Alfred. (1931). *What Life Could Mean to You*. Boston: Little, Brown.

Adler, Alfred. (1939). *Social Interest*. NewYork: Putnam.

Adler, Alfred. (1954). *Understanding Human Nature*. NewYork: Fawcett.

Bettelheim, Bruno. (1982). *Freud and Man's Soul*. NewYork: Knopf.

Campbell, Joseph. (1988). *The Power of Myth*. NewYork: Doubleday.

Campbell, Joseph. (1986). *The Inner Reaches of Outer Space: Metaphor as Myth and as Religion*. Toronto: St. James Press.

Gampbell, Joseph. (1982). *The Hero's Journey: Joseph Campbell on his Life and Work*. Phil Gousineau, (Ed.). NewYork: Harper & Row.

Campbell, Joseph. (1974). *The Mythic Image*. Princeton, NJ: Princeton University Press.

Campbell, Joseph. (1949). *The Hero with a Thousand Faces*. NJ: Princeton University Press.

Erikson, Erik. (1963). *Childhood and Society*. NewYork: Norton.

Erikson, Erik. (1968). *Identity, Youth and Crisis*. NewYork: Norton.

Erikson. Erik. (1974). *Dimensions of a New Identity*. NewYork: Norton.

Erikson. Erik. (1982, 1997). *The Life Cycle Completed: A Review*. New York: Norton.

Estes, Clarissa Pinkola. (1992). *Women Who Run With the Wolues: Myths and Stories of the Wild Woman-Archetype*. New York: Ballantine Books.

Freud, Anna. (1946). *The Ego and the Mechanisms of Defense*. NewYork: International Universities Press.

Freud, Anna. (1965). *The Writing of Anna Freud*. New York: International Universities Press.

Freud, Sigmund. (1956). *The Complete Psychological Works: Standard Edition* (24 volumes). J. Strachey, (Ed.). London: Hogarth Press.

Freud, Sigmund. (1900). *The Interpretation of Dreams*. (*In The Complete Psychological Works: Standard Edition*, Volume 4 & 5).

Freud, Sigimund. (1901). *The Psychopathology of Everyday Life*. (In *The Complete Psychological Works: Standard Edition*, Volume 6).

Freud, Sigmund. (1917). *Introductory Lectures on Psychoanalysis*. (In *The Complete Psychological Works: Standard Edition*, Volumes 15 & 16).

Freud, Sigmund. (1923). *The Ego and the Id*. (*In The Complete Psychological Works: Standard Edition*, Volume 19).

Freud, Sigmund. (1938). *The Basic Writings of Sigmund Freud*. (A. Brill, Trans. & Ed.). NewYork: Random House, Inc.

Freud, Sigmund. (1940). *An Outline of Psychoanalysis*. (In *The Complete Psychological Works: Standard Edition*, Volume 23).

The Internet Movie Database. (2003). *www.lMDB. corn*.

Izod, John. (2001). *Myth, Mind and the Screen: Understanding the Heroes of Our Time*. Cambridge: Cambridge University Press.

Jung, Carl G. (1971). *The Portable Jung*. (Joseph Campbell, Ed.). New York: Viking Penguin, Inc.

Jung, Carl G. (1953). *Collected Works*. H. Read, M. Fordham & G. Adler, (Eds.). Princeton: Princeton University Press.

Jung, Carl G. (1936). *Archetypes and the Collective Unconscious*. (In Collected Works,Vol. 9).

Jung, Carl G. (1939). *The Integration of the Personality*. (In. Collected Works,Vol. II).

Jung, Carl G. (1960). *Psychological Aspects of the Mother Archetype*. (In Collected Works, Vol. 9).

Jung, Carl G. (1936). *Synchronicity: An Acausal Connecting Principle*. (In *Collected Works*, Vol. 8).

Jung, Carl G. (1961). *Memories, Dreams and Reflections*. New York: Random
    House.

Jung, Carl G. (1964). *Man and His Symbols*. NewYork: Doubleday.

May, Rollo. (1953). *Man's Search for Himself*. NewYork: Norton.

May, Rollo. (1975). *The Courage to Create*. NewYork: Norton.

May, Rollo. (1977). *The Meaning of Anxiety*. NewYork: Norton.

May, Rollo. (1983). *The Discovery of Being*. NewYork: Norton.

May, Rollo. (1991). *The Cry for Myth*. NewYork: Norton.

Murdock, Maureen. (1990). *The Heroine's Journey*. Boston: Shambhala
    Publications.

Rank, Otto. (1914/1959). *The Myth of the Birth of the Hero*. NewYork:Random
    House.

Stone, Merlin. (1976). *When God was a Woman*. NewYork: Dorset Press.

Vogler, Christopher. (1998). *The Writer's Journey*. Los Angeles: Michael Wiese
    Productions.

索{主題索引}引

國家圖書館出版品預行編目資料

編劇心理學：在劇本中建構衝突／威廉.尹迪克
（William Indick）著；井迎兆譯. -- 三版.
-- 臺北市：五南圖書出版股份有限公司,
2022.07
　　面；　公分
譯自：Psychology for screenwriters :
building conflict in your script.
ISBN 978-626-317-887-8（平裝）

1.CST: 電影劇本 2.CST: 寫作法 3.CST: 文
藝心理學

812.3　　　　　　　　　　　　111008025

1ZC5

編劇心理學：在劇本中建構衝突

作　　者 ― William Indick

譯　　者 ― 井迎兆（510）

發 行 人 ― 楊榮川

總 經 理 ― 楊士清

總 編 輯 ― 楊秀麗

副總編輯 ― 陳念祖

責任編輯 ― 李敏華

封面設計 ― 王麗娟

出 版 者 ― 五南圖書出版股份有限公司

地　　址：106臺北市大安區和平東路二段339號4樓

電　　話：(02)2705-5066　　傳　　真：(02)2706-6100

網　　址：https://www.wunan.com.tw

電子郵件：wunan@wunan.com.tw

劃撥帳號：01068953

戶　　名：五南圖書出版股份有限公司

法律顧問　林勝安律師事務所　林勝安律師

出版日期　2011年2月初版一刷（共五刷）
　　　　　　2014年7月二版一刷（共二刷）
　　　　　　2022年7月三版一刷

定　　價　新臺幣460元

經典永恆·名著常在

五十週年的獻禮——經典名著文庫

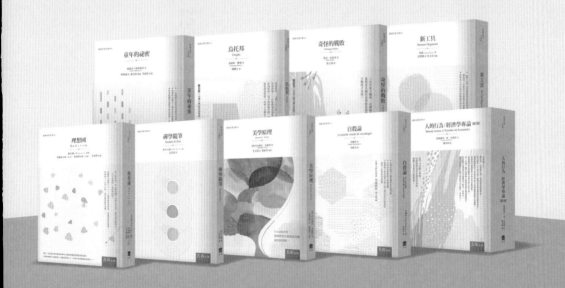

五南，五十年了，半個世紀，人生旅程的一大半，走過來了。
思索著，邁向百年的未來歷程，能為知識界、文化學術界作些什麼？
在速食文化的生態下，有什麼值得讓人雋永品味的？

歷代經典·當今名著，經過時間的洗禮，千錘百鍊，流傳至今，光芒耀人；
不僅使我們能領悟前人的智慧，同時也增深加廣我們思考的深度與視野。
我們決心投入巨資，有計畫的系統梳選，成立「經典名著文庫」，
希望收入古今中外思想性的、充滿睿智與獨見的經典、名著。
這是一項理想性的、永續性的巨大出版工程。
不在意讀者的眾寡，只考慮它的學術價值，力求完整展現先哲思想的軌跡；
為知識界開啟一片智慧之窗，營造一座百花綻放的世界文明公園，
任君遨遊、取菁吸蜜、嘉惠學子！